杨庆祥 主编
新坐标

光影之外

笛安 著

樊迎春 编

江苏凤凰文艺出版社

图书在版编目（CIP）数据

光影之外 / 笛安著；樊迎春编. —南京：江苏凤凰文艺出版社，2023.9
ISBN 978-7-5594-6400-2

Ⅰ.①光… Ⅱ.①笛… ②樊… Ⅲ.①小说集－中国－当代②中国文学－当代文学－文学评论 Ⅳ.①I217.2

中国版本图书馆 CIP 数据核字(2021)第 243029 号

光影之外

笛　安 著　樊迎春 编

出 版 人	张在健
责任编辑	李　黎　项雷达
特约编辑	王　怡　郭　幸
责任印制	刘　巍
出版发行	江苏凤凰文艺出版社
	南京市中央路 165 号，邮编：210009
出版社网址	http://www.jswenyi.com
印　　刷	苏州市越洋印刷有限公司
开　　本	880 毫米×1230 毫米　1/32
印　　张	9.5
字　　数	240 千字
版　　次	2023 年 9 月第 1 版
印　　次	2023 年 9 月第 1 次印刷
标准书号	ISBN 978-7-5594-6400-2
定　　价	58.00 元

江苏凤凰文艺版图书凡印刷、装订错误，可向出版社调换，联系电话 025-83280257

新时代，新文学，新坐标
杨庆祥

编一套青年世代作家的书系，是这几年我的一个愿望。这里的青年世代，一方面是受到了阿甘本著名的"同时代性"概念的影响，但在另外一方面，却又是非常现实而具体的所指。总体来说，这套"新坐标"书系里的"青年世代"指的是那些在我们的时代创造出了独有的美学景观和艺术形式，并呈现出当下时代精神症候的作家。新坐标者，即新时代、新文学、新经典之涵义也。

这些作家以出生于1970年代、1980年代为主。在最初的遴选中，几位出生于1960年代中后期的作家也曾被列入，后来为了保持整套书系的"一致性"，只好忍痛割爱。至于出生于1990年代的作家，虽然有个别的出色者，但我个人认为整体上的风貌还需要等待一段时间，那就只有等后来的有心人再续学缘。

这些入选的作家都是我们这个时代的新青年。鲁迅在1935年曾编定《新文学大系小说二集》，并写有长篇序言，其目的是彰显"白话小说"的实力，以抵抗流行的通俗文学和守旧的文言文学。我主编这套"新坐标书系"当然不敢媲美前贤，但却又有相似的发愿。出生于1970年代以后的这些作家，年龄长者，已经50多岁，而创作时间较长者，亦有近30年。他们不仅创作了大量风格各异、艺术水平极高的作品，同时，他们的写作行为和写作姿态，也曾成为种种文化现象，在精神美学和社会实践的层面均提供着足够重要的范本。遗憾的是，因为某种阅读和研究的惯性，以及话语模式的滞后，对这些作家的相关研究一直处于一种"初级阶段"。具体来说表现在以下几个方面。第一，单个作家作品的研究比较多，整体性的研究相对少见；第二，具体作品的印象式批评较多，深入的学理研究较少；第三，套用相关的理论模式比较多，具有原创性的理论模式较少；第四，作家作品与社会历史的机械性比对较多，历史的审美的有机性研究较少；第五，为了展开上述有效深入研究的相关史料的搜集、整理和归纳阙失。这最后一点，是最基础的工作，而"新坐标书系"的编纂，正是从这最基础的部分做起，唯有如此一点一点地建设，才能逐渐呈现这"同代人"的面貌。

埃斯卡皮在《文学社会学》里特别强调研究和教学对于文学"经典化"的重要推动。在他看来，如果一部作品在出版20年后依然被阅读、研究和传播，这部作品就可以称得上是经典化了——这当然是现代语境中"短时段经典"的标准。但是毫无疑问，大学的教学、相关的硕博论文选题、学科化的知识处理，即使是在全（自）媒体时代依然发挥着不可替代的历史化功能。编纂这部书系的一个初衷，就是希望能够为大学和相关研究机构的从业者提供一个相对全面的选本，使得他们研究的注意力稍微下移，关注更年青世代的写作并对之进行综合性的处理。当然，更迫切的需要，还是原创性理论的创造。"五四一代"借助启蒙和国民性理论，"十七年"文学借助"社会主义新人"理论，"新时期文学"借助"现代化"理论，比较自洽地完成了自我的经典化和历史化。那么，这一代人的写作需要放在何种理论框架里来解释和丰富呢？这是这套书系的一个提问，它召唤着回答——也许这是一个"世纪的问答"。

书系单人单卷，我担任总主编，各卷另设编者。需要特别说明的是，所有的编者都是出生于1980年代以后的青年评论家、文学博士。这是我有意为之，从文化的认领来说，我是一个"五四之子"，我更热爱和信任青年——即使终有一天他们会将我排斥在外。

　　书系的体例稍做说明。每卷由五部分组成：第一，代表作品选。所选作品由编者和作者商定，大概来说是展示该作者的写作史，故亦不回避少作。长篇作品一般节选或者存目。第二，评论选。优选同代评论家的评论，也不回避其他代际评论家的优秀之作。但由于篇幅所限，这一部分只能是挂一漏万。第三，创作谈和自述。作家自述创作，以生动形象取胜。第四，访谈。以每一卷的编者与作者的对话为主体，有其他特别好的访谈对话亦收入。第五，创作年表。以翔实为要旨。

　　编纂这样一套大型书系殊非易事。整个编纂过程得到了各位编者、作者和江苏凤凰文艺出版社的大力支持，尤其是张在健社长和青年编辑李黎老师的大力支持！在此向付出辛苦劳动的各位同代人深表谢意。其中的错讹难免，也恳请读者和相关研究者批评指正。记得当初定下选题后，在人民大学人文楼的二楼会议室召开了第一次编务会，参会的诸君皆英姿勃发，意气风扬。时维夜深，尽欢而散。那一刻，似乎历史就在脚下。接下来繁杂的编务、琐屑的日常、无法捕捉的千头万绪……当虚无的深渊向我们凝视，诸位，"为什么由手写出的这些字/ 竟比这只手更长久，健壮？"生命的造物最后战胜了生命，这真是人类巨大的悖论（irony）呀。

　　不管如何，工作一直在进行。1949 年，作家路翎在日记中写道："新的时代要浴着鲜血才能诞生，时间，在艰难地前进着。"而沈从文则自述心迹："我不向南行，留下在这里，为孩子在新环境中成长。"70 年弹指一挥间，在这套"新坐标书系"即将付梓之际，我又想起苏联作家帕斯捷尔纳克的一首诗《哈姆雷特》：

　　　　喧嚷嘈杂之声已然沉寂，
　　　　此时此刻踏上生之舞台。

倚门倾听远方袅袅余音，
从中捕捉这一代的安排。

敢问，什么是我们这一代的安排？

是为序。

2019.2.16 于北京
2020.3.27 再改
2023.7.11 改定

目录

Part 1　作品选　001

胡不归　003

光辉岁月　025

莉莉　056

沙场秋点兵　101

威廉姆斯之墓　117

姐姐的丛林　140

Part 2　评论　217

发现笛安　219

"城市怀乡"的实感书写　228

"端的是一个讲故事的高手"　242

Part 3　创作谈　　　　　　　　　　　　　255

关于《光辉岁月》　　　　　　　　　　　　257

灰姑娘的南瓜车　　　　　　　　　　　　259

Part 4　访谈　　　　　　　　　　　　　267

光影之外——笛安、樊迎春对谈　　　　　269

Part 5　笛安创作年表　　　　　　　　287

Part 1

作
品
选

胡不归

公平地讲,他最不喜欢自己七十五岁到八十五岁的那十年。因为那十年他是真的怕死。恐惧就像用过的纸尿裤,导致他对那几年的回忆往往被无地自容的羞愧和尴尬打断。

七十五岁的时候,应该是1982年还是1983年,总之是他最小的孙女出生的年份。他凝视着那个严肃地闭着眼睛、看上去像个巨大爬虫的小家伙,突然就开始讨厌她。讨厌她这么小,讨厌她恐怕不能在他的有生之年长大,讨厌她是故意这么做的,故意在他死后的世界上健康娇嫩地长成一个摇曳生姿或平凡朴素的女人。他讨厌这世上一切提醒自己死期将至的事情。

妻子注意到了他的神情,不动声色地说:"已经有了三个孙子,来一个女孩子多好。这孩子眼睛大,你看她嘴巴的线条也很清楚,会是个漂亮姑娘。"然后她满足地喟叹:"小城是1978年出生的,现在又来了这个小丫头,这两个孩子命最好吧——苦日子都过完了,他们来得正是时候……"她笑起来的时候鼻子上端会打皱。他没作声。就让她认为他的不悦只不过因为婴儿的性别。她用自己的心思揣测了他一生,后来日子久了,她就觉得自己了解这个男人了解到了骨头缝里。就连他自己也常常把这种不知属于自己还是属于她的揣测当成了骨头的一部分,从没对她解释过什么。

就在小女孩出生后的六个月,一次常规的体检,查出他得了癌症。他坐在医院的走廊里,第一次看见了死神。死神看上去比他年纪小一些,六十岁左右吧,当然了,在年轻人眼里,他们俩反正都是老头儿。死神穿着一件很旧但是很整齐的灰色中山装。若是妻子看见了,第一句话一定会是:"料子不错。"死神脸上神情和蔼,是挺容易接近的人——好吧,口误了,是挺容易接近的神。随便就在他对面的破旧长凳上坐下来,双手习惯性地撑在大腿上。开口说话之前,先从中山装的兜里拿出一张泛黄的卫生纸,用力地擤鼻涕。然后腼腆地对他一笑:"最近天气不大好。"

"还要多久?"他平静地问。右手却在衣兜里,攥紧了那张折叠得整整齐齐的化验单。他非常认真地把它叠成了一个一丝不苟的方块,表示他冷静地接受这个现实了。

"什么多久?"死神的疑问也不像是装的。一个神,普通话讲得还没他标准,带着说不好是哪里的口音。

"你不是来带我走的么。"他笑笑,心里的那股凄凉让自己满意。因为毕竟,这凄凉还是因为"自重"而生。

"哦,这个,"死神语气中突然有了官腔,"这个倒还不算什么大问题。很好解决。"然后漫不经心地掏出烟盒,自言自语:"火柴呢?"

"我是肺癌。"他耐心地解释,"你能不能别对着我抽烟?虽然大夫说我运气好,在最早期的时候发现的……"

死神不知道用什么方法，还是把烟点上了："放心。不差这一点儿。"

他明白这意思，死神说得没错。

无论如何，七十五岁时候的自己，还是太嫩了。将近三十年后，他依然清晰地记得他如何吹毛求疵地折叠着那张宣判死刑的化验单，手指微颤，可是上半张和下半张还是严丝合缝地对齐。抓准两条边缘的线百分之百重合的瞬间，右手的食指、中指、无名指并拢伸展成一个有力的平面，对着光洁的纸张，刷地擦下去。化验单就这样带着余温被腰斩了。还不够，他用指甲死死地反复划着那道对折的线，这种历历在目令他难堪。

当回忆不可避免地进行到一个类似现在这样难堪的时候，他倒是有个办法。迎头撞上了令人无地自容的画面，他就在心里轻轻地哼几句歌，至于什么曲目，在不同的时候有不同的选择。最近二十余年，他比较偏爱一首听上去愉快且光明的小歌谣，他是在1948年的解放区学会的。那时他已过不惑之年，但是唱这首歌的时候快乐得像个孩子。

　　她的确傻，鼎鼎有名的傻大姐，三加四等七她说等于八；
　　她的确傻，鼎鼎有名的傻大姐，她说她九岁那年做妈妈；
　　她的确傻，鼎鼎有名的傻大姐，叫她去放哨她说怕鬼抓。
　　哈哈哈，笑死啦，同志们想一想，
　　岂有此理哪有此事讲鬼话。
　　她为什么傻，就是没有学文化，学了文化就不会这么傻……

他固执地重复着这个简单诙谐的旋律,顺便加点自嘲,尴尬的回忆就这样停止了。学这首歌的时候,他是教员,给解放区的孩子或者不识字的村民们扫盲——他在一面遍布裂痕的小黑板上,写下小调的简谱,以及歌词,写错了就急不可待地用袖子去擦。然后指挥着所有的听众,一起唱。他们的脸庞懵懂好奇,洋溢着某种只有革命者的眼睛才看得见的光辉。他的表情和神色必须比他们鲜明很多倍,只有这样才能让他们放心地跟着这曲调喜悦起来。他的身体在这参差的学唱声中因着单纯的兴奋和忠诚,饱满得像是拉满了的弓。他知道在这片因为崭新所以纯净的土地上,他自身的历史复杂。毕业于北洋时期的学堂,还在日本人的工厂里工作过很长一段时间——对往昔有多恐惧,他歌唱时的欢乐就有多掏心掏肺。因为选择了他认为全新、合理,并且美好的东西,他有机会在青春已逝的时候重新成为一个孩子。等待被肯定,等待被奖赏,等待被原谅……生命在全神贯注的等待里似乎强大到跟岁月没有关系,笑容和眼泪都已不再牵扯到尊严。

"爷爷,你在跟我说话,还是在跟自己说啊?"他今天戴着助听器,所以小孙女柠香的声音传递得毫无障碍。他意识到了也许自己的嘴唇在轻微地开合,那是他跟着心里的调子准确无误地暗暗重复歌词——他记不住自己两个小时前吃了什么,却记得大半个世纪以前的歌。

他不回答,但是自觉地让嘴唇静止了。柠香其实早已习惯了他的无动于衷。一个一百零四岁的人,在柠香心里其实基本是个妖怪,她从来不会拿一般人的标准去看待他——十四年前,当全家人为他庆贺九十大寿的时候，柠香躲在一旁兴奋地用手机给她中学里的朋友打电话："今天真的去不了，我爷爷过九十岁生日啊……逛街什么时候都行，爷爷可是好不容易才活到九十岁，哪能不捧场？"那时他的听力尚好，是人们眼中耳聪目明的老寿星。柠香的话被她爸爸，也就是他的小儿子听到了。他没对任何人承认过，几个孙辈的孩子里，他最喜欢柠香。

不是因为她最小。也不是因为她终究让他看见了她长成一个虽然不漂亮但是有媚态的女人。而是因为，这孩子骨子里有种戏谑，这个家的其他人对待他都太诚惶诚恐，只有柠香从不在乎他身上背负着过分沉重的岁月。柠香不知道，她漫不经心的说笑背后藏着一种深刻的冷酷，这冷酷恰恰对足了他的胃口。

柠香走到他坐的椅子跟前，弯下身子："爷爷，我看见你刚才想要说话了。"她的手轻轻抚摸他的脸庞，那神情像是他脸上挂着泪水。柠香身后的沙发里，他十八岁的重孙歪七扭八地蜷缩着——他是这个家里的第四代，是他长孙的儿子，这孩子小的时候固执地不肯管柠香叫"姑姑"，因为他搞不清楚明明看起来像是"姐姐"的女孩怎么就成了"姑姑"。这孩子过完夏天就要去上大学了，家人们都说："老爷子，再努力好好活几年，就看见第五代了……"他偶尔会想象第五代的孩子会是什么样——其实婴儿还不就是那副模样，蜷缩着，蠕动着，发出无意义的、类似动物的声音。他不能跟人们说他没那么想看见第五代的孩子——这个连续剧已经太长了，第五代的孩子原本该是个陌生人的。他觉得可能人们期盼着他的长寿也有一点这个意思在里面——一般的连续剧都是30集，可是他居然演了

300集,这个长度让所有人开始好奇它究竟还能播多久,于是不想看见剧终。

因为本来,在他七十五岁的时候,差点就剧终了的。

手术之后,家人都围在他的病床前。他知道手术很成功,他知道还在萌芽状态的癌瘤被干净地切除了,他听了一万次——主刀的医生是这个城市最好的大夫,现在最要紧的就是监控癌细胞是否扩散。可是这一切都抵不上他从麻醉里苏醒的那个瞬间,全家人围成的那个半圆里,隐隐约约地,他看见了死神。含笑而立,表情轻松地站在他妻子和他的大儿媳中间。所谓瞬间,就是指消失得很快,在他的眼睛从微张到彻底张开的刹那,死神已经不见了。他还来不及有任何的感觉和反应——原谅一个七十五岁、刚刚动过癌症手术的老人吧,他在心里轻笑——我允许自己变得迟钝了,所谓迟钝,也包括对自己无情。

他想抬起自己的胳膊,证明他暂时还活着。他成功地抬起了一点点,不过还没来得及看到自己那只生着老年斑的手,妻子就不由分说地把那只衰弱的胳膊按回到白色被子的云朵里去。她说:"不费那个事儿,别累着了。"

凌晨,他终于有了机会和死神独处,陪床的长子已沉沉入睡——他守在病床前面的时候并没想到,其实自己会死得比父亲还早。死神靠近他的时候,病房里就有了光。昏黄,但是足够他们看清彼此的面容。

"随便你了。"他说话的时候并没有微笑,他一向以待人谦恭有礼著称。不过面对死神,倒是突然间没了"教养"的包袱。人和神的关系，本来就跟人和人之间的有本质区别，对此他无师自通。

"随便我什么?"死神说。

"就现在，走吧，拣日不如撞日。"他意识到自己有力气开口说话了，并且，并不是白天那种气若游丝的声音。

"你急什么?"死神微笑，"都是早晚的事儿，着急上火的，多不好。"

"我等不及了。"他非常平静地回答。

"别撒谎。"死神熟稔地在他的床沿上坐下来，深深凝视他的脸。

"就现在吧，行吗？趁家里人都不在，趁我儿子睡着了。"他知道自己语气平静，因为他已经没有力气不安了。

"真等不及了？到天亮都不想等？"死神含着笑，就好像是在牌桌上。

他终于闭上了眼睛："不等了，你都已经在这儿了，还有什么可等的。"

"话也不能这么说。"死神诚恳得就像是个老邻居。

他凝神，屏住呼吸，让自己的意识集中在眼前那片闪烁着光斑的黑暗里——片刻之后，像是下了好大的决心："是，不等了，你受累，就现在吧。求求你。"

"求我什么？生死有命。我当的不过是领路的差，别的事，还真说了不算。"死神的普通话似乎越来越不标准，也许是因为心情放轻松了。

"再多等一会儿，我就不敢了。你明白吗?"他睁开了眼睛，他还是不能允许自己说这句话的时候闭着双眼，任由自己的脸庞变得狰狞。

"真不容易。"死神如释重负,"我只想要你承认,你怕。"

"谁能不怕?你告诉我,你见过谁真的不怕?"他毫不掩饰自己的烦躁。

"不怕的人有的是。没听说过什么叫英雄?"

"我怕,你满意了吗?"

"我有什么满意不满意,怕也不丢脸。哪有人在神面前觉得丢脸的?"

"好,我怕,趁现在还没那么怕,咱们走吧。"

"你都儿孙满堂了,就不能沉住气么?"

"就是不想他们看见,所以趁现在,行不行?"

"不行。有什么关系吗?不想让满堂儿孙看见你怕死,累不累?"

"累,所以不想活了,走吧。"

"再说一遍?大点声?你刚才说你不想什么……"死神惊喜地叹息。

"我说我……"他重新把眼睛闭上了,任由自己的面庞撕扯着自己虚弱的脸,"能不能放过我?我想活着,我不想活了可是我也怕死,我说不清,让我活着吧……"

他觉得自己在哭,可其实他是尿床了。短暂的混沌过后,再睁开眼睛,已是黎明。淡蓝色的光线笼着他稀疏的睫毛,他知道身下的裤子和床单都湿了。

随意喽。他对自己笑了笑。长子已经醒了,头发乱糟糟的,眼神尚且惺忪,空洞地望着他打了个大大的哈欠。他想让他帮忙换条裤子，但是开口之前，突然觉得，这孩子刚刚睡醒的神情就跟幼儿时代一模一样。所以他不准备告诉他死神来过了，不准备告诉他昨夜那场漫长而屈辱的对话——他永远都是个孩子，不该让他知道那么难堪的事情。自己毕竟是父亲——即使身子底下有那条潮湿的衬裤。他辛苦而温柔地打量着他，他觉得自己应该对这个世界再友善一点。反正，他已被这个世界亏欠了一生，可以不再计较了。

如果那时真的是弥留之际，该多好。二十年后，在长子的葬礼上，他这么想。那时候心里还有不多不少的一点温柔，如果能戛然而止，其实刚刚好。但是人生嘛，怎么可能允许你刚刚好。也许有的人能得偿所愿，跟他们的人生达成某种精妙的默契，准确地活着，准确地死——所有的准确叠加起来，一生直到落幕都大致优雅。这世上没几个人知道，"优雅"的背后通常都支撑着如影随形的精明。

长子终年60岁，死于突发的心肌梗死。

他知道，每个来吊丧的人都在惴惴不安地打量他，所有的人都在担心一件事，就是他会因为长子猝然离世的打击，也不久于人世。这种对一个90多岁的人的担心冲淡了人们的悲伤和怀念，让他觉得有点抱歉，在整个葬礼上，他就这样喧宾夺主。于是他只能一个人静静地想念他的第一个孩子，他出生在重庆，那是抗战刚刚胜利的时候。再往前推一点，他在清早的嘉陵江边上遇到了妻子，她比他年轻得多，那时候他30岁，她才19。在一条浩荡的江边，她眼睛里略微带着闪烁的安静让他想起家乡的湖泊。他似乎有很多年没见过湖泊了，这个年轻的女学生像一弯精致的下弦月，勾起了他的乡愁。

他跟她说："吃了我请你的'夫妻肺片'，就得跟我做夫妻。"她惊愕地看着他,脸红了。

不过妻子和长子如今都不在了。跟着一起消失的,还有那些六十年前的江水。如今的嘉陵江里的水,肯定是无情无义的。

妻子是在他的癌症手术四年之后去世的。他觉得是自己把这个女人的生命耗干了。如果不是因为他的病,她或许能活得久一点。从他第一眼看见她的时候,他就知道,她不是那种坚韧厚实的女人,有种女人生来就像是原始人崇拜的图腾,专门用来承受苦难。可是她不是,她天生纤细,在漫长的生物进化史上,她这样的生命非常容易成为幻灭了消失了的偶然。她的脆弱并不能跟着她的容颜一起苍老和凋零。

"还是快点死了吧,别拖累你。"手术之后的那几年,他常常这么说,他清楚自己口是心非,不过死神倒是真的没在那几年出现过。

"你死了,我一个人有什么意思?"她把手掌轻轻地放在他肩膀上。他们在医院的走廊里,他坐着,她站在他身旁,一起等着化疗。

"你还有孩子们。"他耐心地说服她。

"孩子们早就长大了,他们说的话我都听不懂,"她表情平淡,"还是在你这儿有意思。"

"可是我就是会先走啊。"他烦躁了起来。

"有一天,算一天,别想那么多。"女人们都是只争朝夕的。

"你看,你也觉得我没多少天了。"他于是又恼怒了起来。

"中午回去你想吃什么?"她问。

"不吃。"他觉得自己盯着她的眼神里,一定有仇恨。

他们终究都会活着。这些所谓的至亲,所谓的至爱,所谓的骨血。只有他一个人去死,然后他们继续活着,把没有了他的生活静静地重新变成一个自成一体看不出缺陷的湖面,也会有怀念他的时候,可是那怀念说到底只是倒映在这湖面上的影子。愤懑和悲凉的时候,他甚至会有点想念死神。只有死神跟他同仇敌忾。这群没有心肝的家伙们,有什么值得留恋的,死神早点来接我算了,我们上路……想到这里他又突然不放心地打量了一下四周,医院走廊里有的是穿着灰色中山装的老头子,还好,死神并没真的默契地降临,他心脏重重地狂跳了几下,急促得让他的呼吸都跟着困难了——他不自觉地伸手摸了摸胸口,不过应该还好,没听说过哪个癌症患者最后死于心脏病的。

就是,癌症患者不会死于心脏病。所以心脏那里总是爆发的灼烧一般的狂跳是不用在意的。不会死。并不会。就这样,日复一日,他和妻子总是重复同样的对白。

"还是快点死了吧,别拖累你。"

"你死了,我一个人有什么意思?"

"你还有孩子们。"

"孩子们早就长大了,他们说的话我都听不懂,还是在你这儿有意思。"

"可是我就是会先走啊。"

"有一天,算一天,别想那么多。"

"你看,你也觉得我没多少天了。"绝望总是在这一刻准确无误地降临,两人你来我往的谎言原本进行得很顺利,一不小心,真相还是来了。他也很气自己,为什么不能在"有一天,算一天"这句话之后保持沉默。但是，她为什么就不能说"你不会先走，你会好"呢？不过，他瞬间释然了，万一她这么说了，他一定会更恼火，因为这句谎言太拙劣了。

不能说真话，也不能撒过分明显的谎。这就是活着。

那几年，他对她的日益衰弱和憔悴视而不见。他也不在乎她其实越来越暴躁和不安。她陪着他去医院做检查的时候，经常走得比他还慢，医院新来的护士把她错认成了病人。他们的女儿在某天搬来跟他们同住，他还惊讶地问为什么。女儿说："你看，妈妈最近瘦了那么多，我帮她一起照顾你。"——这句话非常难听，女儿不知道。

"不好意思。"他故意说，"死得这么慢，让你们费心了。"

"爸！"女儿不满地抬高了声音，"这是什么话？"

从那以后，女儿就成了他的敌人。她的一举一动似乎都在提示他，想活着是件不体面的事情。承认想活着就更多添三分贱。因此他们的对话，他总是以"是我死得太慢"告终。女儿连那句"这是什么话"也不再跟了。

那个早晨，他一个人坐在早餐桌前面，等着那杯热豆浆摆在他面前。但是似乎等得久了点。女儿站在厨房门口，他知道她在认真地注视着他。女儿突然说："爸，你瘦了。"他哼了一声。他静静地说："离死不远的人，胖不起来。"

女儿突然笑了一下，有种很久没见的温柔，她轻轻叹了口气："我来帮你弄豆浆。妈妈没醒，让她多睡一会儿吧。"

妻子再也没醒来。睡梦中，脑出血，一切结束得很平淡，就像是一件很小的事情，一件像豆浆没上桌那么小的事情。几个月后，他八十岁生日过后不久，医生说："恭喜。满五年了，没有复发。算是治愈。"然后女儿拖着箱子头也不回地离开了，又过了几天，搬进来的是小儿子一家三口。他们觉得不该让他一个人住，并且，他们自己住的那间单间也确实太不方便了。当时柠香五岁，眉心点着一个小小的红点，像颗朱砂痣。

谁也没想到，不声不响地，他就和他们一家三口同住了二十五年。

他们搬进来的第一晚，死神又来到了他的房间。他深呼吸了一下，从床上坐起来，对死神说："医生说，我算是治好了。"他暗想自己一定是老糊涂了才会说这种话。

果然，死神宽容地微笑道："医生有医生的事情，医生只管看病，管不着生死。"

他摇摇头："为什么非得现在不可？偏偏是现在？早两年多好，那时候我心里没有念想。"

死神也摇摇头："没见过这么不懂事的人，还和神讨价还价。"

他说："我熬了五年，不是白熬的。"

死神说："在我眼里，五年真的不算什么。带你去见你老婆啊，她现在一个人在那边，你不高兴？"

他不置可否。

死神问："你们在一起快五十年，你就不想她？"

"我想。做梦都想。"

"我看你也只是想做做梦。"死神笑了，"其实这个世界就要跟你没关系了。你看看你的这些孩子,他们各自有各自的人生,你一个人戳在这里像个稻草人,不觉得孤单?"

"觉得。"

"那就带你走啊。我们去找她。"

"我不想去。"

"死的人居然是她,不是你,你开不开心?"

他凝视着那张亲切甚至有些憨厚的脸:"你是神,你不懂我们人的事情。"

"可我知道你庆幸自己活下来了。"

"总有一天我也会去的,总有一天我还能见着她。"

"你还是庆幸。"

"别带我走。"此言一出,如释重负。

死神满脸都是真诚的不解:"活着,就那么好吗?"

"不好。"他清晰地说,"但是我活惯了。"

"这个理由我倒是接受。"死神的最后这句话,在他耳边不甚清楚,似乎越来越远。他突然想起这几次见面,他都不记得死神是如何离开的。他只知道,当他终于明白这一劫暂时算是过去了的时候,浑身冷汗,心脏像块坠落的石头,在胸腔那个深潭里敲出不规律的水花。癌症患者是不会得心脏病的。这个玩笑,这些年,已经自己跟自己开了无数次。即使是已经撑过了五年,被医生宣布治愈的患者,也不那么容易得心脏病。

"爷爷。"柠香小小的身影出现在半开的门后面,"我想尿尿。"

他迟缓地从床上下来。拖鞋在地板上弄出缓慢拖沓的响动。"爷爷带你去,"他急匆匆地说,"柠香是因为刚搬来,还不认得,厕所的门就在洗衣机旁边……"他抓住柠香的小手的时候,心里有种类似"感动"的东西。因为除了死神,还有别的人需要他。

柠香抬起头清澈地看着他:"爷爷,刚才来客人了。"

他心里一惊:"你没睡着?"

小女孩悄悄地摇摇头。

"柠香是不是认床啊?"他想转移话题,"以前没怎么在爷爷家住过,习惯了就好了。"

"嗯。"她抿着嘴,一脸无助的乖巧,这孩子看上去比她的父母都要聪明。

就算是——为了柠香吧,要活下去。活久一点。她会长大的。他这么想的时候,似乎已经听见死神那种尽了力但还是忍不住的笑声。

随后的几年他总是把"死"挂在嘴边上。跟旧朋友见面的时候,常开自己的玩笑,邀请他们来吃自己的丧席,并且可以提前点菜,几位老友因为菜色和口味的问题还认真地起了争执;他认真地交代小儿子,死了以后他们一家还是尽管住在这个房子里,不过要代替他把那几个架子的书保存好,要么替柠香留着,柠香不喜欢看书的话,就捐给他原来单位的图书馆;曾经诊治过他的医生过年的时候打电话问候他,他爽朗地说:"让大夫费心了,还活着呢。我也纳闷怎么还活着……"言毕,大笑。

就是在那段时间,他开始喜欢哼那首旧时的歌谣:"她的确傻,鼎鼎有名的傻大姐……"其实他知道自己在干什么,他就像当年取悦那个新时代新世界那样,用所有的乐观、玩笑和豁达取悦着死亡。用这种彰显出来的"不怕死",取悦着死亡。这种小心翼翼的讨好,让他仿佛觉得活着的时间,变得久了些。

就这样送走了癌症之后的第二个五年。

往下的回忆就没那么清楚了。白驹过隙,人们的眼睛都太容易盯着白马,即使他们知道岁月与白马无关,不过是它身下被奔跑带起来的那一小阵疾风。他不知道人们是什么时候忘记了他得过癌症的。也许,是从他穿上纸尿裤的那天起。他的视力听力都退化得不算厉害,记忆力也尚可,只是腿脚渐渐成了磐石,从客厅的沙发到厕所的那一段距离,对他来说,比旷野中两个古代烽火台间隔得都要远。裹上了婴儿的纸尿裤,他从此就不用再跋涉。

但使龙城飞将在,不教胡马度阴山。

他的身体成了个黄沙漫漫的古战场。就连癌细胞都能在此长眠安息,变成化石。

和纸尿裤一起到来的,还有对自己日益增加的漠然。不再在乎自己身上开始散发某种类似腐朽的气息;不再在乎被人在客厅里褪下裤子清洗;不再在乎打盹的时候口水流出来弄脏衣领——晾晾就干了,有什么要紧,就算晾不干了,又有什么要紧;也不再在乎电话那边传来的旧友故交们的死讯。不记得是从什么时候起,家里有个护工开始每天过来三个小时,清洗他,照顾他吃饭,给他换衣服——护工原本在对门邻居家当差,三十年的邻居了,比他年轻二十岁,患上了阿兹海默,有个爱好,就是在护工低下头来替他擦洗身子的时候,冷不防重重地咬人家的肩膀。护工把药片和胶囊一个一个地放在盘子边上,对他说:"瞧我肩膀上这些牙印儿,昨天晚上还渗血,真是吓死人。老寿星,您真是比对门儿那位有福气多啦,九十多岁的人,脑子还这么清楚,我每天在他家,就是数着钟点儿盼着来您这儿上班……"

他突然问护工:"有客人么?"

护工愣了一下:"没有,老爷子。"

他说:"睡着的时候也没有?"

护工答:"没有。有客人我当然得叫您。"

一直没有死神的消息。

他想见他一面。跟不跟死神走,是另外一回事情,可以到时候再讨论。他只是怀念着死神那张亲切温和偶尔带着狡诈的脸,如今,让他有兴致怀念的东西,真的不多了。他曾经一时兴起,奋力地拄着拐杖,挪动到对门去,想看看老邻居。但是邻居已经不认识他。他只能坐在邻居对面,听他各种胡言乱语。邻居的儿子一直紧张地盯着他看,好像在盯着一个定时炸弹。后来邻居的儿子终于坐不住,跑到对面去把护工叫来,两个人一起,合力把他搀起来,像是搬动一件珍贵的黄花梨家具:"老爷子,下次再来串门,该回去吃药了……"

他像是自知大势已去那样,奋力地回过头,对邻居说:"我会再来看你。"邻居突然像婴孩那样张开双臂,嘶哑并且旁若无人地哭喊:"我跟你说,我真的不想,不是我愿意的,是日本人逼着我,要我强奸那个姑娘,真的是他们逼我做的……"

护工在一旁强忍着笑意,就像是在看电视小品。

在他九十九岁那年，他参加了柠香的婚礼。还是一样，婚礼上，人人恨不能都来参观他。他眼睛半睁半闭，草坪上装饰的气球远远地悬挂在视线边缘，像串葡萄。他倒是不需要应酬任何人，每个人自然会对他笑脸相迎，他们通常也用类似的笑脸对待婴孩和大熊猫。死神站在绿草坪上那堆白色桌椅之间，黠慧地对他一笑。

他静静地看着死神从阳光里向着他走过来，站在他和一身白纱的柠香中间。

"好久不见。"他是真心的。

"是呀。"死神的面貌却一点没有改变。如今的死神看上去就和他的儿子们年纪相仿。他突然意识到，自己经历过的衰老，已经比很多人的一生都要长。

"走吧。"他安静地说，"这次是时候上路了吧？"

"你总这样，"死神笑他，"你还真以为你能想活就活，想死就死，并且死在你最想死的时候——那样的话，你还是人么？"

"我就是想告诉你，我没有过去那么怕了。"

"恭喜。"死神言语间的那种嘲弄，在他听来已经习惯。

"我这次是真心的。也不是说一点都不怕，可是……"他似乎是对着空气挥了挥手，"让我跟你走吧。"

"真想好了？"

"是。"

"为什么呢？"

"以前总是怕，总是怕，现在怕累了，就不怕了，就觉得还不如跟你走更好。现在死，更清净。"

"别撒谎。"死神深深地凝视着他,这句话似乎以前也从他嘴里听过。

"没撒谎。"

"是突然觉得,现在跟死比起来,更怕活着了吧?"死神的语气里突然有了种前所未有的忧伤,"你为什么从来都不愿意说实话?"

"随便你怎么说。"他没发现,此刻的自己赌气的语气很像面对着一个老朋友。

"爷爷——"柠香清脆的声音划过了整个草坪,"跟我们一起照相,好不好?"

百岁生日是在家里的床上度过的,他在某个清晨突然发现自己无法挪动,从那以后,轮椅就成了他身体的一部分。手臂的活动也有了障碍,需要别人喂他吃饭。语言的能力也衰退了大半,很少跟人对话。其实他还是能说话的,只不过说话真的是一件很累的事情,还不如索性装作说不了话了,也不算失礼。

他坐在轮椅上,听见门外走廊里传来邻居家的声音。一阵惊呼伴随着挣扎,其间还有老邻居愤愤的咒骂,以及一只狗受惊了的狂吠声。他知道,他的邻居又去偷吃放在门口的狗粮,被他儿子看到了,自然要抢。小儿子退休的那天,看着他说:"现在我有的是时间了,我来照顾你。"他已两鬓斑白,需要每天服用降血压的药。

他一百零四岁了。

柠香在 29 岁那年,成了一个寡妇。她的丈夫在某个雨夜,喝了点酒,开车撞上了高速路的护栏。他看着柠香默默地把自己的箱子拖进门,再一言不发地把衣服挂回曾经的房间。他在心里对死神说:

你是不是搞错了？

　　他每天都看电视，准确地说，是家人每天都会把他的轮椅推到电视机前面。也不管屏幕上放的是新闻，是财经，还是肥皂剧，总之他会认真地盯着看。如果有谁突然过来转台，他就跟着看新的频道，从不挑剔。他恍惚觉得，自己也许能在那个方正的屏幕里看见死神——总之那家伙有可能出现在任何地方。

　　那是一个夜晚。小儿子和儿媳去参加大学同学聚会，柠香坐在沙发上每隔几分钟就会换一个频道，他静静地，没有任何意见。他喜欢这个难得安静的夏夜。空气里有潮湿的味道。

　　柠香突然放下了遥控器，电视屏幕上在播一个谈话节目，讨论石油价格和中东局势。柠香也不转过脸来看他，突然幽长地笑笑："爷爷，你说有意思吗，他死了的这几个月，我一次也没哭。"

　　柠香善解人意地停顿了一下，然后接着说："其实，你知道，我没那么意外……这两年，我坐他的车的时候，早就注意到了，车速特别快的时候，他会偷偷地，把安全带解开。可是我也不知道为什么，我从没跟他提过这件事。我知道，这样下去早晚会出事。但你说奇怪不奇怪，有时候，我甚至也会跟他一起，把安全带解开，他就装作没看到。爷爷你明白吗？"

　　柠香叹了口气，自己对自己笑笑："可我就是哭不出来，爷爷，我想提前告诉你，我最讨厌当着很多人掉眼泪。所以啊，你的葬礼上，我也不一定哭得出来，可是你记得，那不代表我不想你，记得这个，行吗？"

　　他说："你不用哭。我知道的。"

"我就知道你还能说话。"柠香看着她,像五岁那年一样笑着。

那天夜里,隐约有闷雷的声音。他闭着眼睛,感觉自己沉重的身体像植物那样,等待着雨水降临。死神坐在他的床头,他们彼此会心一笑。

"时候到了吧?"他说。

"差不多了。"这么多年,死神终于肯正面回答他的问题。

"挺好的,谢谢你。"他闭上眼睛。

"不想活了,是吗?"死神似乎是在叹气。

"是。你说得没错,之前几年确实害怕活着,可现在也没那么怕了,所以,应该是时候了吧?"

他感觉死神微微俯下了身子,带着笑意的声音清晰地刺进他的耳膜:"我告诉你个秘密算了。你知道我为什么几次三番地来找你?我可不是对所有的人都这样。因为,你呀,你会是这个国家最长寿的人。你会因为活得最久被记载到历史里面。直到有一个活得更久的人来顶替你。现在,你就安心吧。还早得很呢。"

他把眼睛闭得更紧。他眼前看见的,是 20 世纪 60 年代末他待过的那个农场。那天他的任务是放牛,但是起床的时候他不小心穿错了鞋子,两只脚穿的都是左鞋。从清晨,到黄昏,他不敢跟监管他们的人说,他想回去换鞋子,因为这又会变成他的罪证。他们会说他是故意把鞋穿错借以逃避劳动。他知道,他们津津有味地看着他歪歪扭扭,一步一个趔趄地奔跑。那眼神跟护工看着老邻居偷吃狗粮时候的,别无二致。他倚着那头悠然自得的黄牛,把已经肿得很高的右脚腕轻轻藏在左腿的后面。他装作没有发现旁人的观赏,在心里满足地自言自语：夕阳无限好。他已经这样装了一百年。

他听见自己说："求求你，带我走吧。"

他明知道这没用。延展在他面前的，是一片光可鉴人的地板，也许那是神的领地。而他是那个擦地板的人。污浊破旧的拖布，就是所有"不想死"和"不想活"的渴望。终于又一次地张嘴乞求了，不，也许严格地说，应该是祈求，因为毕竟面对的是神。可是，有什么区别？窗玻璃上隐约有细碎的敲击声，外面下雨了。他终将五世同堂。

2012年7月12日，北京

光辉岁月

> 钟声响起归家的讯号，在他生命里，仿佛带点唏嘘。
>
> ——《光辉岁月》Beyond（词曲：黄家驹）

谷棋最喜欢龙城的秋天，准确地说，是龙城的九月份。窗帘是灰蓝色的，清晨七点半的阳光把那颜色调得明快了些。谷棋很想用力地把窗帘拉开，让天空猝不及防地进屋来，不过还是算了，突然降临的光线会惊扰到志强，这男人会在半睡半醒间嫌恶地拉过被子挡在面前，嘟哝一句"操"。她静悄悄地爬起来，没有一点声响，像空气那样流畅地走到了客厅。幸亏，昨夜入睡之前忘记关上房间的门——所以不必在那"吱呀"一声响动之后不安地回头往床上看一眼了。她知道，跟阳光比起来，声音是没那么容易惊醒他的，但她总是不放心。一天里，其实也只有这么一小会儿，他睡着，她完全清醒，这种清醒给她一点隐约的骄傲。

冰箱里面的光芒也是骄傲的，身为光，能做到像它们那样，自律地把自己框成一个规整的并且带棱角的形状，实属不易。谷棋不知道，她每次打开冰箱的时候，眼睛里都带着笑。她把牛奶的盒子拿出来，那种恰到好处的清冷让她愉快。微波炉的门开合的声音像个厚重的箱子，玻璃杯瞬间成了游乐场里的木马，跟着光芒，化腐朽为神奇地旋转。"叮当"一声风铃一般的敲击，游戏结束了。快乐吧？她也不知自己在问谁，不过突然间想了一下，是不是也应该有个小孩子了？想想而已，终归有点怕。

志强起来了，在浴室里吐痰。她把手盖在嘴上，强逼着自己缓缓打完一个突然找上门来的哈欠。谷棋允许自己把头发乱糟糟地绾在脑后，允许自己任由拖鞋在地板上划出漫不经心拖沓的声响，但是她不允许自己肆无忌惮地撕扯自己的脸，面目狰狞地打哈欠。怎么都不允许。就在此时，冲进耳朵里来的，还有一阵砸在池子里的惊天动地的水声，她不明白，只是刷个牙而已，但他总能搞得像是呕吐。

"老婆，我去店里了。"他说。

"好。路上当心。"谷棋微笑着点头。应该是微笑过了的，那是她条件反射的习惯。

"帮我看看，我手机在不在洗衣机上面。"他弯下腰系鞋带，"不用了，我找到了。"

"对了，"她装作是刚刚想起来的样子，"明天晚上姑姑过生日，请全家人吃饭，店里要是没什么事，就一起来吧，我下班了就直接去饭店了。"

他的眉头微微皱了一下，她看得出，然后她认为自己还是成功地做出了没看出的样子。他打开门的时候说了句："去，应该不会有什么事的。"

她轻轻舒了一口气，倒是没有到如释重负那么夸张，只不过，确实地，算是了结了一件事。她知道志强不喜欢自己的姑姑，她更不喜欢，唯一的不同是，志强是在娶了她之后才需要忍受姑姑，可她从有记忆起就在忍受了。所以志强是幸运的，忍受一个陌生人比忍受一个亲人容易很多倍。

她是因着姑姑的关系，才进了现在的银行。志强开店的时候，启动的本钱是和姑姑借的。那时候她的父母不大愿意她和志强在一起，无非是因为志强的薪水低。姑姑在一个和了牌、心情非常好的雨夜，风风火火地来到她们家，对她的父母拍着胸脯说："不就是钱吗？何苦这样为难孩子们。我看志强不错，踏实，人老实，又有吃饭的手艺，不是那种不知轻重糟蹋好日子的主儿——我就愿意出钱给他开店，就当是为了咱们琪琪，你们还有什么不满意的么？"她在一边默不作声地看着面面相觑的父母，怕是有生以来第一回，从心里觉得姑姑是真正的亲人。刚刚升起来的柔软是被父亲扑灭的。父亲眼睛里全是躲躲闪闪，近乎献媚的羞涩，却依旧像她童年时那般严厉地命令她："你还不知道谢谢姑姑么？"

于是，姑姑又一次地成了"真理"的代言人，一如既往。婚礼上，姑姑坐在她父母二人中间，理所当然地仰起脸，"志强，你要是对琪琪不好，我找你算账。"说完，自己率先笑了。志强只好跟着笑，笑不下去了，郑重地说："我敬姑姑。我和琪琪永远都谢谢姑姑。"然后一饮而尽。她一边看着，一边深切地发现，她眷恋志强。命运把这个男人推到她身边，陪她一起忍受种种没法说清楚讲明白的尴尬和屈辱，那一瞬间她恍惚觉得，自己已经理解了人生的大半意义,只因为她心里涨满了从苍凉里生出来的爱。那种爱的生命力是强大的。

不过在外人眼里,她只是面带着淡淡的微笑,和志强一起,喝干了手中的杯子。喉咙里一阵辛辣的灼烧搅得她像婴儿那般,短促地闭上眼睛,在睫毛和睫毛碰触的瞬间,那蠢蠢欲动的黑暗里,她听见周围的人此起彼伏地叫她"琪琪"。此起彼伏,像是某种鸟类,她知道他们叫的是那个王字旁的"琪",也就是说,是那个他们熟悉的"谷琪",而不是"谷棋"。他们似乎从来就没有承认过"谷棋"的存在。

"谷琪"是父母取的名字。"谷棋"是她十几岁的时候自己改的。那时正好赶上需要办身份证的年龄,她和父母顽强地抗争了一周,他们终于把她有效证件上的名字换成了"谷棋"。母亲总是抱怨:"那么怪,谁会拿那个字做人的名字?"想起来当时的执着,她自己也觉得好笑。十五岁半的小女孩,坚定地认为"琪"这个字一望而知就是属于那些穿梭于她日常生活里,热闹聒噪的女孩子们,可是"围棋"的"棋"是高尚的,黑白两色,静默不语,听说还代表着一种她不能理解的智慧。更重要的是,那智慧很典雅。所以她相信,"谷琪"变成了"谷棋"之后,人生必将跟着改变。

三个星期前,她遇见陈浩南。起初她没在意他究竟长什么样子。她只是接过来他的身份证,然后习惯性地注视着面前的表格,在"中国银行境内居民因私购汇单"这个千篇一律的开场白下面,看见了三个工整的字"陈浩南"。她想她应该是盯着这个名字迟疑了一下,搞不好还不由自主地笑了,接着她听见了他的声音:"我原本叫陈浩。后来上中学的时候,看了《古惑仔》,就自己改成了陈浩南。"

不过是个无聊并且话痨的客户而已。但是,她还是抬起头,看了一下他的眼睛。

那天下班的时候,她独自站在公车站。傍晚,龙城不像一些更大的城市那么喧嚣和焦躁。黄昏宁静地站在她身后,陪她一起等待着那辆遥远的公车。她突然想到了她终于成为"谷棋"的那天,她填好了"谷棋"的中考报名表,放学回家的路上,也遇见了这样的黄昏。十几年过去了,黄昏一点都没苍老。十五岁的崭新的谷棋走过了她从小长大的街道。冷饮店的老板娘懒洋洋地靠在自家冰柜上,一只拖鞋在台阶下面翻转了过来,她用肥硕的右脚搔着左腿的小腿肚;卖水果的小贩把三轮车支在一摊脏水上面,那摊脏水还在若无其事地继续蔓延着;远处,煎饼店的香味来势汹汹,不客气地笼罩在脏水的气息上面,这样的黄昏是苍蝇们的狂欢节。一切都没有改变。可是,谷棋依旧笃定地相信着,一切,终究会和以往不同的。

她低下头去,发短信给志强,问他晚上想吃什么。在心里,暗暗地对那个十五岁的自己,忧伤地笑笑。她后来才发现,遇见陈浩南那天开始,她变得喜欢回忆过去了。

"我到底要填中文还是填英文?"这个问题谷棋每天都要回答无数次。

"都要填的。您的姓名这里,这边写中文,这边写英文——其实就是拼音了。"谷棋今天心情不错,因此语调格外温和。

"可是收款人那边的地址是新西兰,本来就全是英文,又没有中文。"

"啊，收款人那边的地址您只写英文的就行了，只是您这边的姓名和地址必须要中英文都写上。"

"真是不公平。"客户一边填，一边表达着愤怒，"凭什么他们老外就只要写他们自己的话就可以，我们中国人就还得去学他们的话。"

谷棋微微一笑，客户得到了鼓励，"小姐，你说我说得有没有道理？"她仍是微微一笑，不点头，也不摇头。她有经验，要是她这个时候开口和他勉为其难地聊下去，说不定接下来——果然，这个民族自尊心刚刚受挫的客户突然问道："小姐您怎么称呼？"然后看一眼她胸前的名牌，"哦，谷小姐。"这时候两个结伴去吃午饭的同事回来了，正好替换她。谷棋站起身离开的时候，没看到身后那两个刚刚大学毕业的女孩子交换了一个略带着笑意的眼神。那眼神的质地，属于所有的"谷琪"们。她们不明白，为什么一个不如她们年轻，没有她们时髦，并且一看就是个主妇的谷棋，却总是遇到这样热心搭讪的男客户。谷棋自己觉得，可能是她总是微笑，不大会给人甩冷脸的缘故。至于那些旁人嘴里难听的"缘故"，不听也罢，猜都猜得到。她不在乎。她来这里工作快要五年了，因为学历低，一直没机会升职，每年她会做两个新来的大学生的"师傅"，带着他们在银库里点钞票直到手指发黑，然后看着他们在第二年变成和自己同级的同事，或者是更高一级的客户经理。

不过她永远出现在营业大厅里，很多来换外汇的客户都记得她，他们中有一些人，即使搬了家，也还是宁愿走些远路来她这里，填单，把美金、欧元、澳币……寄给在远方读书的孩子们。她是个让很多人觉得安心的存在，她自己也知道这个。五年下来，倒是也有些客户再也不出现，因为他们的孩子毕业了。每张购汇单上都有故事，可是所有购汇单上的故事都大同小异。私人购汇里面，半数以上都与一个漂洋过海的野孩子，以及他们在家乡的痴心父母有关；企业购汇就更是无聊，来来去去就是那点连"情节"都谈不上的程序。

所以她无限怀念她曾经的工作，那个时候，从早到晚，自己都以一种非常完美的姿态，参与着各式各样的故事。她从未像那几年一样，觉得人生是件值得为之兴奋的事情。

她在那间附近几家银行职员经常出没的快餐店里，看见了陈浩南。起初，她只是略微惊讶地往他的方向看了一眼，因为她没料到自己还能如此准确地认出一个一周之前的客户，并且毫无障碍地想起他的名字来。他也看到了她，眼睛一亮，"你是……银行的小姐。"接着他非常自然地拿起面前橘黄色的餐盘，光明磊落地离开自己的位子，坐到了她的对面。她愣了一下，顿时觉得自己也应该光明磊落一些，绽开一个普普通通的笑容，没必要在乎店里是不是坐着一些正在往他们这边看的同事。

他实在是个长相普通的男人，后来，很后来，谷棋突然发现，自己其实不大记得起他的样子。

"谷小姐，你名字取得真好。你父母一定挺有文化的。"她当然知道，他这么说，其实是等着她允许他直呼她的名字。

"叫我谷棋就行了。"她从手边油腻腻的餐巾纸盒里抽出来一张，犹豫了一下，放在了对面，他的餐盘里面。像是逃避他那句直视着她眼睛的"谢谢",又轻巧地给自己抽了另一张,"你不是龙城人吧?听你口音不大像。"

他来自一个邻近的北方省份,他家乡的小城的名字是谷棋从未听说过的。

"不过我是在龙城上的大学。"看着她难以置信的表情,他说,"真的,龙城重型机械学院很有名啊。当年我差点就考不上了。还是当学生的时候好,你说对不对?那时候赶上暑假,兜里揣着两百块钱也敢去峨眉山,现在倒是全中国都跑遍了,那么多城市,只去过酒店、机场、火车站,然后就是工厂的车间,机器出故障的时候才不管你是不是在放假。"

"我没念过大学。"她趁他端起杯子喝茶的时候,淡淡地说,"我中专毕业了以后,就一直在工作了,快十二年了呢。"

"看不出——"他有些惊愕,"你看上去,就像大学刚毕业没多久。"

"可是不管怎么说,"她没理会,"你也走了好多地方。我哪里都没去过。"

"工作性质不一样啊,银行毕竟安稳些,多适合你们女人。"

"我之前并没有在银行,"她放下了筷子,似乎想说出这句话,需要下一点决心,"我过去是寻呼小姐,做了很多年。"这是第一次,她和一个初次聊天的陌生人提起这个。

他坐在她对面,看着她在午后明晃晃的阳光下面,对他微笑。北方九月的阳光就是这样愣头愣脑的。不知为何,这个女人的笑容明明是轻描淡写,可是似乎能感觉到,她笑的时候,胸口那里用了很重的力量。她当然不像是一个大学刚毕业没多久的女孩子，他撒谎。肯定是她坐的位置导致的，不然就是她和窗口形成的角度——她不美丽，不娇嫩，仔细看左脸颊上还有一小片依稀的色斑，但她脸庞周围，尤其是鼻尖那里似乎有种微妙的晶莹，好像她正呼吸着的不是空气，而是光。

那是1998年，龙城人大都不太知道电脑。或者说，谷棋生活里的人，都不大知道。她第一次踩到机房暗红色的地毯，模糊地想起的居然是表姐的婚礼。一排又一排的电脑屏幕上，闪烁着绿色的字迹，站在门口那个位置死死地盯住看，若是眼睛花了，会恍惚觉得一排排的屏幕连成了一片，绿色的字样此起彼伏的，觉得自己来到了暗夜的湖泊。那些女孩子们嬉笑着，熟稔地从每个人的机位前面站起来，穿梭着，再坐下，不小心眼光瞟到门口的她身上，顿时就不苟言笑了起来。她们都穿着深蓝色的套装，现在想来是拙劣的面料，但是当时，还没满十八岁的谷棋恨不能倒退三步，把自己藏起来。

坦白地讲，后来，她也总是在实习生到来的第一天，故意让她们看到自己不苟言笑的表情。是炫耀吧，有一点，但是更重要的，她想要她们看见时间的痕迹，想要她们羞涩的眼睛见识一点与仪式有关的东西。就是要让菜鸟懂得，在机房里，即使是说笑，也是有仪式的。

她们的声音被训练成一种千篇一律的婉转，可是她喜欢。"您好，183号为您服务，请您讲话。"她也清楚那可能有点做作，但是她觉得这样说话的自己很美。有一回，她碰到了父亲想要呼他的一个老同学，她忍着笑，听完了父亲的留言，直到"谢谢，再见"，父亲都没听出来那是她。晚餐桌上她告诉了父亲，父亲惊呼道："他们干嘛要让人捏着嗓子，像只鸟那样讲话！阴阳怪气的。"她只是笑。她觉得她终于做到了一件事情：就是让自己看上去不再像自己。寻呼台的183号小姐，比"谷棋"或"谷琪"或"琪琪"都更美好。

往往，值完夜班的清晨，她拖着一身的倦意，和黎明的灰白色一起走在回家的路上，然后在路的尽头撞上一点朝霞的红。所以她有个顽固的印象：黎明就是漫无目的，并且漫不经心的。日出才没有书里说的那么壮丽，而是样懵懂的东西。她下意识地用力伸开十指，它们飞速地打了一夜的字。关节处微微的酸胀又让她隐约听见了那些雨点一般、令她自豪的键盘声。身后越来越远的，是她的寻呼台；眼前延伸着的，是马上就要热闹起来的早市，小贩们摊开新鲜的蔬菜，她下意识地躲开轻盈地和她擦肩而过的自行车，因为它们的轮子带起来的地面上的污水会溅到她的制服西裤上。偶尔遇上早起去晨练的邻居，她打招呼的时候使用的是日常情况下倦怠的喉咙："阿姨又要去锻炼啊？是呀我刚下班。"可是脑子里下意识地跟着这几个汉字，回旋着183号小姐甜美的声音。那样的瞬间里，她总是有点糊涂，眼前的，身后的——自己到底属于哪一个战场。

志强推醒她的时候，蒙眬之间她忘了自己几岁。因为她又梦见了寻呼台，她梦见了自己终于成为领班的那天——虽然只是小领班，还不是大领班，可是距离她怯生生地站在红地毯上的那天，已经过去了整整三年。这个升职，是用一次次成绩骄人的考核，还有三年来的全勤换来的。那时她刚刚和志强交往了两个月。志强眼睛里晕陶陶的,像是微醺,他说:"琪琪,送你一个礼物。"那是一个当年新款的摩托罗拉手机。"很贵的吧?"她惊喜地看着他。"你就用它给我发短信,随时随地,只要你想我了。"她柔情蜜意地抱紧他,接吻的时候她突然想起了一件事:如果大家都用手机发短信了,那么还会有人用呼机吗?紧接着她就埋怨自己。为何要在这样好的时候想起这个。

为何要在这样好的时候想起这个?她拥紧了乱糟糟的被子,对自己无声地笑笑,我真的是个迟钝的人。

"你再不起来就来不及了。"志强的声音从外面传进来,"你今天不是要去上课?"

"累死了,好不容易才盼到周末,不想去。"她懒洋洋的。

"随便你了,不是你自己说快要考试了么?"她听见了志强按下打火机的声音。

她在修读成人教育的课程。总得弄一个高些的文凭来,不然总是升不了职,终归是不好的。她挣扎着爬起来,听见某处骨头不满的抗议声。

课间休息的时候,她从学校出来买午餐,然后,在校门口,又看到了陈浩南。

"这么巧!"她自然知道那不可能是巧合。

"你上次吃午饭的时候说过,周末要上课。"他不穿西装的样子稍微好看些。

"那我并没有告诉你我在这里上课啊,你怎么……"她自己打住了。

"一起去吃饭?"他静静地询问她。

她突然明白了她为什么从一开始,就能记住他。因为他的声音。他说话的声音很好听,关键是,音色很特别。往昔的日子里,她总是下意识地在成千上万的声音里辨别一个悦耳的嗓子,就像一个孜孜不倦的淘金者。原来这习惯已经转化成了本能,在不知不觉间延续着。

她几乎没吃什么,因为慌乱。有什么东西不同了。可是又有什么呢?一个对她感兴趣的客户而已。和所有那些搭讪问她叫什么,或者悄悄把一张名片推给她的客户有什么区别。就算是她答应了他的邀请——不过是一起吃个饭,她又不打算知道他究竟在什么地方工作,不打算知道他终究要到哪里去,甚至不打算和他交换电话号码。有那么一瞬间她犹豫着要不要给志强打个电话,说点无关紧要的事情,打给他看——可是,会不会太没出息了,倒显得自己太当回事,太上不得台面。而且,这种时候想起志强做什么,大惊小怪的,好像真的要做什么坏事。她长久地凝望着手机屏幕上"志强"两个字的时候,突然意识到了他正坐在对面欣赏着她的犹豫。这可不是什么好兆头。

她意兴索然地叹了口气,"时间差不多了,我还得回去上课。你慢慢吃,我去买单了。"

他说:"怎么能让女士买单?要是你着急,就先走,剩下的交给我就好了。"

她松了一口气,无论如何,他算是个识趣的人。这个时候她听见了一阵音乐声,听旋律就是很老的那种,似曾相识的感觉紧紧地抓住了她,她应该知道那是什么歌,她一定知道,她必须知道,她闻得出那里面属于少年时代的气味,带着一种尘土般"沙沙"作响的杂音。在她终于想起那是什么曲子的时候,唱歌人的声音也来了,不早不晚,正好合上她脑海里那倏忽闪亮的一点灵光。

"今天只有残留的躯壳,迎接光辉岁月,风雨中抱紧自由。一生经过彷徨的挣扎,自信可改变未来,问谁又能做到。"

他在所有的衣兜里摸着,终于掏出了手机。那是他的铃声。他接起电话的时候她甚至有点遗憾,她想再听听黄家驹的声音,那个年代的香港歌里,总有一种说不清的悠扬。那悠扬必须由旋律,古老的配器混音,以及一个真正懂得什么叫"缠绵"的人,三者完美地契合在一起,才能形成。他三言两语就把电话挂了,然后,他发现她还在那里静静地坐着。

"你也喜欢Beyond?"她微笑着问。

他用力地点头:"《光辉岁月》,再没有比这个更够味的歌了。"

"那不是。"她严肃认真地摇头,"我其实就更喜欢陈百强。《今宵多珍重》那首歌,多少人唱过了,我还是最爱听陈百强那个版本。以前我在寻呼台的时候,遇上一个人,想要发两句这首歌的歌词给他女朋友,也许是情人。他说:'小姐你听好了,我说得慢点,你一个字都别打错。'然后他特别紧张地慢慢说:'放下愁绪,今宵请你多珍重。'——就这么一句话还念得磕磕绊绊的,我实在受不了了,就跟他说:先生你接下来是不是想说'哪日重见,只恐相见亦匆匆'。他惊讶死了你知道么?"她没料到,自己直到今天仍然记得"今宵请你多珍重"之后,是"只恐相见亦匆匆"。

"你那个时候,也爱听粤语歌?"他盯着她,那神情简直不像是在闲聊。

"对啊,也不知道为什么,虽然听不懂,也觉得好听。我喜欢的是那些八十年代的歌星,Beyond,陈百强,张国荣……"

"梅艳芳,谭咏麟。"他微笑着接着罗列。

"还有达明一派!"她简直要欢呼出来了。

"八十年代的粤语歌……一直到九十年代初吧,真的美。"他也兴奋了起来,"后来的那些怎么比啊,什么'四大天王',都是垃圾。"

"不能那么说啊,张学友还是可以的。"她又一次认真地提出了反对意见,"说是八十年代,那是在香港,可是等我们听到的时候,不还是晚了好多年。我记得我去一盒一盒地攒他们的磁带的时候,也上初中了。"

"我都没钱买磁带。"他眉飞色舞,"我是跟着电台里面的节目,一首一首地用家里的空白磁带录下来,有一次我不小心把我哥哥的英语磁带洗掉了,还挨了我爸一顿揍。"

"那时候我爸也成天骂我,他说干吗不好好听人话,要成天听这些个鸟语。"她愉悦地长叹一声,"你说,为什么呢?我们那时候为什么那么喜欢听粤语歌?或者说,为什么对粤语那么好奇呢?我就是觉得,那种语言唱起歌来,似乎是……叮叮咚咚的,特别脆。"

"是因为我们自卑。"他对过来收走他们餐盘的服务生真诚地笑笑,"外国和外国人对我们来说太远了,香港就不同,香港人也都是中国人,可是是一群活得比我们好太多的中国人。所以我们羡慕。"

"可能吧，"谷棋托着腮非常认真地想了想，"不过也不全是因为这个，能让我们从心里爱的东西，怎么可能全是因为羡慕？"然后她也跟着他笑了，"唉，十几岁那时候，我们真是土啊。"

"我第一次听 Beyond 的歌，就是《光辉岁月》，我刚刚上高中，1993 年底，我简直不知道该怎么喜欢黄家驹才好了。那时候没有娱乐新闻这回事，尤其是在我们那种小地方。我直到 1994 年的夏天，偶然听广播的时候，才知道黄家驹死了，他在我开始喜欢他的歌之前就已经死了。那天我没事找事地跟我哥哥打了一架，然后跑到外面去，跑去我们学校的操场——放暑假了，一个人都没有，我就在那里，一边听着蝉叫，一边大哭。"他笑了，"你信么？"

"信。"她不知不觉间，看进了他的眼睛里。

"你好像是真的来不及了，人家早就开始上课了。"

"是，我来不及了。我知道的。"

那时候她就像一个钢琴手那样，害怕手指受伤。因为只要指尖上有一个小小的创口，一天下来，都是酷刑。她的打字速度，在整个台里也是出类拔萃的。很多时候她看着自己的手，渐渐地意识有些涣散，觉得那双手不再属于自己，她就像一个观众，注视着屏幕上花样滑冰运动员的后外点冰三周跳那样凝视着它们。有的时候她觉得自己的双手马上就要毫无痛苦地飞离自己的身体，在空气中旋转成两朵白色的花。

"现在请您留言。"这句唱歌一般的话像是发令枪，她的手指们蜻蜓点水地伏在键盘上，等着出击。比如："下班回家买点酱豆腐。"还比如："我要加班，今天你去我妈那里接贝贝。"这个时候她会想，贝贝应该是他们的孩子，可是，万一是条狗呢，也不是没有可能的——这便是她的乐趣所在。所以她最讨厌的就是这种留言："请速回电。"干净得令人反感。她的手指刚刚飞起来，就必须停下，似乎有种惯性让它们不安地匍匐在键盘上，蠢蠢欲动。何必呢，要是就为了说这句话，买汉显呼机做什么？这是数字机就可以做到的事情啊。

她到现在都记得，有一次，一个声音很好听的女人只留了四个字："咫尺天涯。"她难以置信地问："就这些？"那女人很有礼貌地说："是的，就这些，谢谢你了小姐。"她们台里的几个女孩和她们的大领班一起吃饭的时候讨论过，她们嬉笑着达成了一致的意见，"她一定是在偷情吧。"大领班从鼻子里哼了一声，"我最恨这些搞人家老公的贱女人，不要脸。"一转眼，那些一人抱着一个饭盒嘻嘻哈哈的女孩子们都各奔东西，有的有了老公，有的，在搞别人的老公。

她的手指们只能在她聊 QQ 的时候才能寻回一点昔日的记忆。她一个人静静地坐在屋里，背后的洗衣机单调地响着。正在跟她聊的是一个初中同学，遇上了感情的挫折，她在这边不遗余力地安慰她，大段大段地，打着那些鼓舞人心、或者温暖人心的句子。她承认，她可以不必说那么多，她只是突然之间，想要手指放肆地寻回一点昔日的记忆。这些年，它们太寂寞了。兴起之时，敲击键盘的声音就不再是一个一个的点，而是连成了一条美好曼妙的弧线。曾经，遇上很长的留言的时候，就是这样的。一对情侣吵了架，其中一人向另一人求和的留言往往长得令人发指——超过了规定字数他们会连着发好几条。可那是手指的狂欢节。她还记得其中有个一听声音就知道还在上高中的女孩子，怯生生地说："最后一句话是：520

的意思是我爱你。"谷棋笑了,突然之间想逗逗她,于是她说:"明白了,520 就是您爱他,对吗?""不对,"那女孩子急了,"是我爱你,小姐你一定要照我说的原话打上我爱你,不能打成这个号码的机主爱你,你明白吗?因为这个呼机是我的,可是我是在代替我的好朋友给她男朋友留言,她的呼机被她爸妈没收了!所以她男朋友知道这段时间她都借我的呼机和他说话。可是你如果把留言打成是这个号码的机主爱他,那就要出大事了,那个男生会以为是我在挖墙脚,小姐你知道这很严重吗……"她解释得乱七八糟,但是谷棋听明白了。

身后的洗衣机开始狂躁了起来,因为洗涤完毕,开始甩干了。脱水桶里急速的飓风声和她打字的声音相互呼应着,她依稀觉得那些汉字因着她的速度,和洗衣机里的那些衣服一起,被飞快地搅和得七零八落。她们受训的时候都是用五笔输入法——所以汉字在她心中经常会是一个支离破碎的状态,也不奇怪。洗衣机终于静了下来,她在对话框里留了一句:等一下,去晾衣服,就回来。然后站起身,走过去掀开了洗衣机的盖子。看着里面一堆衣服已经缠在了一起,孩子气地在心里问它们:甩干的时候,疼不疼?

回来的时候,QQ 上闪烁着一个新的头像。"虹姐——"她开心地自言自语了起来。手指因着兴奋,移动得益发快了。"虹姐好久没见了,你好吗?"她能够想象虹姐在电脑的那一头,不紧不慢的样子,虹姐说:"琪琪丫头,下礼拜出来吃饭吧。"

虹姐就是她们的大领班。当年,虹姐第一个跟她说:"琪琪,你这么聪明的一个人,早点去学些什么,给自己往后做打算吧。"她有点疑惑地看着虹姐，身后，依旧是众人忙碌的身影，和一直弥漫到天花板的键盘声。月末考核在即，所有的女孩子都忙着要多接几通电话，好凑够每个月六千通电话的定量，不然会被扣钱的。

"我看我们是做不长了。"虹姐背起背包，看似随意地说。

"怎么可能？裁了谁也轮不到你和我头上。"她愉快地听着自己的鞋子敲击在楼梯上的声音。

"笨蛋。"虹姐嘲弄地啐她，"你自己看看，现在有多少人在拿手机发短信？日子长了，谁还用得着我们？"

"可是手机比呼机贵那么多，怎么可能人人都去用手机呢？"她不服气。

"有什么不可能？用的人多了，手机自然就会便宜。"

"那也不可能没人再去用呼机。"她固执地坚持。

"算了，跟你说不通。"虹姐比她大五岁，不过对于那个年纪的女孩子来说，五岁的差别已经很大了。虹姐轻轻地舒了口气，"不过呢，这样也好。从龙城开始有人用 BP 机的那天起，我就入了行。都这么多年，也差不多了。"

她们已经来到了寻呼台大楼外面的人行道上。2001 年的岁末，冬日的天空像每年一样，是种灰蓝色。一些给年轻人开的店铺已经挂上了圣诞花环或者是红袜子，谷棋知道，如果是父亲看见这景致，一定会对这荒谬的洋玩意儿表示鄙视。

"琪琪，我下个月辞职，还没跟任何人说，先告诉你。"虹姐转过了脸。

她看见他站在银行马路对面的书店门口。她犹豫了一下，悄悄回头看了看,下班的同事们三三两两地往外走,她犹豫不决的时候,却不期然地,看见交通信号灯变成了一个无辜的、原地踏步的小绿人。

他拎着书店的袋子,里面装着两三本书。看着她带着一脸不动声色的羞赧,朝他走过来。她走得很慢,就好像一道又一道白色的斑马线是有阻力的。他对她笑笑,说:"今天没什么事,就来逛书店了。刚才还在想,会不会又能碰到你。"

她几乎有点感激他。他已经有了她的电话号码,但是他依然用这种方式来见她。她也感激他撒了这个拙劣的谎。她清楚他并没有打算让她相信,他只不过是想消除一点她的负罪感。她说:"可是我今天跟人约了一起吃晚饭。就是虹姐。我跟你提过一次。"

"哦,我知道,不就是你们当年那个领班?"

"你这是什么记性啊……"她难以置信地赞叹着,"不然,你和我一起去算了。"紧接着她自己都吓了一跳。她觉得一定是脑子进了水才说出这种话来。

但是他安然地回答,"好啊。"

她说不清为什么,她真的很想让他见见虹姐。她觉得,可能是因为,她迫切地想让他参与一下她此生最美好的时光,仅此而已。

她知道虹姐是个会掩饰的人,不动声色并不代表不惊讶。"这位是——"虹姐嗔怪地拍打了一下她的肩膀,"也不介绍一下。"

"陈浩南。"他大方地对虹姐伸出了右手。

"是个朋友。"她说,"刚才下班路上偶然碰上的,就一起来了。虹姐——你越来越漂亮了。头发是新做的颜色么,真好看。"和虹姐见面的时候,她觉得她说话的语速在不自觉地加快,语调也随之变得轻盈了起来——其实就是变得更像当初的自己。

"是上个月染的。可是我倒是觉得,这个颜色只有在灯光下面才显得出,阳光底下不行的……"

"我看着好,人家不都说就是染完之后一两个月的色泽最自然……"她热心地伸出手指,轻轻抚弄了一下虹姐肩上散落的一缕碎发。她知道陈浩南在一边静静地听着女人的话题,她不知道该拿他怎么办。

"志强好吗?"虹姐看了陈浩南一眼,意味深长地问。

"当然好啦。"她笑了。接着她开始说了好几件志强生活里的趣事,虹姐配合着笑得非常开心。虽然她的确是想极力地对虹姐证明点什么,但是她的快乐也是真的由衷。他在一边看着她们,有的时候,也跟着她们静静地微笑,她自然是从来没有对他提起过志强,但是,此刻,他知道那是谁。

虽然气氛时有尴尬,但那实在是个愉快的晚上。他们每个人都恰到好处地喝了点酒,她和虹姐一起回忆了很多温暖的往事。微醺的时候,酒真的是样好东西,能让每个人都变得异常宽容。后来虹姐也十分友善地询问起陈浩南的工作来,陈浩南说不上健谈,但也不算不善言辞。于是他也开始轻松地讲起他走南闯北,遇上过的一些匪夷所思的客户——大都是些没有基本常识的暴发户们。

"你算是工程师,对不?"虹姐笑着问。看着他点头,虹姐又长叹了一口气,"还是这种工作好啊,不管怎样,哪里的人都需要机器的。尤其是你们做的那种开矿钻井用的机器就更神气了。哪像我们当初，一眨眼的工夫，就没人再用寻呼机。我们最好的年纪都交待在寻呼台里，结果呢——寻呼台关门那天，我还记得，大家吃散伙饭，台长祝酒的时候说，'不管怎么说，我们失业不是因为我们做得不好，是科学进步了'，呵呵，去他娘的科学。"虹姐的眼神有些迷离。

"吃散伙饭那天，你才没来！"谷棋在旁边抗议道，"你都辞职好几年了好不好呀？真正坚持到最后的是我！"

"我怎么没来？"虹姐瞪大了眼睛，"我是辞职了，可是因为我是台里第一个寻呼小姐，所以散伙那天，台长专门打电话叫我过去的——那天我喝多了回家狂吐，我老公，不对，我前夫还跟我吵得乱七八糟的……"

"虹姐！"谷棋尖叫道，"你离婚了？"

"大惊小怪什么呀。"虹姐又啐她，"没见过世面。跟你说个好玩的事情，我去领离婚证的那天，正好碰到虾米去领结婚证，你说晦气不晦气——我说虾米，我们都多少年没见面了啊……"

"宋霞？"她开心地说。

"你还记得她吗？"

"当然啦——"她冲着陈浩南转过脸，"虾米是我们那里最倒霉的一个女孩，总是被投诉。人家留言说：'我现在在书市。'她打成了'我现在在舒适'，直接传到那人老婆的呼机上——'舒适'当年是我们这里一个特别有名的洗桑拿的地方，除了洗桑拿，当然还能做别的，结果人家第二天来投诉她，脸上还带着指甲抓出来的血道子……"

"还有一回，"虹姐也兴奋地回忆着，"有个有精神病的老太太，一夜里呼了自己儿子二十次，留言内容都是儿媳妇给她下毒，要不就是儿媳妇要杀她……按照规定这种留言是不可以传的，结果她每条都传了。可是第二天，是谁来投诉虾米？就是那个老太太本人，她气势汹汹地说寻呼台的小姐陷害她，她完全没有打过那种传呼给她儿子，结果她儿子连夜从外地回家来和她儿媳妇吵架了，这都是寻呼台小姐的阴谋，搞不好这个寻呼小姐和她儿子有染，想借机破坏他的家庭……"

谷棋笑得弯下了腰，额头差点碰到桌面上，"这个我记得，'有染'，这是那个老太太的原话，她是被害妄想狂你知道吗？"

"可是我忘不了，散伙饭那天，"虹姐缓慢地笑笑，"居然是虾米哭得最伤心。"虹姐的眼睛缓缓地移到了陈浩南身上，他正在注视着前仰后合的谷棋，甚至忘了对虹姐的注视报以一个礼节性的回望。

他们走出饭店，陈浩南走远了几步，去街口拦车。虹姐深深看着谷棋的脸，这个欢笑之后突然寂静下来的夜晚，让虹姐说话的声音有了点预言的味道。虹姐说："琪琪，别毁了自己的好日子，我提醒你。"

"你说什么呀。"她有些不安。

"你知道我在说什么。"虹姐轻笑道，"志强是个好人。"

"喝多了吧。"她死死地盯了虹姐一眼。

"你自己当心，琪琪，你是那种会做傻事的人。"

"你也一样，要好好的。"她停顿了一下，"为什么离婚啊？"

"我不能生孩子。"虹姐温柔地笑笑，转身拉开了身后的车门。

司机按下了荧荧的"空车"灯,它倒下去的一瞬间,像是渔火。

"我想走一走。"她对他说。酒意上来了一些,脸庞一阵燥热。她知道她此时和他说话的语气变得随便了些。

他说:"好。"

晚风很妙,她贪婪地、深深地呼吸,然后自顾自地说:"那时候虹姐就像我姐姐。她辞职的时候我大哭了一场。她比我有远见,那么早就看清楚了我们的寻呼台要完蛋了……"她认真地凝视了他两秒钟,"虹姐走了的第二年,我就升成了大领班,按理,不该那么快的。可是那时候,越来越多的人在用手机发短信了。我们那个大厅里面——从一百多个寻呼小姐,变成六十个,四十个,三十个——到寻呼台关门的时候,只有我们八个人了。就算是八个人,工作时间也接不了多少电话……突然就有了好多的时间,可以在上班的时候聊天。"

她突然任性地坐在了花坛边上,两只手用力地撑在身体的两边,那是一种孩子的姿态,一边支撑着自己,一边看月亮。

"陈浩南。"她叫他的名字的时候声音清脆得很,"你说,他们还记不记得我?"

"谁?"他问。

"一定是不记得了吧。"她嘲讽地对自己笑着,"那些当初没有手机,只能用寻呼机的人们。我当然……我的意思是说……会不会凑巧有个人,会记得我?当然我不是说所有的人。比方有一次,我碰上过一个妈妈,她女儿离家出走了,她一边哭,一边留言说要她赶紧回家。她隔几分钟就呼一遍,内容都是一样的,我就跟她说,阿姨这样吧,我每隔十五分钟帮您呼一次您的女儿,您就不用再这样打电话了。她跟我说了那么多声谢谢——你说,她有没有可能还记得那个寻呼小姐?"

万家灯火都在静默之中,她自己摇摇头,"一定是不记得了吧。那个说'520就是我爱你'的高中女孩子,也不记得我了吧。那你说,那个人,会不会记得,有个寻呼小姐,替他说出来了《今宵多珍重》的歌词呢?就连他,也不记得有那么一件事情了吗?肯定不记得了。可是我还记得他们,我还记得他们呀……"

她低下头,她在哭。

他掏出了自己的手机,默不作声地摆弄了一会,音乐声传出来的时候,她扬起了带着泪的脸。

"愁看残红乱舞,忆花底初度逢。难禁垂头泪涌,此际幸月朦胧。愁悴如何自控,悲哀都一样同。情意如能互通,相分不必相送……"陈百强在幽然地一唱三叹,反正他已经不在这个世界上。

"放下愁绪,今宵请你多珍重;哪日重见,只恐相见亦匆匆——"他终于把他的手按在了她的肩膀上,他说:"我把这个传给你,做你的手机铃声,好么?"

她用力地点点头。

是从什么时候起,人们不再需要寻呼小姐了呢?只要你会拼音会笔画,你就会发短信。把你想说的话直接发给那个人。脏话,粗话,混账话,都不再有障碍。粗鄙,恶毒,下流,什么都OK。就像是狂欢节那般百无禁忌。没有了那个甜美的女孩子的声音在一旁等候着,就像少了一双温柔宁静的旁观的眼睛——什么遮挡都可以不再有了。什么姿态都可以不再让人觉得难看、难堪、难为情了。多么好啊，相比之下，寻呼小姐是那么做作，她们的甜蜜和礼貌都是些令人作呕的东西。可是为什么呢？怎么可以呢？

她忘不了自己端坐在那个由玻璃隔出来的、四四方方的小格子里面。她过滤着各式各样的声音，它们沾满了生活里的尘埃和秽物。"您好，183号为您服务，请您讲话——"在那个世界里，没有她从小长大的楼群里垃圾堆的气味，没有学校门口小摊上飞舞的苍蝇，没有邻居家伴随着"哗啦啦"的麻将声扔出门外的烧鸡的骨架，没有母亲挥舞着鸡毛掸子带着些许口臭的咒骂。那是她梦寐以求的人生。她只是想要这人生能够干净一点。她不知道这是不是自己那从小太过强烈的羞耻心导致的。她只知道，当她是183号寻呼小姐的时候，她在一点一点，接近着那个更干净的世界的幻觉。也许那样的世界无聊了些，没有味道。可是当那些留言，那些污浊陈旧得就像是用旧了的人民币一样的语言，经她一丝不苟地温柔地修改，变成一条条清洁多了的信息时，她仿佛觉得自己的背后生出了一对翅膀。

问题是，没有人像她一样那么在乎这种清洁。

她们的寻呼台是在2005年彻底关闭的。那年，她二十五岁。离开的时候，她转回头去，对183号台子，深深地看了一眼。然后她低下头去，给志强发了一条短信：我们结婚吧。

她把牛奶杯放在志强面前的时候，他们暖暖地对看了一眼。

她辛酸地看着志强，他吃东西的时候像个孩子。昨晚，他们一起去了姑姑的生日宴。志强表现得非常得体。喝了一些酒，说了一些笑话，热心地照顾着所有人，当然，最重要的，恰到好处地逢迎着姑姑。姑姑还是用那种散播真理的口吻对她的父母居高临下地说："你们看，我早就说了志强好。得着这么个女婿，还不是你们的福气。"

可是这男人并不知道，她到底是什么时候，最心疼他。

"琪琪，跟你商量件事情。"志强放下了还剩一个煎蛋的盘子。

"你说。"他应该是没有听出来她今天格外地柔顺。

"方晨有个朋友，想转让他手里的一个厂子。我去看了，挺好的，后面的停车场很大，厂房的面积也还可以，器械总的来说旧了点，可是用起来还是没有问题。最重要的是，那边还有几个不错的工人都不打算跳槽，就算换了老板也愿意继续在那待着……"

"你是说——"

"因为他急着出手，价钱很合适。我们现在的店铺也有点小了，这个机会很好，我不想错过，把现在的铺子卖掉，盘下这个厂，我就不再是小车行的老板，而是修理厂的老板了，那是不一样的。"

"可是……可是我们还得还房子的贷款，没问题吗？"她怔怔地看着志强。

"我算过了，把铺子卖掉的话，可能还需要三十万……"

"到哪里去弄那么多钱？"

"所以我才想跟你商量，你要不要去问问姑姑？"他垂下了眼睛。

"不要。"她硬硬地说，"当初开这个店，就是姑姑帮忙的，怎么好意思再去呢？"

"当初开店的钱不是已经还给她了吗？"

"反正我不去。"她把抹布甩进了池子里,"我宁愿把这个房子卖了,也不再去求她。"

"这是关键的时候你犯什么别扭!"志强的声音也提高了,"你们女人说话的时候能不能动点脑子?把这房子卖了我们住哪里?"

"我说了我就是不去。我们现在的日子有什么不好啊?我又从来没有嫌你穷。"她直直地盯着他的脸。

"我自己嫌,行不行?还不都是为了你吗?"

"为了我?你是为了你自己的贪心吧?"

"我操!"志强"腾"地站了起来,"你再说一次我是为了自己的贪心!"

她僵持地看着他的脸,重重地呼吸。就在这个时候,她想起了陈浩南。所有的怨气顿时消散了,胸口处酸楚得可怕,像是清晨的海滩,等着迎接汹涌而至的歉意。

"对不起,志强。"她索然地走到门口,换上了高跟鞋,"我得去上班了。我们回头再说吧。今天姑姑不在龙城,等她回来,我周末的时候去她那里一趟。"她不想看志强此刻的表情,像是逃跑那样关上了门。

下班的时候,他依然在那里等她,看着她慢慢走近,对她熟稔地一笑,就好像他已经这样等了她很多年。"一块吃晚饭?"他征询她的意见。她说:"行。""你想吃什么?"她说:"随便。"

他看出来她心神不宁。但是他什么都没问。她跟着他走过了街口,她不问他要带她去哪里,她甚至不问他为什么不乘车,仿佛她全部的任务,就是走在他身边而已。他们停在了银行后面一条小街的"如家"门口。

她惶惑地看着他。他平静地回看她。他们对望了几秒钟。他笑了。他说:"在这儿等我,我进去拿行李,然后我们再去吃饭。"

"行李?"她重复着。

"我们在龙城的项目做完了。我坐今天晚上九点的火车走。"

她这才惊觉她根本不知道他从哪里来。是的,他说过,他来自另一个北方省份的小城。但是那里绝对不是他如今工作和生活的地方。她其实对他一无所知。还需要问他乘火车去哪里吗?似乎是不用了吧。

"在这里等着我,知不知道?"他讲话的语气里有种非常明显的不放心,他一定是看出了她的恍惚。

"陈浩南。"他听见她在身后轻轻地叫他,声音轻得让他以为是个幻觉。可他还是以防万一,转过了身。她迟疑地挪动着步子,缓缓地上了两级台阶。然后,像是要跳楼那样紧紧地先把眼睛闭上,再扑过来抱紧了他。

我居然忘记了,你不过是似曾相识而已,终究还是陌生人。谷棋在眼前那片狭窄的黑暗里,用力地呼吸,就好像她置身于深沉的睡眠中。他的胳膊紧紧地箍着她的脊背。她不小心一眨眼睛,夕阳就像一滴眼泪那样,温热地从她睫毛的边缘划过去。十几年了,黄昏一点都没有苍老。或者说,黄昏一直都那么苍老,它自打一出生起就是个老人。所以它能原谅所有的事情。

从此以后,就再也不算是个好人了吧?

没错,不算了。

想做好人吗?

想,当然想,非常想。

那你现在在干什么呢?

在做坏事。

害怕那个变成了坏人的自己吗?

怕,当然怕,怕得不得了。

所以你要松开他,转身离开,忘了你认识过这个人,就当什么也没发生过。

不。不要。死都不要。

她坐在深夜的公交车站,铁质的椅子很冷。末班车来了,面无表情地在她面前停留了一会儿,见她纹丝不动,所以末班车不以为意地走了。

她打开自己的包,可她找不到手机。是在早上跟志强吵架的时候,把手机忘在了餐桌上吧。此刻,陈浩南应该正在疾驰的火车上,也许随着车轮和铁轨寂寥的撞击声睡着了,也许没有。本想发条短信给他的,可惜发不成了。她颓然地靠在椅背上,闭上了眼睛。有种倦意丝丝入扣地缠绕过来。她对自己轻轻微笑了一下。她知道她现在最需要什么。一个公用电话亭,然后,一个寻呼机。

"您好,183号为您服务,请您讲话——"183号小姐,你的嗓音真做作啊,可是我真嫉妒你听上去那么愉快和年轻。你好,我要呼——陈浩南的呼机号是多少?或者说,在他也曾经用过呼机的岁月里,他的呼机号码是多少?管他的,这都是细节。183号小姐,请你给我呼陈浩南,我知道你办得到。"现在请您留言——"183号小姐，你是好样的。留言，我的留言很短，只有五个字：今宵多珍重。就这样，没有了。我知道你明白的。"谢谢，请您挂机。"那么现在呢，你是不是要去和你的同事们，那些和你一样年轻的姑娘们聊刚才的那个女人？当然，是在午餐时间你们才有时间聊。你们嘻嘻哈哈地揣测她的故事的时候，你知道吗，她就是你人生的真相。

一辆闪着空车灯的出租车缓缓地靠近她，她惊觉着醒过来，默默地挣扎起身，上了车，报出家里的地址。

183号小姐，我要回家了，你呢，你已变成孤魂野鬼了吧。

志强把烟蒂按灭了，问她："你去哪里了？"

"去吃饭，跟虹姐。"她其实一点都不会撒谎。

"谁是陈浩南？"志强开门见山，把她的手机丢在茶几上。

那上面有一条短信，时间是刚才，他不知道她把手机忘在了家里。短信也是五个字："我忘不了你。"

"这里面还有不少短信是他发的，就在这几个星期。"志强站了起来，看进她的眼睛里去，"你有没有什么要解释的？"

她点了点头，然后摇了摇头。恐惧扼住了她的喉咙，但是她知道，此时此刻，她已失去了表达恐惧的资格。

"说话！"志强命令她，"做出那种无辜的表情，给谁看？"

她还没明白发生了什么的时候，只听见左边耳朵"轰"的一响。一种嗡鸣声不断地在脑袋的最深处盘旋。那声音尖锐地推着她，推得她倒退了好几步。她沿着墙像堆衣服那样滑到了地板上。这个时候她才意识到，她冰冷的指尖正在抚摸着自己滚烫的左脸。志强的影子在她眼前剧烈地摇晃了一会儿，就像是湖面被石头打乱了。终于能够看清的时候，她发现志强来到了她面前，手臂僵硬地伸着。

她用手背在嘴上抹了一把，很红的颜色，她平时才不可能用这么艳的口红。

"琪琪。琪琪？"志强刚刚的举动其实也吓到了他自己。慌乱中他收回了自己刚刚用来打她的胳膊，换了无辜的左手，缓慢地抚摸她的脸。眩晕中她艰难地抓住了他的五个手指，把它们贴在那个流血的地方。

我就像瞧不起这个仗势欺人的世界一样，瞧不起你。这个世界把我搞得狼狈不堪，可是我心里总有一个柔软的地方，心疼着它的短处。所以我还是爱这个让我失望透顶的世界的，正如，我爱你。

（这篇小说是个生日礼物，写给我的朋友宾妮）

2010年9月9日定稿于北京

莉　莉

第一章

　　莉莉在这个世界上看见的第一样东西是天空。尽管那时候她还不知道天空是天空。一大片无边无际的淡蓝色柔软地照耀着莉莉刚刚睁开没有多久的眼睛。莉莉的表情很懵懂。淡蓝色其实是一种很轻浮的颜色，可奇怪的是，当它尽情地蔓延成天空那么大的时候，你就会发现，轻浮，原本是宽容的一种。

　　不过莉莉不认识颜色。确切地说，她不知道每种颜色的名称。莉莉是只狮子，不是人。人为了让自己安心，养成了给万事万物都取个名字的习惯。可是狮子是没有这种习惯的。狮子用另外的东西来圈定自己的疆土，比如他们的爪子和牙齿，比如他们生来就拥有的暴烈。

　　妈妈粗糙和温暖的舌头缓慢地舔着莉莉柔软的脑袋，脸庞，还有小屁股。妈妈说："你会是个漂亮的姑娘。就像我一样漂亮。不过你最好不要比我漂亮啊，不然我会嫉妒你的，我的宝贝。"说着妈妈就开心地笑了，妈妈很多时候都像一个小女孩。她把莉莉圈在自己的两只前爪之间，不紧不慢地舔她的身体。妈妈很聪明。妈妈知道莉莉什么时候饿了，什么时候困了，什么时候想听妈妈说话了。

　　妈妈说她们住在一个很高很辽阔的原野上面。原野就是她们的家。家里的东西大致可以分为两种，就是能吃的，和不能吃的。奔跑的羚羊，妩媚的狐狸，瑟瑟发抖的野兔，这些是能吃的。"扑上去咬断它们的脖子，妈妈会教你怎么做的。"妈妈骄傲地望着怀里昏昏欲睡的莉莉。至于不能吃的东西：山峦，树木，还有似乎就悬挂在原野边缘的太阳。妈妈说："要敬畏所有不能吃的东西，宝贝。"

　　其实莉莉还听不懂妈妈的话。她刚来到这个世界上三天。她唯一会做的事情就是贪婪地吮吸妈妈饱满的乳房。奶水流进嘴里的时候，耳朵边总是响着一种轻微的"咕嘟咕嘟"的声音。妈妈把莉莉小小的耳朵含在嘴里，轻轻地咬了咬，不过一点都不疼。妈妈说："你追一只狍子的时候，你看着它跑远了，似乎是跑到前面的太阳里去了。宝贝，这个时候你可千万别以为你可以扑上去连太阳一起吞下去啊，尤其是黄昏的时候，黄昏的时候太阳就要落山，看上去是一副很温顺的样子。可是你不能忘了，太阳是不能吃的。"

　　妈妈的声音就是在说完这句话的时候突然消失的。但是莉莉并没有感觉出来什么异样。她只不过听见了一声短促而钝重的声音，那个声音似乎跟奶水的"咕嘟咕嘟"的声音有些不一样。但是奶水终究还在温暖地、源源不断地流淌着。所以莉莉就不在意了，她不知道那是子弹射进皮肉的声音。然后另外一种类似于奶水的液体温暖地,源源不断地抚摸着莉莉的小脑袋还有脸庞,代替了妈妈的舌头。

"你看,巴特。"那是一个年轻男人的声音,"原来她有一个baby。她在喂奶。"然后一只手把莉莉托了起来,奶水没有了,莉莉恼火地摇晃着头,原野的阳光无遮无拦地洒到莉莉的身上。那只叫巴特的猎狗疑惑地凑过来,闻了闻莉莉。奶的气味,阳光的气味,稚嫩的幼小的气味,毫无戒备的气味。巴特的喉咙里发出浑浊的声响。然后又是那个男人的声音:"好了巴特。我知道你在想什么。我跟你想的一样。"他的眼睛和阳光一起坦荡地照耀着莉莉,他说,"多漂亮的小姑娘,我要叫她莉莉,你觉得怎么样,巴特?"

那是莉莉第一次见到猎人。也是在那一天,她拥有了自己的名字。

猎人和巴特手忙脚乱地迎接着新来的小公主。猎人小心翼翼地把她抱在胸前,说:"巴特,你说她吃什么?牛奶?可是你觉得她会像你一样舔盘子吗?她这么小。好像我们得给她准备一个奶瓶,对不对啊巴特?"猎人犹疑地说。巴特无奈地站在一旁转了转眼珠,完全没有能力回答这么棘手的问题。"该死的。"猎人自言自语,"巴特,我们要赶时间了。现在去镇上,或者还能赶在商店关门之前买一个奶瓶回来。"莉莉就在这时候睁大了眼睛,认真地盯着猎人的脸。她似乎已经知道她除了信任他没有别的选择,信任这个为了自己的奶瓶而焦灼的陌生人——尽管她并不知道奶瓶是样什么东西。猎人凝视着莉莉漆黑的眼珠,叹了口气:"我不相信,一只狮子怎么会笑?"

第二章

  猎人的家住在原野的边上。要是站在莉莉的妈妈常常站立的地方，你会以为太阳每天就是落在猎人他们家的烟囱里了。但其实那是不可能的，太阳那么大，烟囱那么窄。烟囱装不下太阳，只装得下那些柔若无骨的烟。柔若无骨的烟缓慢地从烟囱里挣扎出来——因为猎人正在给莉莉烧洗澡水。

  莉莉的床是一个紫藤编的小篮子，猎人在里面铺上了半张羊毛毯。巴特紧张地守在篮子旁边大气也不敢出地看着猎人给莉莉喂奶。巴特知道，莉莉是个小姑娘。莉莉是个娇嫩的小姑娘。所以巴特简直不清楚自己该如何对待她，除了轻轻地把自己的爪子搭在她的摇篮边上。奶瓶买回来了，猎人自然是领受了一番杂货店老板娘善意的嘲笑。莉莉一开始拒绝着那个塑胶的奶嘴，因为它散发一种陌生的不友好的气息。"莉莉，乖女孩，来呀。"猎人的手指温暖地抚弄着莉莉柔软的肚皮，然后说："巴特，小心点，别把口水滴到莉莉身上。"巴特恼火地瞪了一眼猎人，依旧吐着粉红的舌头。猎人当然不知道巴特是在跟莉莉说话。巴特说："莉莉，你是莉莉，我是巴特。你明白了吗？你是莉莉，你是你，我是巴特，我是我。不对，你是我，我是你，我的意思是，你是你的我，我是你的你，哎呀不对，我的意思是，对你来说，你是我，我是你；对我来说，你是你，我是我。"天哪，这件事情还真是复杂。该怎么跟莉莉解释清楚呢？巴特除了用力地抖着他的舌头之外，想不出更好的办法了。

晚上，猎人的小屋很暖和。炉火生动地烧着，满室松木的清香。灯光和火光把这个屋子变成了一种奇怪的颜色，至少那不是你在原野上找得到的颜色。寂静的夜里天地混沌，外边很冷，把满地月光冻成了一个巨大的冰块。远处的狼嚎就像是一双冰鞋那样在冰块上划着复杂的动人轨迹。猎人没有邻居。最近的邻居就是山脚下的村民了，可是小屋离山脚少说也有十公里。莉莉和巴特喝的牛奶就是来自村庄里的一群母牛。村民们很尊敬猎人，因为村里一年一度的祭祀庆典上，所有供奉祖先的野兽和鸟都是猎人打来的。今年猎人居然打到了一头狮子，而且还是一头刚刚生育过的母狮子，这是个吉兆。

"莉莉。"猎人得意地说，"我是他们的英雄，你知道吗？他们会送来数不清的新鲜牛奶和熏肠。熏肠给巴特，牛奶都是你的。"莉莉四脚朝天，在温暖的水波里动了动。"莉莉。"猎人说，"明天我会去村里叫木匠给你做一个小澡盆。今天只好用巴特的了。就凑合一下，好吗？"

莉莉没有反应。因为她睡着了。猎人把她轻轻地放在小篮子里，她立刻乖乖地蜷缩起身体，其实她一点都不冷，只不过这是她从前世带来的关于旷野的记忆。巴特卧在她的小篮子旁边，伸出他的爪子护着小篮子。猎人关掉了灯，走向一张很大的橡木床。他们一家三口酣然入梦，幸福的生活就这样简单地开始了。

莉莉是猎人和巴特的宝贝。这是莉莉从有记忆起就知道的事情。莉莉就带着这种记忆心安理得地出落成一个任性的姑娘。那只紫藤的小篮子是早就睡不下了，有一段时间猎人甚至允许莉莉跟自己一起睡在那张宽阔的橡木床上。那是巴特都从来没有享受过的待遇。夜晚，当猎人说："现在我们要睡觉了。"莉莉就非常灵敏地跳上橡木床，忘不了炫耀地骄傲地看巴特一眼。然后猎人关上了灯，因此莉莉永远不知道一片黑暗之中巴特对她的炫耀报以宽容甚至是纵容的微笑。巴特是不会嫉妒莉莉的，巴特要保护莉莉。尽管要不了多久，莉莉的个头就比巴特高了。

当橡木床也容不下莉莉的时候，猎人从柜子里拿出一张金黄色的、厚厚的毛皮，把它铺在离炉子不远的地板上。说："莉莉，过来试试看。"那张毛皮真暖和，真舒服，比猎人的床垫还软。上面有一种莉莉很喜欢的气味。莉莉高兴地在上边打滚，把她的脸使劲地在毛皮上蹭，直蹭到脸庞发热为止。猎人看着莉莉撒野的样子，微笑："莉莉，它是你妈妈。"莉莉没有听见这句话，当时她正在非常大方地招呼巴特："巴特，我把这张毯子分一半给你。你睡这边，我睡那边。"

莉莉已经学会用人的方式辨认这个世界了。比方说，她已经知道了这片原野上很多东西的名字。她知道了山是山，水是水，树木是树木，太阳是太阳。当她走出他们的小木屋，一脚踏进厚厚的落叶里的时候，她会迎着吹到脸上的凉凉的风，想："秋天来了。"当她敏捷地把一只獐子踩在她的前爪下面的时候，她会想："它就要死了。"这本不是一只狮子应该有的方式。莉莉就是在不知不觉间遗忘了关于前生的记忆的。不过晚上，常常是在晚上，她卧在那张暖和的毛皮上听着狼在月光下至情至性地嚎叫的时候，心里会有一个地方隐约地一动。那个声音是一样不能吃的东西。她不知道自己为什么会冒出这个古怪的念头。不过她很快就睡着了，睡得淋漓酣畅，睡梦中肆无忌惮地翻了个身，就理所当然地占据了这张毛皮的大半。同在睡梦中的巴特颇为知趣地缩到了毛皮的一角，似乎同样忘记了莉莉当初"一人一半"的承诺。

无论如何，莉莉在慢慢长大。对于猎人来说，莉莉和巴特现在是他不可缺少的左膀右臂。有莉莉在，猎人总是不费吹灰之力。因为莉莉总会在第一时间像颗子弹那样冲着猎物饱满地冲出去，带起周围一阵肃杀的风。猎人惊讶地说："巴特，你注意到没有？莉莉跑得好像要比一般的狮子快。怎么会这样呢？简直像一头豹子。"

莉莉喜欢奔跑，奔跑的时候她会觉得自己变成了耳边呼啸着的风。自己不存在了，莉莉不存在了。只要你肯奔跑。莉莉不知道，自己如此痴迷奔跑的原因恰恰是，她不知道这件事情的名字叫作奔跑。那只显然已经筋疲力尽的鹿仓皇地回头，含着泪看了莉莉一眼，莉莉美丽的头颅一歪，纵身一跃，咬断了鹿的脖子。鹿只发出了一声很短暂很微弱的哀鸣，连血都没流多少。莉莉最迷恋的就是那最后的纵身一跃，那个时候的闪电般的力气好像不是来自自己的身体，而是来自神明的相助。在那样的纵身一跃里，自己变成了神明。"乖女孩。"猎人从后面赶上来，骄傲地拍着莉莉的脑袋，然后把鹿扛在肩膀上。鹿的眼睛依旧睁着。巴特兴奋地跑前跑后，摇头摆尾。莉莉则高高地昂着头，端庄地走在最前面，听着身后猎人有力的脚步声。猎人扛着鹿昂首阔步的样子就像是一尊青铜雕像。夕阳西下，是黄昏了。莉莉恍惚间觉得，自己刚才咬在鹿的脖子上的那一口似乎是连夕阳一起咬破了，所以才有这满地的晚霞缓慢地、深情款款地流淌出来。

那天的晚餐是鹿肉。猎人吃熟的，莉莉和巴特吃生的。其实莉莉是很喜欢散发着松枝香的烤肉的味道的。可是不知道为什么，自从她可以帮着猎人打猎之后，猎人就不再给她吃熟肉了。曾经有很多次，莉莉赌气地把猎人放在她面前滴着血的羊腿踢开。猎人叹了口气，蹲下来，摸着莉莉的脑袋："莉莉，要听话，我是为你好。你已经长大了，你吃惯了熟肉，以后怎么办？"莉莉不知道什么叫"以后怎么办"，她倔强地缩在她的毛皮毯子上，一动不动。这个时候巴特走了过来，默默地叼起那条羊腿，深深地看了莉莉一眼，然后狼吞虎咽了起来："莉莉，很好吃的，你看呀，我陪你一起吃好不好。"猎人和莉莉都愣住了。对巴特来说，他不知道猎人为什么要这么做，但是他相信猎人有猎人的道理。可是怎么才能让莉莉这个娇纵惯了的孩子听话呢？巴特想不出什么其他的办法了。

生肉很冷，有股原始的腥气。可是巴特自己也不知道，那条生羊腿，那条莉莉是因为他才肯吃的生羊腿就是离散的前奏。

那一天猎人带着巴特和莉莉到镇上去。镇子很远，每一次他们都是搭着村子里的人们的车去的。要经历很长很长的颠簸，可是车窗外面是永远的一马平川，就好像他们从没有走远过。猎人每隔一两个月总会到镇上去一次。买些必需的东西，去唯一的邮局取回来自远方的信。总是有人给猎人寄明信片来，从各种各样不同的地方寄来的明信片。寥寥数语而已，可是猎人看得很认真。莉莉跟巴特都不认识字，所以他们俩都觉得猎人那副认真相滑稽得很。去镇上的日子是巴特的节日，他是那么喜欢镇上，每一次，远远地看见镇上的炊烟，他就高兴得"汪汪"乱叫，似乎比看着猎人烤鹿肉还要过瘾。可是莉莉就不大喜欢镇上,莉莉不喜欢那么多的人。尽管所有镇上的人都认识莉莉,都善待莉莉。

第三章

猎人当然是要去镇上的酒馆喝两杯的。酒馆里的人们都热情地跟猎人打招呼。莉莉认得他们,婴儿时代的莉莉熟知他们中每一个的膝盖的气味。他们的手掌温热而遍布老茧,那是辛勤的印记。他们抚摸着莉莉的脑袋:"我们的小姑娘已经这么漂亮了。"猎人微笑:"当然。""真是不容易。"村里的木匠因为赶集碰巧也在镇上,"莉莉,你知不知道我一共给你做过多少个澡盆啊?"他是个和善的老人家,稍微喝一点酒脸就发红。"澡盆有什么用?"酒馆美丽的老板娘端出一杯猎人常喝的酒,热辣辣地看着猎人的眼睛,"莉莉已经长大了,我看你到哪儿去给她找头公狮子来才是正经。""你还是先操心你自己吧,"猎人熟练地接招,"到哪里给你自己找个男人来才是正经。""哈!"她把酒杯重重地往面前的桌子上一顿,"嫁给你,你要不要?""我?"猎人笑了,"我倒是想要,可是你得问问我们莉莉愿不愿意你来当后妈。""噢——我不知道这儿还有一尊神仙忘了拜。"女人弯下了身子,调侃地摆弄着莉莉的尾巴。她身上那股浓郁的香气是莉莉不喜欢的。莉莉烦躁地甩甩尾巴,一头顶在女人高耸的、软绵绵的胸脯上,冲着她龇牙咧嘴。这下酒馆里所有的人都哄堂大笑,"要死啰。"女人轻轻拍了一下猎人的肩膀,然后也跟着所有的人一起笑了。巴特在这一片哄笑声中如鱼得水地吐着他粉红的舌头,一副激动的样子。

在莉莉的记忆中,那天晚上猎人其实是很高兴的。也许是因为那些酒,也许是因为酒馆里那个美丽女人的调笑,也许是因为镇上的人间烟火慰藉了荒原长年累月的寂寞,也许是因为他终于又从那人间烟火中回到他寂静的家园里。总之,那天晚上,猎人突然蹲下身子,慢慢地看着莉莉的脸。他看上去真的很高兴,他伸出手,一点一点,无限珍惜地抚摸着莉莉。于是莉莉也懂事地用她的小脑袋蹭猎人的手心。炉火映红了猎人的脸,他的眼睛里漾起来一种迷蒙的东西。莉莉在他的眼睛里看见了两个自己,他忧伤地说:"莉莉,四年了。"

第二天早上他们一如既往地出门打猎。不过去的是山里。这让巴特很高兴。巴特喜欢进山里,因为他灵敏的鼻子在山里派得上大用场,往往是因为他,才寻得着猎物的踪迹。可是莉莉就很泄气,因为莉莉喜欢原野上一马平川的视野,在山里的时候猎人多半是用不着她的。天气已经变凉了,寂静的山中听得见松果噼啪坠地的声音。那些小松鼠们远远地看见他们来了,一个个像是舞蹈一样轻盈地藏匿于树枝间。猎人用猎枪指着桦树下面一堆巨大的粪便,微笑说:"巴特,看,熊来过了。"巴特兴奋地轻吠一声表示赞同。

莉莉懒洋洋地跟在他们后边,提不起一点兴致。山里的空气很好,可是不知为什么总是有种凛冽的阴谋在蠢蠢欲动。潮湿的泥土上留下莉莉花蕾一样的脚印,莉莉有些落寞地耸了耸自己的耳朵。然后她听见了水的声音。

那是一个峡谷。不算大,但是很深的峡谷。瀑布从遥远的、看不见尽头的地方汹涌而来，欢腾地在峡谷中粉身碎骨。火红的枫叶落满了水流不到的地方，宁静地腐烂着。莉莉的耳边充斥着水的声音，水在欢呼，在惊叫，在碎裂——那是莉莉在原野上没有听过的东西。每一次，当莉莉轻松地跳起来扑向一只猎物的时候，它们濒死的脸上从来都是呈现一种漠然的安静，不会像这些水一样，这么陶醉，这么不在乎。莉莉警觉地回过头，她已看不见猎人和巴特的影子。

　　起初莉莉并不着急。她笃定地相信不一会儿就能听见猎人焦灼地唤她的声音。她甚至颇为自得地享受了一会儿这来之不易的自由。但是没过多久，莉莉就开始不安了，又过了一会儿，她开始害怕了。山林总是不动声色的，天空也是不动声色的，峡谷还是不动声色的，在这巨大的不动声色中莉莉感觉不出一丝一毫猎人和巴特的气息。她的耳朵像是蝴蝶翅膀那样扇个不停，爪子一下一下地刨着柔软的逆来顺受的泥土。瀑布的声音越来越响了，恍惚中莉莉觉得自己在这喧嚣声中辨认出了巴特"汪汪"的嗓音。莉莉用尽全身力气叫了一声："巴——特——是你吗？我在这儿，你在哪儿啊——"

　　莉莉不知道自己这一声喊叫让整个山谷里的野兔和松鼠都瑟瑟发抖地缩成了一团。它们不知道这只美丽的母狮子其实没有一丁点杀意，她只是在寻找她的亲人。山谷里依然静谧。没有回音，只有阳光，阳光像叹气一样地偏西了。猎人没来，巴特也没来，但是莉莉看见了他缓慢地从峡谷的那一端绕了过来，静静地靠近她。美丽的鬃毛在风里不羁地抖动。我决定管这个闯入莉莉的故事的新角色叫阿朗。其实他是没有名字的，不过就叫他阿朗吧。因为他出现在莉莉眼前的那一刻，天空无限清爽，阳光就像他的鬃毛那样不可一世地放纵着。

阿朗静静地说："莉莉，我注意你很久了。"

"你是谁？"莉莉有些迷糊。

"我是你的同类。"

"你是说——"莉莉迟疑地靠近他，身体蹭到了他的脖子，"你也是一只狮子对不对？"

"这句话应该我来问你，莉莉。"阿朗笑了，"你真的还记得你自己也是一只狮子吗？"

"你是从哪儿来的呀？"莉莉有些不高兴地跳开了，充满敌意地望着面前的阿朗。

"莉莉。"阿朗认真地说，"你很漂亮。"

"我知道。"莉莉骄傲地仰着头。

"那你知不知道，你应该跟我走？"

"那可不行。"莉莉调皮地眨眨眼睛，"我得回家，猎人跟巴特现在一定在到处找我了。"

"你是一只狮子，莉莉。"阿朗坚定地说，"狮子是没有家的。"

"我有。"莉莉倔强地反驳。

"你总有一天会没有。跟一只猎狗一起给一个人打猎，真荒唐，那不是你该做的事情。"阿朗神秘地微笑了，"想不想知道，你该做什么？"

莉莉困惑地看着他，这个时候阿朗突然转过身，后退了几步，眼睛里有种灼热的东西开始燃烧。然后他弓起身子像旋风一样地奔跑,再然后,对着深邃的峡谷,纵身一跃,像是要寻死一样不管不顾。当然是没有死,他轻盈地、没有声音地落在峡谷另一边的满地红叶上。莉莉出神地看着他奔跑,起跳,飞翔,看着他在几秒钟之内变成了一个神明。那里面有种似曾相识的东西,莉莉明白了,她看见了自己。在原野上追逐猎物的时候,当你的杀气在体内积满,就要溢出来的那一个瞬间,你就会像现在这样,轻盈地、义无反顾地纵身一跃。

"看到了吗,莉莉?"阿朗又跳了回来,他眼睛里散发着火焰熄灭后余烬的温度,"你要不要试试?"

莉莉犹豫地摇了摇头:"太深了,也太宽了,我不行。我跳不了那么远。"

阿朗嘲讽地笑了:"你居然还敢说你是一只狮子。你一定没有听说过关于这个峡谷的传说。"

莉莉迟疑地说:"没有,事实上,我今天是第一次来。"

"住在这个原野上的每一只狮子都要跳一次这个峡谷。每一只,一辈子,总是要从这儿跳一次。不是每只狮子都能像我一样轻松地跳过有的狮子就死在这儿,这个峡谷底下的瀑布里。可是就算是这样,我们还是必须冒一次险,至少跳上一次。这是我们身为狮子,必须要做的事情。"

"为什么?"莉莉问。

"问为什么是人的习惯,莉莉。"阿朗说,"你不应该有这种习惯,因为那会冒犯神灵。"阿朗突然间靠近她,非常近,莉莉从来没有这么近距离地打量过一只公狮子的脸。她像前一天晚上在猎人眼睛里那样看见了两个小小的自己。阿朗温柔地看着她,说:"我们一定还会再见面的,莉莉,我在你的眼睛里看见了渴望。"

他的呼吸吹到了莉莉的脸上,让莉莉莫名其妙地有些慌乱。这个时候他潇洒地甩了甩鬃毛,说:"你不认识路,我带你走出山去。"

莉莉的爪子轻轻地碰了一下他绚烂的鬃毛,悄悄地想:"多美啊。可是为什么我就没有呢?"

第四章

夜幕降临了。小屋里依旧燃着炉火。猎人把半只烤熟了的山鸡放在巴特面前,说:"吃吧,巴特。前段日子委屈你了。现在莉莉走了,你可以像以前那样吃东西了。"巴特默默地站起身,看也不看面前的山鸡,走到屋角把自己蜷缩成一团。"巴特。"猎人耐心地说,"我知道你生我的气了。可是莉莉跟你不一样。当初我把她带回来是因为她还那么小,如果把她独自留在原野上她是活不下去的。可是现在她大了,她已经可以自己捕食了,她就必须回到大自然里。就是这么简单,巴特。"巴特依旧一动不动,只是喉咙里发出一阵"咕噜咕噜"的声音以示抗议。猎人当然是听不懂巴特的话的,巴特其实是在说:"那你有没有问过莉莉自己愿不愿意呢?"猎人蹲下身子,拍拍巴特的脑袋:"伙计,相信我,我和你一样舍不得莉莉。"巴特粉红的舌头又愤怒地伸出来了,他重重地喘着粗气,他其实在说:"莉莉也一样舍不得你和我。这才是最重要的。可是你当然不会这么想。你永远忘不了你是主人。"

猎人脸上的火光轻轻地抖动了一下。然后是一声门响。巴特一个箭步冲上去，把站在门口的莉莉扑倒在地上。已经有很久，他们没再像小的时候那样拥抱着在地上打滚了。巴特紧紧地拥着莉莉，莉莉笑了，开心地嚷："巴特你们到底在搞什么鬼啊？你们没想到我自己也找得回来吧。我厉害不厉害巴特？"莉莉想其实自己有些吹牛了，因为如果不是那个阿朗的话她自己是无论如何也走不回来的。巴特不知道莉莉的脸上为什么突然浮上来一抹陌生的娇羞，巴特没命地舔着莉莉的脖子，莉莉的脸，喉咙里"呜呜"地哼着。莉莉被弄得很痒，所以莉莉没有在意巴特为什么要一遍又一遍地说："莉莉。对不起。对不起。对不起。"

猎人是在这个时候走上来的。莉莉扑上去舔他的脸的时候他躲开了。他伸出手，轻轻地握住了莉莉的一只前爪，他说："莉莉，听我说，你不可以再回来了。知道吗？"莉莉愣了一下，然后继续撒娇地在他的手心里蹭自己的小脑袋。可是猎人站起身，"嘎吱"一声把门打开了。深蓝色的夜空和漆黑的原野就这样猝不及防地闯进温暖的小屋里。炉火跟着跳了一下，水波荡漾似的，在猎人的脸上抖动出了一些涟漪。莉莉惊愕地望着猎人，她隐约明白了这扇门是为了她才开的。

"走吧，莉莉。"猎人说，"你必须回去。回原野去。你的同伴都在那里，身为一只狮子，你没道理夜夜都睡在火炉旁边。莉莉，"他蹲下身子，摸了摸她的脑袋，"你长大了。你该当新娘子了。懂吗莉莉？你跟巴特不一样，你是女孩子，总有要离开家的那一天。因为不离开家你就没有办法做妈妈，没有办法为你的孩子找来一个爸爸。

莉莉，听话，走吧，别再回来。"

巴特紧张地在屋角竖起了耳朵，用一种近似于凛冽的眼神打量着这个场景，他看见莉莉歪了一下头，憨憨地，莫名其妙地看着猎人。细细的尾巴在宝蓝色的夜幕里像根芦苇那样妩媚地晃动。

"莉莉，勇敢一点。"猎人拍拍她的身体，"走，走吧。"莉莉很迟疑地往后退了几步。刚刚退到门外的时候，小屋的门就猝不及防地关上了。

那是莉莉第一次在夜晚的原野上细细地凝视自己的家。很深很深，就像个巨大的湖泊那么静谧的夜晚里他们小屋的灯光就像是一颗从天上掉下来的流星，照亮了这个屋子木头的、敦厚的轮廓。夜风四起，莉莉觉得自己的身体像是一个被拿去塞子的玻璃瓶。夜静静地、自由地灌注了进来，凉爽得很。那一瞬间莉莉心里几乎是感动的，她从没这样看一眼她平日司空见惯的家。她慢慢地走了几步，回一下头，走到一棵桦树下面的时候她停下了，因为再往前走的话，小屋窗子里的灯光就会看不见了。莉莉卧在了这棵桦树下面，她不知道她缓慢地卧下去的姿势就像一个优雅的女王，她只是非常肯定地想：只要过上一会儿，猎人就会给她开门的。夜空很远，很高，狼又在远处开始嗥。莉莉模糊地明白自己现在就像是一个回忆一样跟这片原野自然而然地融为了一体。没有房子的阻隔，没有灯光造成的温馨的假象。这样其实也挺好，她愉快地望着自己呼出的一团清爽的白霜，然后想，真冷呀，所以猎人一定马上就要给她开门了。

这个时候巴特羞耻地卧在窗子旁边，为自己一个人享受着炉火而脸红。

不知过了多久，月光照亮了莉莉面前的土地。在月光中莉莉倔强地抱紧了自己。一只乌鸦从月亮上飞了过去，凄清地叫着。

门终于开了。漆黑的夜突然睁开了一只橙红色的温暖的眼睛。莉莉快乐地朝着熟悉的方向飞奔而去，四肢被冻得有点僵了，不过没关系，莉莉已经闻见熟悉的气息了。猎人站在她的面前，忧伤地摇了摇头。

"莉莉。"他说，"你不懂我的意思吗？你等在这儿是没有用的。从现在起这里不是你的家了。我让你走，你得回到你来的地方去，你明白吗？"

莉莉恼怒了。因为猎人居然在她马上就要接近温暖的炉火的时候拦住了她的路。你太过分了吧。莉莉瞪着猎人，眼神愤怒得像是冰蓝色的火焰。

猎人突然弯下腰，从地上拎起铺在火炉边的毛皮。那是莉莉跟巴特睡了好几年的床。那上面散发着让莉莉最喜欢最安心的气息。猎人非常猛烈地在莉莉的鼻子前面抖动着它。很多受了惊吓的灰尘于是在周围的灯光里欢喜地舞蹈。

"莉莉，看看这个。"猎人直视着莉莉的眼睛，"你记不记得我跟你说过，这是你妈妈？记得吗？它是你妈妈。现在我告诉你，你妈妈是被我打死的。这张皮是村里祭祀完了以后才剥下来的。我不是你的亲人，我本来应该是你的仇人。莉莉，你懂了吗？"

你胡说。莉莉扑了上去。她只是想赶开这块该死的毯子而已。她听见巴特在屋角的一声短促暴烈的惊呼。短暂的寂静，然后她看见了血。

"巴特，你安静点，没事。"猎人平静地说，一边从已经被抓破的衣袖上撕下来一条，熟练地扎在自己染红的手臂上。屋子里只剩下莉莉和猎人重重的喘息的声音。血微妙的气息让莉莉莫名其妙地眩晕。那是一种熟悉的，跟征服相关的气味。莉莉不知道原来猎人也是会流血的。

"很好。"他把他受伤的手臂伸到莉莉跟前，"其实你我的关系本来应该如此。无论如何，你是一只狮子。下次见面的时候，那应该是在原野上，或者是山里吧，别忘了你要像刚才那样对待我，莉莉。"

莉莉转过了身。苍茫的夜色给了她一个寒冷的、柔情似水的拥抱。她想：已经是冬天了。

她终于还是在那棵桦树下面停下了。她犹豫着，要不要像刚才那样卧下去。不过这一次，不是为了等待。她知道那扇门是真的不会再为她而开。那么是为什么呢？她想不清楚自己究竟是失去了什么东西，还是搞错了什么事情。她的眼睛突然间像星星那样闪了一下。因为那种明白自己永远失去什么东西的感觉很恐怖。

然后她看见，阿朗来了。

阿朗就像是从月光里游出来的一样。无声无息，温柔而蛮横地踩倒了原野上蒙了一层霜冻的小草。阿朗静静地说："莉莉，我说过。我们还会再见面的。"

那天晚上，莉莉成了阿朗的新娘。她不知道当她懵懵懂懂地跟着阿朗朝山的方向行走的时候，猎人就站在小屋的床前，看着他们的背影。然后猎人微笑了："巴特，我说过，莉莉是个了不得的姑娘，你看怎么样,漂亮的女儿永远是不愁嫁不出去的。"巴特懂事地卧在墙角,他知道背对着他的猎人的表情此刻很落寞。

第五章

莉莉从来没有试过在满天的星斗下面睡觉。阿朗卧在她的旁边,挡住了风。阿朗说:"你慢慢就会习惯。我每天晚上都会卧在能给你挡风的那一边,这一点,你可以放心。"莉莉顺从地把她的小脑袋贴在阿朗的肚皮上,温热的。她听见阿朗的心脏跳动的声音。"那你呢?"莉莉有点不好意思,"你就不冷吗?"莉莉只有在面对猎人跟巴特的时候才会心安理得地享受所有的关怀,相反,如果这关怀来自其他人,她就会觉得不安,觉得受之有愧。其实正是因为她拥有过太多的宠爱,所以她才会对分外给予宠爱的人格外敏感。"莉莉。"阿朗像是知道她在想什么,"从今天起,你就把我当成猎人和那只笨狗吧。"阿朗笑笑,"因为现在我就是你唯一的亲人了。""巴特不笨。"莉莉不同意地说,突然觉得心里有一阵很紧的疼痛。因为她想起她慢慢地迎着辽阔寒冷的夜色从小木屋里走出去的情形。

她转过脸,睁大眼睛看着满天的繁星,她不愿意想下去了,她说:"阿朗,你知道为什么月亮很好的时候就看不见星星,星星很多的时候就看不见月亮吗?"阿朗伸出舌头舔了舔她的脸:"本来就是这样的,有什么为什么。""我觉得月亮碎了的时候就变成满天的星星了,你说对不对呀?"莉莉认真地看着阿朗。阿朗温柔地微笑了:"对。我也是这么想的。莉莉,我们睡吧。"阿朗微笑的时候跟猎人很像，很温暖，可是有股很冷静的，跟权威有关的寒意不动声色地藏在这微笑后面。不要再想猎人了，莉莉对自己说。她知道也许她跟猎人再也无法相逢。不要再想，不要再想了吧。那种滋味真是恐怖，那不是莉莉熟悉的任何一种滋味呀。

大多数动物都比人要擅长遗忘，那是为了生存。它们忘掉曾经的危险，饥饿，恐惧，还有伤害，然后，心安理得地跟岁月艰辛地相处下去。在这个生生不息的自然里，有那么一瞬间，它们发现了某种神谕般的宇宙的真相，因为没有语言跟记忆，也就淡忘了，并没有觉得自己发现的东西有什么了不起。可是莉莉毕竟有些不同。她有比别的动物更深，以及色彩更鲜明的回忆。往昔的岁月，人类的语言，等等，总是在某个意想不到的瞬间跳出来折磨她，让她领受那种煎熬的滋味。莉莉咬紧牙忍耐着，对这种折磨守口如瓶。把莉莉从一个少女变成了一个妇人的，其实并不是阿朗，而是这种没有尽头的忍耐。

有些事情永远不能对任何人说。有些事情永远是只有自己知道就足够了。可惜阿朗就不明白这个。他是那么喜欢倾诉。好像对于他来说，再大的苦难都是可以拿出来跟人讲的。莉莉卧在他的身边，充满怜爱地看着他的脸。这是我的男人。莉莉微笑着对自己说。

他是我的，这个跟我水乳交融，跟我骨血相连，跟我有肌肤之亲的男人。

阿朗总是不厌其烦地回忆着过去。阿朗是狮群里的王子，准确地说是曾经是。当阿朗的父亲老去的时候，年轻力壮的狮子便起来推翻他。经过整日的搏斗跟厮杀，年轻的狮子终于咬断了他的喉管。"他已经体无完肤。"阿朗忧伤地说，"我不知道他怎么可以撑下来那么久的。"新的王产生了,整个狮群里的成年公狮第一件要做的事,就是一起杀掉死去的旧王的全家。可是阿朗逃了出来,从此开始了他流亡的日子。

"莉莉。"阿朗热切地看着她的脸,"答应我,给我生孩子。我们会生很多很多的孩子。然后我们一起去找他们。我得把属于我的东西夺回来。莉莉,你生来就是要做我的王后的。我知道,我一直都相信一件事,世界上既然有一个像我一样的阿朗,就一定会有一个像你一样的莉莉来跟我遇上。不对吗?"莉莉宽容地看着他,心里暗暗地叹气:"你呀。"

莉莉对所有与征服有关的事情都没有兴趣。杀戮从来都不是也不该是一样用来见证荣耀的东西。杀戮是为了自己的生存。仅此而已。就算你是狮子,是一只会被很多动物害怕的狮子,也是如此。但是莉莉从来就不会对阿朗说这些。她只是静静地,美丽地微笑着,看着正在梦想的阿朗。阿朗说:"莉莉,你知道。我本来就是一个君王。"莉莉回答:"是。当然。"阿朗说:"莉莉,你知道。我不是为了要报仇,不是。我为王位而生。"莉莉说:"是。我知道。"阿朗说:"莉莉,我总是会梦见他,那个咬断我爸爸的脖子的家伙。他有一点特别,他颈子上有一圈毛是黑色的,像是凝固了的血。我想象过很多次,很多次。我就是要对着那圈黑色咬下去,让新鲜的血流出来,覆盖它。莉莉。"莉莉回答:"没错的。你应该这样。"阿朗的声音缓慢了下去,似乎是困了,他低声说:"莉莉。我也不知道为什么。有的时候,你很像我妈妈。我这么觉得。其实我已经不再记得我妈妈长什么样子了。"

在阿朗平缓的、沉睡的呼吸声中，往事就这样涌了上来。像鲜红的、翻腾的血液那样涌了上来。猎人说："莉莉，你的妈妈是我打死的。明白吗？我不是你的亲人，我原本该是你的仇人。你明白吗？"莉莉其实不明白。莉莉从来就没有仇恨过。莉莉懂得那些蕴含于赤裸裸的厮杀中的寒冷的、没有道理可讲的规则，可是她从来没有真正地仇恨过谁。然后莉莉问自己：阿朗知道什么叫仇恨吗？好像是不知道的。其实他只是想征服跟战胜，并不具体地针对什么人。远方的天空被火光映红了，莉莉听见了号角跟音乐的声音。那是祭祀，是村子里的祭祀。莉莉的心脏狂跳了起来，她怯生生地推醒了阿朗，"阿朗，我们去看祭祀，好不好？"她被自己言语间那种颤抖的渴望吓了一大跳。她没有追问自己那到底是为什么。

当莉莉轻车熟路地带着阿朗来到岩石上边的时候，阿朗很不满地嘟哝着："莉莉，你为什么总是对人的事情这么感兴趣？"巨大的岩石脚下的篝火映红了阿朗俊美的脸庞。莉莉充满歉意地望着他，阿朗终于叹了口气，不再抱怨了。村子里的祭祀仪式就在他们脚下，一览无余。莉莉屏住了呼吸，目光灼热地盯着那个往日最最熟悉的位置。曾经，她和巴特就坐在那里，人们给他们俩戴上沉重又绚烂的花环。人们热闹地说："瞧瞧这兄妹俩，多神气啊。"但是现在一切都变了，莉莉静静地待在峭壁后面，她知道那已经不再是她的生活。

可是猎人不在人群里，巴特也不在。在这个最盛大的节日里，英雄居然不在场。莉莉知道，有事情发生了，而且是不好的事情。莉莉表情淡漠地把这个事实吞下去，咽下去，就像她第一次吞下那些滴着血的生肉一样，就像这个事实也在散发着原始的腥气。也许他没有死,不应该把事情想得那么糟糕。也许他只是受伤了。也许他只不过是带着巴特去镇上了。这个时候鼓乐的声音更加地热烈了,人们围着篝火跳起了舞。阿朗兴奋地抖了抖他的鬃毛,强烈的鼓点让他振奋,因为那和心跳的声音类似。今年的舞蹈跟往年没什么区别。但是在很久很久以前,不是这样的。居住在原野上的人们把祭祀的舞蹈看得比什么都重要。舞蹈一定是每年都要换新的,要花很大的精力去排练。那个时候,很久很久以前,这都是猎人告诉莉莉的,原野上的人们都向往着盆地里的生活。因为盆地里的人们安居乐业,盆地里总是风调雨顺的,日子过得一点不像原野上这么辛苦。可是对于那个时候的人们来说,盆地太遥远了。原野上的孩子们都知道,对于盆地里的人来说,丰收是一件再自然不过的事情。可是只有当孩子们长大后,体会过劳作的艰辛,才知道随随便便的丰收是一样多么贵重的梦想。于是他们再无限神往地对他们自己的孩子说:"盆地里的人们只要把种子一撒就什么都不用管了,庄稼就像野草一样疯长,管都管不住。"有关盆地的向往就这么世世代代地传了下来,偶尔,当有人真的有机会去盆地看看的时候,他们就跟盆地的人们买来一个舞蹈。舞蹈是买的,因为要用山里的野味交换,才可以跟盆地的人们学习这些舞。在祭祀的仪式上,他们会向所有居住在原野上的人们跳买来的、贵重的、盆地人的舞。于是所有受苦的人们,有了一个机会。在这短暂的舞蹈的瞬间里,以为自己变成了盆地人,变成了不必为生存担心的盆地人。只要有这么一点点念想,他们就可以任劳任怨地活下去了,哪怕丰收就像是悬挂在原野边缘上的夕阳,看上去唾手可得,可是你永远都够不到。

第六章

　　鼓点越来越快了，祭祀中最重要的节目来临。人们要把他们的英雄，也就是猎人，抬起来，抬得高高的。以往，这个时候排山倒海的欢呼声让莉莉跟巴特的心里激起一阵狂喜的惶恐。因为明明知道这个场景是再快乐也没有的，可是莉莉就是能从这极致的欢乐跟放纵里嗅出一点毋庸置疑的杀气。此刻，欢呼声又在脚下响起来，像潮水一样，迷醉地冲刷着阿朗的眼睛。

　　英雄被人们抬起来了。但是这个英雄不是猎人。或者说，是一个新的猎人。他的头上跟脖颈上挂着跟往年的猎人一模一样的装饰。但是他不是猎人，不是莉莉认识的猎人。不用再怀疑了，莉莉的猎人已经死了。莉莉对自己凄然地微笑了一下，她知道自己终有一天会接受这件事情的，就像她终究接受了猎人的抛弃，就像她终究接受了阿朗。可是有一件事让莉莉害怕，她发现，虽然猎人已经换了，虽然英雄已经换了，可是人们还是爆发着一模一样的、震耳欲聋的欢呼声。难道说，其实他们根本就不在乎谁是那个被抬起来的英雄，只在乎这个可以欢呼的机会吗？莉莉记得猎人是用一种什么样的语气对自己说："乖女孩，我是他们的英雄。"他们骗你。莉莉在心里说。你一定是为了给祭祀的盛典打一头猛兽才送命的。为了你身为英雄的荣耀。可是这根本就不是给你一个人的，不是。他们把这荣耀准备好了，可以随时给任何人。只不过你刚巧赶上。你怎么那么傻？

直到此刻莉莉才明白。猎人是她的初恋，是她此生第一个情人。但是当她看清这个的时候，她做别人的新娘已经很久了。

她宁静地转过脸，对阿朗说："我们走吧。"阿朗目不转睛地盯着脚下，"为什么？刚刚才开始好看，你不要煞风景。"

"走吧。阿朗。"莉莉坚持。

"莉莉，别烦我。"他甩了甩鬃毛。

莉莉沉默了一会儿，静静地转过了身，独自朝远方走去。她的尾巴划出了一个傲慢而又优雅的弧度。夜风扑在莉莉的脸上，是凉的。远处的山静静地勾勒出一个比黑夜更黑的轮廓。从没有一个时刻，莉莉像现在一样渴望去到一个除了孤独之外一无所有的地方。无所谓依恋，自然背叛也就无从谈起。只有一种地老天荒的、遥遥无期的力量。身后响起的那声阿朗的吼声也没能动摇她心里那种无比坚硬的渴望。

"莉莉，你威胁我。"她知道阿朗生气了。

莉莉静静地转过身，深沉地看着他的脸："我没有。"

"但是你一个人走了。"

"那是因为你不肯跟我走。"

"莉莉。你这是在命令我。"阿朗的眼睛蒙着一层薄薄的冰，"你居然敢命令我。"

"我为什么不敢？"莉莉温柔地说。她本来想说"别忘了你现在还不是君王"，但是她终究没有说，因为她知道那样会伤害他。

"你敢。你当然敢。那当初那个猎人把你扔到门外面的时候你为什么不走？不像刚才那样掉头就走？走得多漂亮多潇洒，难堪全是别人的。"

"阿朗，你别这么说。"莉莉的脸色依旧平静得像月光下的湖泊，所以阿朗不知道，莉莉是在乞求。"他已经死了，阿朗。别再提他。"

"我真替你害臊。"阿朗暴躁地一跃，轻盈地直逼向莉莉的脸庞，"他死了。你很难过。可是他是人，莉莉，你居然爱他。你居然爱一个人。"

"我没有。"莉莉的眼神很无助。

"你全都看见了，那些人有多蠢。你的那个猎人活着的时候他们把他抬起来，死了以后他们换个人来抬。简直蠢得就像一群泥土里的蚯蚓，还总是喜欢自作聪明。"

"我们不也是一样的吗？否则的话，那些原来看见你爸爸就发抖的狮子们为什么还要帮着新上来的王追杀你？"

短暂的寂静过后，阿朗悲哀地摇摇头："莉莉，背叛你自己的族群对你有什么好处？你以为你真正爱了一个人，你就能变成人了吗？他们照样会朝你开枪，就像打死你妈妈一样把你当成一个庆典上的祭品。"

"那是他们的事。跟我无关。"阿朗头一回在莉莉的眼睛里看见一种凛冽的东西。

"莉莉，在这个世界上只有我不会伤害你。只有我和你才是一样的。我们都是狮子。"

"阿朗你说得对。只有我和你才是一样的。"莉莉美好地凝视着他，"不是因为我们都是狮子，而是因为我们都是叛徒。"

那天晚上，当阿朗习惯性地卧在风吹来的那一边的时候，莉莉突然觉得自己从来没有像此时此刻一样眷恋他。猎人走了，这世间顿时空荡荡起来。如果不用满腔疼痛的柔情来填满它，又该怎么办呢。阿朗转过脸，舔了舔她的脸，也不知道阿朗有没有在她的眼睛里看到那种前所未有的缠绵跟顺从。阿朗说："莉莉，你说过，你不会离开我。"莉莉说："对，我不会的。你记得，就算有一天你离开了我，我也不会离开你的，阿朗。"

后来，当莉莉无数次地回忆那段跟阿朗在一起的日子的时候，总是在想：他们其实从来就没有碰上过阿朗嘴里的敌人——那个狮群。有的时候莉莉也会问自己，阿朗那个关于复仇的故事到底是不是真的。但是莉莉从来就没有问过阿朗。莉莉自己也说不上来她是从什么时候开始变得这么不爱追问的。但是，她的确是对所谓的"答案""真相"之类的东西越来越不感兴趣了。转眼间，秋天又一次来临。因为莉莉从空气中闻出了一种睡眠般的凉意。阿朗总是喜欢到峡谷那里去，有事没事就喜欢跳过去再跳回来。莉莉在一边胆战心惊地看着阿朗像个贪心的孩子那样一次次跟粉身碎骨擦肩而过。可是她从来就没有阻止过阿朗跳峡谷。因为，阿朗纵身一跃的样子真是好看死了。莉莉永远都看不够。

第七章

那一天，莉莉梦见了阿朗在跳峡谷。飞起来的时候阿朗还转过脸对她调皮地笑了一下。然后莉莉就醒来了，发现阿朗不在身边。莉莉找遍了整个原野，那几天所有的动物们都见过一只不知疲倦地狂奔着的母狮子。野兔们疑惑地说："也许她是疯了。"最终她停了下来，转向了那个她一直逃避着的方向。

她以为她将在峡谷的下面看到阿朗的尸体。可是阿朗不在那里。那里除了峭壁跟激流之外，没有一点点别的痕迹。水的声音是很暴虐的，至少它不能给莉莉任何意义上的抚慰，就像庆典上人们的欢呼声一样危机四伏。当你经历过离散之后，你就可以在周围的空气中嗅出永诀的味道来。莉莉缓缓地卧在了峡谷的旁边，她看见枫叶红了，她知道阿朗不会再回来了。

她不知道阿朗为什么要丢弃她。她并没有多想。原因并不重要，或者原因本就不是她该追问的东西。她想起第一次见面的时候，阿朗对她说："问为什么是人类的习惯，莉莉，你不该养成这种习惯，因为那会冒犯神灵。"她甜蜜地、一次又一次地回味那个初次见面的场景，那时候的阿朗那么沉稳跟骄傲，眼睛里总有种可以控制一切的霸气。可是在成为他的新娘之后她才发现，其实阿朗还是个孩子。她幸福地回忆着，幸福得忘记了她已经像失去猎人那样失去了阿朗。

你好像总是在最最珍惜一样东西的时候失去它。这似乎是个规律。也因此，总结出这个规律的莉莉反而对此泰然自若。如果一定要这样，那就随它去吧。一种灼热的饥饿在她体内疯长着，似乎要把她的内脏烧成灰烬。她想也不想就冲着一头远方的鹿冲了过去，熟练地咬断了它的脖子。死去的鹿冰冷的血液可以暂时扑灭她体内那团火，还有深不见底的寂寞。狼吞虎咽的时候她感觉到身后有一双眼睛在注视她。她不慌不忙地转过头，唇边带着一缕血迹。

"莉莉。真的是你。"巴特说。

那一瞬间她不知道自己该使用什么样的表情。她慌乱地想，自己这样冷漠地一言不发，巴特说不定会生气的。她不知道巴特心里在想：莉莉真的一点都没有变，你看，吃东西的时候还是那种又狠又无助的眼神。

然后莉莉就看见了猎人。他朝着他们走过来，走得很慢，甚至有一点蹒跚。他居然没有带那支就像是他身体的一部分的猎枪。那个时候莉莉不知道自己该留下还是该掉头就跑。猎人已经来到了她的面前，他的那双旧靴子离她这样近。那上面散发着小木屋里的气息。可是猎人却说："巴特，走吧，我们该回家了。"

然后巴特忧伤地看了莉莉一眼，没有作声。猎人往前跨了一大步，腿碰到了莉莉的脊背。他将信将疑地蹲下身子，手慢慢地抚摸着她，他说："莉莉，是你吗？真的是莉莉吗？"巴特在一边轻轻地吠了一声，算是一个肯定的回答。

"莉莉，乖女孩。"他的掌心摩挲着莉莉的小脑袋，"我现在已经看不见你了。"这么说的时候他微笑了一下，他的眼睛依旧是他脸上最精彩的部分，像个暗夜中比夜晚本身还幽深的湖泊。可是它们不能再帮他看东西了。猎人的视线现在就像一只翅膀被折断的鸟，看似停留在天地间的某个点上，其实与这个世界早已没有任何关系。莉莉闭上了眼睛，用力地在他的掌心中蹭自己的脸，"看不见就看不见吧。"她对自己说：我还以为你死了。你活着就好。无论如何，你和阿朗之间，要有一个能活下来呀。他温暖的手抚摸着她的全身，脊背，爪子，尾巴，肚子。摸到她的肚子的时候猎人愣了一下，他说："莉莉，你自己知道吗？你要做妈妈了。"

那天晚上莉莉又回到了她的澡盆里。温暖的水浸泡着她，混合着松木香。炉火把猎人的脸庞映衬得有些醉意。他似乎变了，莉莉觉得。可能是失明的关系，跟黑夜朝夕相对，心就慢慢变得温柔了，混沌了，对很多事情不求甚解却能够明白了。不像过去那样，因着一份近乎残酷的自信，无论如何都坚守着清晰的标准。"莉莉，"他说，"你回来了。真好。"

那天晚上月色很好，把小木屋变成了一个清澈的游泳池。在猎人熟悉的呼吸声中，莉莉的小脑袋轻轻地在门上一顶，门开了，当前爪已经踩在外面的月光里的时候她突然又转过了身，因为她想再看他一眼。

"莉莉。"原来巴特没有睡着，他从那块他们的毯子上慢慢地直起了身子，"莉莉，你别走。"

"巴特。我有孩子了啊。我得去把我孩子的爸爸找回来。"

"莉莉，你不在的这些日子他很想你。你回来了，他真的很高兴。求你了，留下来。"

"可是巴特，我现在已经不习惯这样的生活了。"

"你会习惯，莉莉。你就是这样长大的，你怎么可能不习惯？你慢慢就会发现的，莉莉，他变了太多了。自从他眼睛看不见以后。我们需要你。"

"那到底是怎么回事？他的眼睛？"

"枪走火了。"巴特的眼睛在月光下面清亮得很，"打到了他的脑袋里面。大家都以为他活不成了。可是他还是撑了过来，不过眼睛看不见了。"

"祭祀的时候，我没看见你们。我还以为他死了。"

"那个时候我们在医院里面。"

"医院，是在镇上吗？"莉莉歪着头。

"不，不是镇上，是城里，比镇上大多了。"巴特的言语间有一点骄傲，毕竟，跟莉莉相比，他算是见过了大世面。

然后他们都听到橡木床上传来了猎人愉快的声音："莉莉，巴特。你们这两个坏孩子要是还不睡觉的话，当心我揍你们。"

他总是用这样的语气跟莉莉说话。莉莉微笑地回忆着。"多漂亮的小姑娘，我要叫她莉莉。""莉莉，喝牛奶了。""莉莉，干掉那只鹿。""莉莉，我们去镇上。""莉莉，走吧，别再回来了。"他总是这样短促，这样果断，这样毋庸置疑地主宰着莉莉的命运。现在他依然如此，尽管他已经失明，尽管他已经脆弱。他自己还没有意识到，从现在起，轮到莉莉来保护他了。

莉莉就这样留下来了。日复一日，莉莉的身体越来越臃肿，路走得越来越慢。可是孕育让她脸上散发一种悠远的味道。莉莉五岁了，正是一只母狮子最成熟最妩媚的年纪。没有人告诉她，她倾国倾城。阿朗走了，猎人看不见了，巴特不好意思说这个。

猎人现在有大把空闲的时间。他总是沉默不语，脸朝着一个虚无的方向。村子里的人们都是好人，因为他们并没有忘记猎人。他们还是定期把食物堆在猎人的家门口。每个月镇上还会有人来，把镇上发给猎人的救济金从门缝里塞进屋子。莉莉发现，每到这个时候，猎人就会带着莉莉跟巴特去林子里散步。他想要避开这些心怀善意的人们。莉莉懂得。所以当看见镇上的吉普车远远地开来的时候，她就会走上去轻轻咬着猎人的裤脚，那意思是"我想出去走走了"，然后在出门的时候兴高采烈地跟巴特交换一个微笑。

　　猎人变得喜欢回忆往事。他总是说起他自己小时候的事情，也并不在乎莉莉跟巴特有没有用心听。莉莉认为这是因为猎人老了。猎人其实刚刚三十岁而已，一点都不老，只不过是心里有了沧桑。但是，莉莉对人类的年龄一点概念都没有。

　　那一天，村里的木匠还有很多的小孩子们来到了他们的小木屋。木匠要带着孩子们去镇上看马戏，问猎人愿不愿意一起去。猎人微笑："要不是因为我们已经认识这么多年的话，我会以为你是来捣乱的。"木匠的鼻头顿时更红了："喂，我的意思是，这是马戏团啊，我打听过了，他在里面。"猎人沉默了很久，然后说："我要带着巴特和莉莉。"木匠说："不然就让莉莉看家吧。她的身子现在不方便……"猎人不耐烦地甩了甩头，木匠好脾气地笑了："真是没有办法，莉莉，巴特，他现在一刻都离不开你们俩。"

　　后来，莉莉常常想：要是那天她真的没有去镇上的话，是不是一切都不会发生了？但是她知道，她是不可能不去的，就像木匠说的，如今的猎人就像一个孩子那样时刻需要着她和巴特。所以，莉莉对自己说，谁都没有犯错，所有的灾祸，只不过是因为眷恋。

　　镇上还是喧闹。因为马戏团的到来，更闹了。孩子们激动得鼻尖冒汗，他们一边舔着彩色的棒棒糖，一边冲着正在搭帐篷的马戏团员们尖叫。这让他们觉得忙不过来，因为吃糖和尖叫这两件事不好同时进行。于是他们的鼻尖因为这种忙乱而更加勤快地出汗了。还有什么比看到马戏团的后台更让人激动的呢？怀里抱着缀满亮片的裙子的空中飞人,刚刚画好脸但是还没换衣服的小丑,大象不慌不忙地驮着一箱行头走过去了,驯兽师正在给会做算术的小狗们系蝴蝶结,鸽子们从魔术师的盒子里面飞进飞出,还有会钻火圈的狮子被锁在铁笼子里。

会钻火圈的狮子被锁在铁笼子里。

会钻火圈的狮子是阿朗。

莉莉躲在一群孩子身后,静静地看着他。他好像是瘦了,脸紧紧地抵在笼子的铁栏杆上边。离得太远了,她没有办法看清楚他的表情。

黄昏,猎人和木匠坐在小酒馆里等着马戏开场。性急的孩子们已经坐到观众席上去了。猎人自嘲地说:"听听这些孩子们欢呼的声音,也是好的。"莉莉悄悄地溜了出来,绕到大帐篷的后面去,阿朗在笼子里不紧不慢地逡巡着。

他是真的瘦了。他的眼睛里好像有种什么东西沉淀了下来。他的身上有几道红得刺目的鞭痕。他一声不响地看着莉莉的脸,莉莉自己也没有想到,她说的第一句话是:"阿朗。他们,打你了?"

阿朗微笑。不点头,也不摇头。

"阿朗。"莉莉抬起了身体,爪子搭在铁栏杆上,"我找你找得好苦。"

"我掉进陷阱里了,受了伤。"阿朗静静地说,"我本来想去峡谷。然后就碰上了他们。他们把我带走,要我钻火圈。"

"阿朗,我怀孕了你知道吗?"莉莉伸出舌头,隔着铁栏杆,她舌尖的那一点点刚好能够着阿朗的脸,"阿朗,那是咱们俩的孩子。

你要做爸爸了阿朗。"

"莉莉。"阿朗的语气毋庸置疑,"听我说莉莉。我刚才看见你是跟着猎人来的,还有那只狗。猎人既然没有死,那你就应该回去,回到他身边去。然后,等这个孩子生下来以后,咬死他。明白了吗?"

"你说什么呀阿朗。"莉莉的眼睛闪闪发亮,"那是咱们俩的孩子。"

"莉莉,"阿朗摇着头,"这完全是人的慈悲,而且假惺惺的。没有我,你怎么养大他?碰到我的那群敌人,你们两个怎么活得下来?"

"阿朗,就算有你,碰到你的那群敌人的话,你以为我们就真的可以打败他们吗?"

"你是说,你瞧不起我?"

"我没有。我只是想说,你永远都在做当君王的梦,我愿意永远都陪着你做这个梦。可是你没道理把我的孩子也赔进去。"

"说来说去你还是瞧不起我。"阿朗激动地一跃,沉闷的吼声在空气中滚起了一层又一层的浪。然后不远处响起一个清脆又放肆的声音:"那头狮子又怎么了?真是伤脑筋啊。"

第八章

脚步声近了的时候莉莉躲进了旁边一堆装戏装的大木箱后面。一个女孩子停在了阿朗的笼子前面。她穿着一条粉红色的纱裙,薄如蝉翼，亮片跟蕾丝让人眼花缭乱的，她看上去就像一片滴着水的花瓣。可是她手里拿着一条皮鞭。她把皮鞭轻轻地往铁栏杆上一甩。那种地狱般的响声让莉莉心惊肉跳。如果她现在敢把这皮鞭甩在阿朗身上的话，莉莉发誓自己会扑上去，熟练地咬断她的脖子。可是她没有。她把皮鞭收在白皙纤巧的手里，炫目地笑："听话一点，知道吗？宝贝儿。"

阿朗抬起脸，炽热地看着她的眼睛。她的手伸过了铁栏杆，梳了梳阿朗的鬃毛，然后转过身，翩然离开。莉莉清楚，阿朗的眼睛里，有爱情。

"阿朗。"莉莉不知所措地笑一笑，"你，你在犯我以前犯过的错误。"

"莉莉。对不起。"

"你记不记得，是你自己跟我说的。你说你以为你爱上一个人你就能真正变成人了吗？"

"我从来就没有想要变成人，莉莉。"

"但是你不会再跟我回山里了，我知道的。"

"莉莉。你原谅我。"

"好吧。"莉莉咬了咬牙，"可是你要记得。要是他们打你，欺负你，你忍不下去的时候，该怎么办就怎么办，明白吗？"

"当然明白。"

"就算爱上了一个人，也不可以忘记，我们是狮子啊，所以你绝对不可以低头，阿朗。"莉莉的眼睛亮得就像星星。

"对。不能低头。哪怕是为了活下去。"在阴郁的铁笼子里面，阿朗霸道地一笑。天色已经暗了。他身上的鞭痕在远处点亮的灯火中绽放出一种拼尽全力的红。从来没有一个时候，阿朗这么像一个真正的君王。

后来，很多年以后的后来，莉莉都常常梦到那个马戏团里灯火辉煌的夜晚。那个粉红色的女孩子在半空中飞翔、翻滚，在空气里跳舞。底下观众席里的惊呼声越响，她就越轻盈。莉莉糊涂了，她到底是一个人，还是一只蝴蝶？也许她又是人又是蝴蝶。一定是这样没错的。不然的话，她为什么能从莉莉这里夺走阿朗？

木匠在猎人的耳朵边说："她已经长大。她穿的是粉红色的衣服。她越来越漂亮了。"

当孩子们欢呼着"狮子来了"的时候，莉莉钻到了椅子下面，把自己的身体贴在猎人的腿肚子上，这样能让她有一点安心的感觉。椅子底下很黑，还潮湿。莉莉在这局促的潮湿中紧紧地闭上了眼睛。她听见孩子们尖叫着："那是真的火！""看哪，真的跳过去了！"一个孩子把棉花糖的彩色包装袋扔到了椅子下面，莉莉慌乱地把它咬在嘴里。是种淡淡的、莉莉从童年起就熟悉的甜味。那种人类的甜味可以让莉莉对此时此刻杀气腾腾的欢呼声勉强地产生一点信任。祭祀的时候他们也是这样欢呼的。他们给莉莉戴上花环，然后围着篝火唱歌跳舞。他们唱的是一首古老的歌颂太阳神的歌。莉莉听不懂歌词，可是莉莉知道那是在膜拜一种伟大的力量，是在敬畏一些不能吃的东西。不是为了流血。不是为了流血。

那也是阿朗的梦想。莉莉知道的。阿朗不是为了想要当一个君王那么简单，也不是想要征服一个人类的女子那么简单。阿朗想要的是一个机会,一个可以有尊严地面对无边无际的苍穹的机会。他以为他自己是可以做到的,他以为这是他自己努力就可以做到的。他至今不明白尊严不是猎物,不是说你竭尽全力地追赶就可以得到。尊严就像是你的回忆一样,永远只能跟你存在于不同的时空。只有当你自己不存在的时候才能跟它融为一体。你为什么就是不能明白?尊严永远都是并且只能是一个路标,为候鸟们指引你坟墓的方向。所以莉莉原谅阿朗,原谅他的背叛,原谅他的不辞而别,原谅他的执迷不悟。他并不是残酷,他只是倔强。

周围突然间死一样的寂静。莉莉从座位底下小心翼翼地探出了她的小脑袋。观众席上的每个人都屏住了呼吸,像是早有预谋的,凝视着同一个方向。阿朗停在火圈的前面,一动不动。无论怎样都不肯再钻。脸上的表情跟莉莉第一次见到他的时候一模一样,自负得让陌生人害怕,让懂得他的人心疼。粉红色的女孩子微笑着接近他,在强烈的灯光下,莉莉第一次好好端详她甜蜜的脸庞。然后她轻盈地扬起手,鞭子重重地落在了阿朗身上。两道伤痕就像彩虹一样在北风般凌厉的抽打声中绽放了。阿朗仰起脸,用曾经注视过莉莉的眼神看着她拿鞭子的手。

别以为我们会向你们低头。莉莉恶狠狠地咬了咬牙。可是她心里有个声音在说:阿朗,求求你,不要那么犟啊。你以为她真的能像我一样吗?

鞭子又抽了下来。阿朗的身体上现在有一张血红色的网。然后,对着远处的莉莉,阿朗调皮地一笑。再然后,莉莉是在四周爆发出的震耳欲聋的惊呼声中看清发生了什么事情的。阿朗轻盈地跳起来,不费吹灰之力，扑倒了粉红色的女孩，把她踩在了前爪下面。可是阿朗跳起来的时候碰倒了火圈，火苗舍生忘死地蹿到了阿朗身上，疼痛中阿朗把女孩踩得更重，仰起脸，使出了全身力气吼了一声。

莉莉知道，阿朗在吼叫的时候是想寻找原野上的天空，但是他只看得见舞台上的幕布。莉莉已经听不见周围地狱般鬼哭狼嚎的声音，听不见猎人沉着地对木匠说了一句"你带孩子们先走"，听不见很远的地方隐约传来警笛刺耳的声响。她只知道，那一声仰天长啸，是阿朗在谢幕了。可是那暗红色的幕布太破旧，太黯淡，也太肮脏。阿朗，你不值得。

人群已经逃难般地涌向了出口。他们的喧闹跟拥挤让莉莉想起那些峡谷中没有头脑、只知道制造噪音的水流。莉莉觉得有一种异样的、寒冷的力量在她的皮肤下面涌动。那不是杀气。杀气不会让你有飞翔的、轻飘飘的预感。当一个哇哇大哭的小姑娘的红色鞋子落在莉莉的眼前的时候，莉莉的心里划出一道雪亮的光。

阿朗，等等我。

一片混乱之中，只有少数几个人看见，观众席的最后一排，有一只母狮子，像道闪电一样不可思议地冲着舞台飞了过去。莉莉清楚，这一次的纵身一跃，不是为了一只死期将至的猎物，而有可能是向着自己的死期。不管了，不管了。落地的那一瞬间，天地间只剩下了寂静。肚子里因为这剧烈的颠簸撕心裂肺地疼。疼痛埋没了一切人间的声音。阿朗的额头上开出了一朵红艳的花，他倒了下去。莉莉仓皇地转过脸，她看见盲眼的猎人就站在舞台的下面，端着一杆还在冒烟的枪。

巴特静静地卧在小镇的石板街上，狂欢的人群像河流一样填满了古老的街道。救护车拉走了粉红色的女孩，人们要做的事情就只剩下狂欢了。还有，膜拜他们的英雄，他们虽然已经失明但依旧百步穿杨的英雄。猎人让人们相信了，这世上真有传奇这回事。木匠因为激动的关系，鼻头越发地红。他的大嗓门盖过了所有的喧闹："得去喝一杯啊。我倒要看看酒馆老板娘有没有胆量要咱们的壮士付账。"在人们的哄笑声中，猎人沉静地笑了笑。可是巴特看出来，他的脸庞被什么东西点亮了。"英雄——"马戏团的小丑问，"既然你看不见，你怎么有把握开枪呢？你就不怕伤着人吗？"猎人不紧不慢地开了口，周围顿时安静了下来。猎人说："是莉莉。如果莉莉没有扑过去，我怎么样也不敢开枪的。但是她扑过去的声音提醒了我那只狮子的方向跟位置。莉莉是我的乖女孩。我相信不会错的。"话还没说完，猎人的声音就被一片喝彩声淹没了。同时被淹没的，还有巴特战栗的哀鸣。"幸好莉莉没有听见这句话。"巴特对自己说，"我永远不会让莉莉知道这个。谁敢让莉莉知道这件事，我就要他的命。"

第九章

所有的狂欢都与莉莉无关。马戏团的舞台寂静得简直荒凉。现在就剩下了莉莉跟阿朗。不，还有大象。是大象用自己的鼻子吸了水，帮阿朗把身上的火苗扑灭的。然后大象再静静地退回到舞台的一角，像是布景一样悲悯地注视着飞翔而来的莉莉。大象叹了口气：这个姑娘，多美，多苦命。

阿朗在流血。莉莉把爪子伸出来放在那个枪眼上,可是没用的,血还是自顾自地流出来,但是静静的。血是一样比水更聪明的东西,从不喧嚣,但是狠,一旦决定了要离开谁就再也不会回头。

"莉莉,"阿朗的脸依然俊美,"想不到最后,我还是只有你。"

"你说什么呀,阿朗。"莉莉甜蜜地笑了,"这是理所当然的呀,你是我的丈夫。"

"莉莉,我很蠢。是不是?"

"不是的,阿朗。应该这样。你是君王,你只能这样,对不对?"

"莉莉,"阿朗笑了,"你真好。"

"你记不记得我说过,"莉莉舔着阿朗额头上流出的血,"就算有一天你离开我,我也不会离开你的。你还记不记得?"

"记得。"阿朗的声音低了下去,"莉莉,那你还记不记得我说过,世界上既然有我这样的一个阿朗,就一定会有一个你这样的莉莉来跟我遇上。可是我说错了,因为,"阿朗艰难地呼吸着,"因为能遇上莉莉,是我最幸运的事情。"

然后阿朗就死了。是微笑着死的。死在莉莉的怀抱里,听着莉莉肚子里的小宝贝心跳的声音。

三天后,猎人的婚礼在镇上的小酒馆举行。新娘是那个粉红色的女孩子。她叫婴舒。阿朗死去的第二天,猎人带着莉莉和巴特去看她。她静静地看着猎人的脸,潋滟地微笑:"你又救了我一次。"猎人说:"我们结婚吧。这些年你已经走得够远了。我等了这么久,不想让你再逃跑。"

猎人跟婴舒的婚礼对于镇上每个人而言,都是一个美丽的夜晚。

英雄配美人，当然是所有传奇理所当然的结局。每个人的表情都因为醉意而变得生动。一百个人的醉眼里，就有一百个千娇百媚的婴舒。实际上，她端庄得很，安静地坐在猎人的身边。谁都看得出，她就是侠胆英雄的那根隐秘的柔肠。

酒馆的老板娘快要忙疯了。可是莉莉看得出，这个美丽的女人有一点落寞。她叹着气，在自己缀满花边的围裙上擦擦手，弯下身子抚摸着莉莉的脑袋，她说："莉莉，你要当妈妈了，恭喜呵。"

莉莉一个人走到了小酒馆的外面。镇上的街道空荡荡的，散发着青石板的香气。没有人行走的，古老的街道在夜空下面呈现出跟原野类似的沉静的表情。空气真好，因为没有那么多的人一起呼吸。然后莉莉抬起头，她看见了月亮。

"莉莉，"巴特不知道什么时候来到她的身后，一脸的担心，"那个……马戏团里的那只狮子，是宝贝的爸爸，对不对？"巴特总是管莉莉的孩子叫宝贝，像一个非常称职的舅舅。

莉莉在满地的月光里，回头妩媚地凝视着巴特："巴特，等生下来这个孩子，我就走，带他一起走。"

"莉莉，你吃了那么多苦。"巴特安静地摆了摆尾巴。

"巴特，你告诉我，他杀了我妈妈，又杀了我丈夫，可是为什么，我还是会原谅他？"

"我不知道，莉莉。"巴特说，"你从小就这样，什么事情都要问我。我也不是什么都知道。"

"有件事你肯定知道。你得跟我说老实话，巴特。"莉莉突然间淘气地斜了斜眼睛，"有的时候，你有没有想过，其实你可以在一个只有你们俩的时候,跳起来咬断他的喉咙的。你想过没有?"

"没有。"巴特说,"莉莉你呢?你想过吗?"

"我不知道。"莉莉诚实地看着巴特的脸。

"其实我敢保证,莉莉,他也想过同样的事情的。他也想过,他其实可以用他的猎枪打穿我们的脑袋。他爱我们。这是真的。但是,他同时也不会忘记,生杀大权在他的手里。他可以忽略这个,可以要求自己不去想这个,但是他是不会忘记的。"

"巴特,你什么都明白了,什么都看清楚了。可是你为什么还留在他身边?"

"因为我知道他离不开我。因为我也离不开他。"

"我真是糊涂了。阿朗,就是宝贝的爸爸,他以前跟我说过,问为什么是人的习惯。我不应该有这种习惯。他很霸道的,老是跟我说不准这个不准那个。"莉莉突然间嫣然一笑,"巴特,我好想他。"

深蓝色的夜空一瞬间倒转了过来,静谧的满月像颗子弹一样击中了莉莉臃肿的腹部。在撕心裂肺的疼痛降临之前,酒馆里的每个人都听到巴特焦灼的狂吠声。

莉莉和阿朗的女儿,取名朱砂。

是猎人给小女孩取的名字。因为她的额头上奇迹般地有一小块红色的胎记,圆圆的。猎人说:"世界上还能有谁像我这么幸运呢?"莉莉静静地躺在炉火边,甜美地微笑,看着婴舒抚摸着小女孩的胎记,那正好是击中阿朗的子弹待过的位置。

莉莉童年时候的澡盆被翻了出来。朱砂睡眼蒙眬地在温暖的水波里四脚朝天,是跟那时的莉莉一模一样的姿势。巴特的舌头又长长地伸了出来,他伸出前爪护着朱砂的小篮子。猎人说:"巴特,你小心一点啊,不要把口水滴到小宝贝身上。"巴特于是愤怒地盯了猎人一眼。唯一的不同就是:朱砂用不着莉莉小时候的奶瓶。因为莉莉的胸前饱满得如同深秋的沃野。朱砂吃奶的时候,小小的嘴唇的嚅动微妙地牵扯着她的内脏。她痴痴地看着朱砂干净的黑眼睛。她要给朱砂很多很多的爱,让朱砂像曾经的她一样,张狂地、横冲直撞地、不知天高地厚地长大,然后告诉她:要敬畏所有不能吃的东西。她长的样子像我,可是性格会像你,阿朗。

大家是在四十八小时以后发现朱砂的缺陷的。朱砂的一条后腿弯曲得厉害,走路的时候都不能着地。小女孩天真烂漫地用她的三条腿笨笨地蹦跳着,因为幼小,再笨拙也好看。莉莉想起她自己在观众席上那奋不顾身的飞翔,落地的时候肚子里有种撕裂一般的疼痛。我的朱砂是在那个时候受了伤。不过阿朗,你不要介意,那不是你的错,也不是我的错。所有的灾难,不过是因为眷恋。还好朱砂现在懵懵懂懂地生活在所有人的宠爱之中,她很快活,全然没有留下在母体中时颠簸跟疼痛的记忆。

可是莉莉知道,团聚的日子是短暂的。因为等到朱砂满十六个月,不用再吃奶的时候,他们就会把朱砂送到动物园去。这是征得了莉莉同意的决定。朱砂永远都不会像莉莉那样奔跑,永远没可能追上任何一只猎物。世界上有一种叫作"动物园"的东西,对于朱砂来说,或者是个好去处。至少在那里,她可以活下来。对于离散,莉莉早已习惯。她知道那是所有人跟所有人之间必然的结局。只是,当朱砂的大眼睛深深地、清澈地、毫无保留地看着她的时候，她会突然没命地舔着她小小的脸庞、耳朵，还有小屁股。她说："宝贝，你长大以后会是一个漂亮的姑娘。"巴特在一边静悄悄地看着她们俩，那种温柔的眼光让莉莉有一种沐浴其中的温暖。有好几次，她都有种错觉，以为那是天上的阿朗的眼睛。她蓦然回首，然后不好意思地对朱砂说："宝贝。是妈妈搞错了。那不是爸爸，是舅舅呀。"

她的脸上依然有种少女时代的娇羞。可是巴特老了。莉莉有的时候会突然间在他的眼神里、表情里看出一种衰老。他早已不再是那个英姿飒爽的美少年。但是，猎人看上去并没有改变很多呀，为什么只有巴特变样子了呢？莉莉不知道，那是因为对于猎人和巴特来说，时间这个东西流逝的方式是不一样的。巴特就在这不一样的时间里从莉莉的小哥哥变成了一个宽厚的长者，但是猎人似乎早已不关心这人世间的变迁。他现在总是开心得像一个孩子，喜欢把朱砂高高地举过头顶，然后大声地爽朗地说："怎么办，莉莉？我现在喜欢朱砂超过喜欢你了。"莉莉跟巴特相视一笑。莉莉注意到了，她跟巴特的这点默契没有逃过婴舒的眼睛。在这样的时候婴舒脸上总是浮起一种柔软的表情，那柔软让莉莉在不知不觉间就谅解了很多的事情。

如果不是因为天生的缺陷，朱砂会让所有原野上的飞禽走兽明白什么叫作风华绝代。她安静的时候很像莉莉，但是要比莉莉妩媚，像一片慢慢地飘进静止的湖水里的、红得醉人的枫叶。她不肯安静下来的时候，尤其是当她把小小的脑袋任性地一扭，那神情活脱脱又是一个阿朗,额头上那粒画龙点睛的朱砂痣不由分说地戳到你的心里去。城里来的动物学家第一次看到朱砂的时候,静静地沉默了足足十秒钟,眼睛闪闪发亮,然后,似乎是有一点慌乱地俯下身子,拍拍莉莉的脑袋:"莉莉,生了一个这么美的女儿,你真了不起。"

沙场秋点兵

秦美丽和秦英俊的孽缘开始于 32 年前。其实他们俩身份证上的名字并不是这样的,是"秦雪"和"秦川"——普通,但看起来都是正常人。"秦雪"的小名是"美丽",奶奶给取的,出于对家族基因的不满与焦躁,取一个寄托奢望的乳名,说得通。后来,"秦川"出生了,为了与"美丽"保持对仗,奶奶说"那就叫英俊不就行了"。不知在奶奶眼里,一副好皮囊究竟重要到了什么程度——这种世界观,太不像一个经历过战乱饥荒与颠沛流离的朴素老人了。当然,也许奶奶本来就不是个朴素的人。

于是,我们俩,只好顶着"美丽"与"英俊"这两个喜庆如大秧歌的小名度过了屈辱的童年。是,我就是秦川——只有奶奶一个人叫我"英俊",家里其他成员都喜欢用"秦英俊"来叫我,尤其是秦美丽,我的姐姐。

姐姐比我大四岁。我们俩共有一个父亲,但是她的妈妈和我的妈妈不是同一个人。我想整个童年时代,我见到秦美丽的妈妈的次数甚至超过见到我自己的妈妈。秦美丽的妈妈来奶奶家看她,带着她去动物园，秦美丽强烈地要求必须携带我，现在想来那位女士一定十分尴尬，但我和秦美丽却浑然不觉，一人握着一支小雪人，不在乎笼子里的熊猫已经脏得惨不忍睹。所以秦美丽的妈妈不算是个坏人，她毕竟没有只给她自己的女儿买一支小雪人让我在一边看着，我大概从那个时候起，就很会注意每个人的优点。

我爸爸离开秦美丽的妈妈，是因为他要出国，而秦美丽的妈妈觉得那太苦了。他们分开了三年之后，爸爸第一次回家——自然谈不上是衣锦还乡，不过跟着他一起出现在奶奶家门口的，还有我妈妈，以及一个襁褓中的婴儿。没有住多久，他们便重新轻装上路，没有了婴儿的旅程必然畅快如风。奶奶家多了一张小床，在我没有记忆的时候秦美丽无数次地故意将手指间的水珠滴在我的脸上。奶奶长叹一声，当然忘不了跟前来围观我的邻居们炫耀，这个带围栏的婴儿床是用美金付的账，在海关待了好久才成功送到的。

陶五爷爷总说，他第一次见到我们的时候，秦美丽只有这么高（胡乱比画一下），而秦英俊只会爬。这必然是他的记忆有误，因为他第一次出现在奶奶家门前的时候，我应该已经能够跟着奶奶步行五六分钟，到小学门口去等秦美丽放学。不过，鉴于陶五爷爷已经八十二岁了，没有人会同这一点差错认真。"就前面那个坡，翻过去以后，直走到几棵桦树那里，靠边停下。"他手指略略发颤地戳了戳车窗，这几天里，他对方向路线的清晰描述总是让我印象深刻，即便秦美丽比他年轻了快要半个世纪，也依然赶不上分毫。我在他指定的地方停了车，下车的时候，他拒绝我来帮忙。

也许这里曾经是一片桦树林，如今只剩下零零落落的十几棵树，小小的坟堆在树木的间隙处隆起，地面不平，踩上去时不时有起落。我拉住陶五爷爷的胳膊，虽然我自问并没有对于老人家的年龄歧视，可是他这种满不在乎的健步如飞还是让我觉得有些紧张。他穿着一身绛红色的"李宁"运动服，却配了一双灯芯绒面的黑色布鞋，面色偏深，因此那一头银发非常地醒目。感觉他身后应该背着一把太极剑才是对的，而不是此时的这个黑色帆布包。他在一个坟包面前停下，于是我也停下，他绕到坟包后面看了一眼，那里戳着一截木板，风吹日晒之后，若不仔细看，很容易被当成垃圾的那种。他努力地弯了弯腰，帆布包整个垂向了身体的一侧。"我看没错。"他的语气像是在诊断病情，"李福远，就是这儿了。"帆布包里有一叠年代久远的笔记本，他拿出其中的一本，横格纹，纸张很糙，封面上印着两个大字"红旗"，食指沾了一点唾液，用力地开始翻。"就是了，李福远，1977年……"然后他茫然地抬起头看我，我立刻从兜里翻出一支笔来递上去，看着他慢慢地在往日的笔记本上画出一个不规则的圆圈。"这个人，1977年就死了？"我问。他摇摇头，似乎也没打算正经回答我，只是伸出手臂往远处挥了挥，"再往前走几步吧。"我把帆布包从他身上取下来，挂在了自己脖子上，像个长途客车站的售票员那样，跟上他。"那边应该埋着李远福。"陶五爷爷试图向我解释。"这家人起名字还真是枯燥。"我想我神色为难，但我觉得陶五爷爷并没听懂，因为他非常认真地回答我："不算一家人了，早就出了五服。"

李远福沉睡的地方，距离李福远的坟墓，大概有四百米，在另一棵早已死去的桦树下面。"他们的后人都干什么去了？""就是没有后人了呀。"陶五爷爷的神情,好像"后人"是一个奢侈品,"要是有后人,我就问问后人坟地在哪儿就行了,何必一个个找……"他的声音弱了下来,将"红旗"本子翻一翻,"李远福,1975年。"陶五爷爷长舒了一口气,"感谢主。"

"隔壁还有一个坟包呢,"我环顾四周,"你确定李远福不在隔壁?别谢错了……"

于是我们又走到了隔壁,他绕着那座坟走了一圈,然后自信地说:"你看,这里有新烧的香灰,应该有人来上过坟,所以,肯定不会是李远福。"——好吧,李远福如此孤独,我也很遗憾。"要是主不想让我找到他们,我肯定是怎么找也找不着。"陶五爷爷将红旗本的某页折了个角,表示他的统计又有了进展。

"你的主应该不会那么无聊的,怎么说也是个神……"我无奈地看着他。

"那倒是。"他难得对我的说法表示同意。

那个上午,我们找到了好几个人的坟。除了李福远和李远福,还有几个姓陶的人,当然也有零星的其他姓氏,最酷的一个名字,叫"第五鲜艳"——不由得很想请教她排名第一到第四的鲜艳都是谁。陶五爷爷说,她是六十年代逃荒到此地的异乡人。

坟包的统计告一段落,我们走了很久才找到了停车的地方。要不是陶五爷爷,我也会迷路的。秦美丽在这几个小时里给我发了十几条信息,我懒得回复——内容基本类似,全都是快递单号。现在,我要载着陶五爷爷回镇上去了。九月初的北方小镇,天空明亮得让人不习惯,几乎没有云。小镇的名字叫"林染",乍一听应该出现在昆曲的戏词里。距离我们刚刚跋涉过的乱坟岗,最多三四公里,已经是镇上的商业街。成群的电动车在我眼前自作聪明地穿梭,我简直像是在开着一艘船。若不是我非常严肃地下过禁令——直到两年前,陶五爷爷还是他们中的一员。他眼睛微微闭上,我以为他在假寐,他却突然开口和我说话了,眼睛并未睁开:"美丽什么时候到?还没买票?"

"难说。"对陶五爷爷,我没什么可隐瞒的,"她可能得等几天,她怕我姐夫知道了她的行踪……"我一时改不了口,还是叫"姐夫",主要是我一瞬间想不起来那个八年前娶了秦美丽的男人到底叫什么了。

陶五爷爷深深吸了一口气,像是在回味刚刚的梦境:"这总归不是好事啊。"他喟然长叹,"主是不会喜悦这种事的。"

"现在她说什么也不会让人抢走她的孩子,这件事,主怎么看?"我问。还是踩了一脚刹车,忍住了没按喇叭——因为眼前跟我抢路的那个电动车主看起来面熟,我想她应该也是去往陶五爷爷家的方向,给我们送午饭的。

"主怎么看,我哪能知道。"陶五爷爷对我的无知嗤之以鼻,"不过么,我是觉得,这是对的。"

陶五爷爷家的那个小院的院门已经近在眼前,然而我依然看不到一点能让我停车的空地。

隔壁小餐馆的老板娘已经把她带来的几个菜摆在了小方桌上。几个一次性餐盒排得整整齐齐,全部打开了,盒盖上凝着细小的水珠，只是她好像忘了拿筷子。她对我点头笑笑："你昨天到的哈。"陶五爷爷替我寒暄了："他从北京一路开过来，辛苦着呢。""你在北京是做啥工作的？"老板娘帮我们从厨房里找出来两双干净筷子，摆上。"我……"我犹豫了一下，感觉她应该听不懂"码农"这个词，于是说，"坐办公室。""您老好福气，"老板娘起身道别的时候，陶五爷爷冲她欠了欠身子，"孙子有出息。""哦。"陶五爷爷面露难色，我估计他想向老板娘解释我并不是他的孙子，只不过我奶奶是他的表妹——可是老板娘已经走了。

我们开始沉默地吃饭，这家小馆子的手艺不敢恭维，但是食材至少新鲜。每个月，秦美丽负责跟路口那家小超市结账，他们一周给陶五爷爷送一次必需的日用品；而负责给这家小餐馆结账的是我，他们负责陶五爷爷的一日三餐。这个规矩，从奶奶去世那年开始，已经延续了整整十年。窗外，隐隐地能看到远山的浅影，我在发呆，所以陶五爷爷说话的声音虽然已经入了耳朵，却还是没有立刻传导到脑子里，好在他只不过是说，他记得我小时候最爱吃西红柿炒蛋，所以剩下的这些都留给我。

陶五爷爷说话的口音和那个老板娘不太一样。老板娘讲的是当地方言，而陶五爷爷是在用当地方言讲普通话，我们小的时候，他就是这个腔调，我只好把他这个独特的口音命名为"林染官话"，使用这种稀有语言的，估计就只有他和我奶奶。

1992年，是秦美丽第一个看见陶五爷爷站在我们家门口的，她十岁了，说话的口吻已经隐约具备了成人后的刻薄。"那个老头儿是谁呀？"她的话音还没落，奶奶便惊呼了起来："哎呀，我以为你是明天才到。"两只看起来很重的编织袋堆在他脚边，初见面的时候，陶五爷爷的手一直都是揣在袖筒里的，应该不是因为冷，而是他不知道该怎么处理它们。奶奶跟他说任何一句话，都需要等两三秒钟，他才会回应，奶奶是个急性子，所以他们俩的对白就是这样的：

——你不是说买的是明天的票吗？累了吧。

——……

——进屋，没吃饭呢吧。先烧水给你冲点茶。

——我拍电报的时候把日子弄错了。

——这个是美丽，这个是英俊，美丽四年级了，英俊六岁。

——我，我不用吃饭，晚上跟你们一块吃就行，不用忙。

就像是画面和字幕之间有了错位，陶五爷爷只能一边匆忙地回答奶奶，一边窘迫地看着我。他眼睛不是黑色的，而是棕黄色。他眼里总含着歉意，好像只要他呼吸着就给别人增添了不便。彼时他脸上并没有今天这么多的老人斑，可是皱纹的数量却像是差不多——一定是我记忆有误。总之，他一出场的时候，就是个老人。并且是一个总把双手笼在套袖里的老人。那应该是他生平第一次长久地离开林染镇。他来我们家住了大概有一年，对于一个六岁的人来说，这个长度相当于半辈子。

秦美丽被迫从她的房间搬了出来，奶奶完成了一个奇迹般的任务，就是把秦美丽的小床搬到了奶奶的房间，旋转腾挪，居然找到了一个合适的地方，于是，奶奶的房间里常住居民就成了三个人，大床上是我和奶奶，小床上是愤怒的秦美丽。有天夜里，黑暗中，我清晰地看见秦美丽坐了起来，月光在我眼前的墙壁上停留着，融化成了一面湖泊。秦美丽突如其来的身影就像水草一样鲜活。我屏住了呼吸,秦美丽静静地开口说:"他身上有股奇怪的臭味,秦英俊,你有没有闻到?"

我们就是能感知到对方是睡着还是清醒着,即使是在黑夜里,判断这件事,不需要有光线。这个能力好像是在青春期的时候突然消失的。我紧张地咬了咬嘴唇:"好像是,可是不臭。"奶奶的鼾声轻微响起,我是在这样的夜晚才明白了一些事,比如奶奶睡着,比如我和秦美丽醒着,白天我们可以共同拥有每分每秒,而此刻,我们俩从夜晚那里偷出来了一点点时间,压低了嗓音享用着,可睡眠终归还是要到来,秦美丽和秦英俊都会在睡眠里飘散成为尘土颗粒,黎明时分再重新聚拢成为我们。

秦美丽对陶五爷爷的敌意是从一开始就有的,只要跟陶五爷爷同处一室,她整个人就像亮闪闪的、绷紧了的琴弦。敌意如同音乐声,呼之欲出,或者余音绕梁——你并没有真的抓住它,可是你知道它一直在那里。某天晚饭的时候,陶五爷爷笨拙地帮着奶奶摆桌子,她突然凑过去大声说:"我问了我们语文老师,你常说的那句话语法是错的!'主会喜悦这件事',喜悦是名词,不是动词!"厨房里一盘青菜下油锅的嘈杂声掩盖了陶五爷爷的回应,可能他原本就什么都没说。

我是根墙头草。说不上喜欢陶五爷爷,也说不上讨厌他。只是当秦美丽在家的时候,我就必须讨厌他。奶奶炒完了最后一个菜,顺手拿起双筷子敲了一下秦美丽的头:"你们老师能见过几本书,懂什么。""我明天早上就告诉陈老师去。"秦美丽尖叫着。

"你陶五爷爷,是个可怜人。他老伴儿刚刚去世,他一个亲人也没有了。"那晚关灯之后,奶奶突然这么说。

她没有对这句话做更多的解释,我也什么都没问。老人家嘛,都那么难看,可怜不可怜的,有什么区别。

林染镇的傍晚也是喧闹的,只不过,因为繁华的街道始终就只有那么一条,走完了商业街,安静就像是早有预谋地等在路的尽头处。只须再走上三四百米,趁夜幕尚不浓重,还能浅浅地挑唆着树影,那安静便更加巨大而生动,像是群山不小心掉在镇子边缘的一样装饰品。

我原本是在院子里拆快递包裹的。明天中午之前,我需要把这满院子的包裹收拾停当,放在陶五爷爷准备出来的那个小房间里。所有的包裹包括:两床新被子,几套运动衫,两件画着蜘蛛侠和大力水手的小睡衣,一箱乱七八糟的玩具,几箱零食,常用药品——谢天谢地,秦美丽总算是懂事,顺便给陶五爷爷寄了两套保暖内衣,以及一箱我也认不出的药材,最重要的,是一个全新的iPad,没有关联过任何人的iCloud账户,我需要给那个小家伙下载一批动画片,以及——一个早教类的英语系列视频——这个纯属他母亲的一厢情愿。

那间小小的屋子迅速地被包裹盒包装袋堆满,陶五爷爷在这个垃圾堆旁边转了两圈,像小孩子一样,伸着脖子往屋里探了探头,"我见过那个。"他兴奋地指着我手里的iPad,"我们这边出去打工的孩子们也有。"

我茫然地抬起头问他:"这里的 Wi-Fi 密码是多少来着?"

陶五爷爷羞赧地看着我,为他不能理解我的问题而感到过意不去。

"算了。"我明天早上说不定就想起来了,总之,这个密码是五六年前我帮他设置的。

然后我们坐在摆着饭桌的那间屋子里看电视。准确地说,他在一面翻着那几个"红旗"本,一面听着电视里的对白。窗子敞着,邻居家收看的是同一个电视剧。他又起身在屋子里转圈,终于找到了他想要的东西——几张快递单子的底单,背面可以用来写字。他一边写,一边念叨着他记录的内容,他不知道自己声音很大,已经快要盖过了剧中人物拙劣的情话。

"1975,1992;1978,1998;1981,2001……"像是在念咒语。

"你是什么时候从教会退休的?"我想让那个咒语停下来,所以随便找了个问题。

"我么——"我的办法奏效了,他认真地想了想,"应该就是退休了没多久,你奶奶就要我去你们家玩玩,她怕我没事做会得病——那是哪一年?反正,我退得早,那几年有年轻人派来了,人家是上过正经神学院的。"

他的右手手背和手腕上有几片触目惊心的伤疤——准确地说,因为他现在整个人身上的皮肤都在起皱,所以这疤痕反倒不如过去那么扎眼。我们从来没有讨论过这瘢痕的来历,奶奶曾经跟我们说过一次,但我至今难以相信。

他笑了,摇摇头:"我老了,那个时候有好几次,传道的时候——都是烂熟的经文了，随便说几句就行，可我脑子里就是一片白，啥也说不出口，我就知道了，是主的意思，主觉得我该把位置让给比我有文化的人了。"

他用铅笔一个一个点着快递单子上的字样，数了两遍，"13个，再加上那三个实在找不到坟地的人，也算上吧，16个。"他仰起头看着我，神色像是如释重负，"你早点睡，我去忙我的了。"

"我去给你烧水洗脸。"我往厨房的方向走，他应该是没听见我这句话，他已经隐进了他的房间，关上了门。从我昨天抵达林染镇的第一个小时，他就告诉我了，这几天，他有件很重要的工作。我们去过的那几片坟地后天就要被推土机推平了，地皮早就卖了出去，很快就会有新的建筑物盖起来。有后人的，已经把坟迁走了，没有后人的，就只好被封在新楼的地基下面。这些无人认领的坟墓中，有13个人，也许是16个——曾经是陶五爷爷亲手施的洗礼。如今，他必须找到他们，在今晚，为他们每个人做个祷告。每个人的名字后面都有两个年份，这是他反复确认过的，比如：1978—1998，代表着，这个人的受洗年份是1978年，于1998年离世。陶五爷爷一定会在祷告的时候认真地把这两个年份说出来，也许，顺便说两句他们生前的事情。他不愿意我在旁边，我能理解，因为对于李福远，李远福，陶之竹，陶凤凰，第五鲜艳……对这孤独的16个亡灵而言，祷告是一件很私人的事情。

他必然会按照老习惯，说上一句：如此卑微的祷告实在不配，全是奉主耶稣基督的名。

如此卑微的祷告实在不配，全是奉主耶稣基督的名。

我和秦美丽常常听到他这么说。他双手交叠，两个拇指的关节抵住额头。眼睛半闭着，五官似乎被揉搓了。那个时候的陶五爷爷，是我不敢靠近的。秦美丽会斜瞟一眼，然后靠近我耳朵边说："自己说自己卑微的人，你说是不是贱？"

这个问题对我而言太复杂了。但其实，我理解秦美丽的意思。彼时我没有用语言表达出这个的能力——陶五爷爷从来没有对我们凶过，从来也没有像奶奶一样威胁我们要将我们的恶行告诉爸爸然后我们会被打。他是和气的，我和他说话的时候，他总是带着一点迟钝的神情，微微地点头。正是那种小心翼翼的顺从，反而让秦美丽觉得自己被冒犯了。至于这样的冒犯为何会发生——问她吧。

有时候奶奶有事情，他就会拉着我的手，去学校门口接秦美丽。从幼儿园到学校的路上，我都会很乖。只要看见秦美丽挥舞着双手远远地冲我跑过来，另一个全新的自我就附体了，我会跟着秦美丽一路疯跑，把陶五爷爷甩在后面很远。他也跑起来，追我们，他跑步的样子很滑稽，像是害怕着这个突然加速的身体。满脸的迟钝与小心暴露无遗，有时候我会害怕，他会不会因为这样的狼狈而迁怒于我们。我们奔跑着经过了一个垃圾场，有个穿着工作服、一身煤灰的人，在垃圾堆的正中央点燃了一把火。秦美丽终于停下来了，我也停下来了，我们一起喘着粗气，心脏一时间不能习惯这样的安静，还在用力地敲鼓。

秦美丽弯下腰，右手按在胸口上，她凝视着远处那堆火，突然说："你说那个火能不能把陶五爷爷烧死啊？"

我一怔:"我觉得能。"

他终于追上了我们,他的呼吸声也变得剧烈。他沉默不语,依旧拉住我的手,我不想再跟着秦美丽跑远了,秦美丽挑衅地跑了几步,觉得没意思了,她转过脸又看了那堆火一眼,然后慢慢地走着。她与我们一直保持着五米左右的距离,我们安静地回家了。

那天,奶奶跟着爸爸出门了,说是要去帮我办上小学的事情。他们走了没多久,就停水了。小时候奶奶家的那片楼群经常停水。陶五爷爷在客厅的沙发上睡午觉,我独自走进了他的房间——也就是原先秦美丽的房间,那本他常常翻看的书就放在一个很矮的凳子上。黑色封皮,已经磨损得很旧了,那本书很厚,跟我们家其他的书都不太一样。两个金色的字简单地压在那片黑色上,我不认得。翻开来,纸张之间散发着一股陌生的香气,也不知道为什么,每隔几行就会看到一个数字。翻了好一会儿,终于看到了几个面熟的字:"在我的仇敌面前,你为我……"你为我什么呢?读不下去了。我想我很快就睡着了,躺在地板上,胸口压着那本书。

醒来的时候,我以为屋子在轻轻地晃动,直到我发现我躺在水上。水漫过了床脚,我所有的衣服都湿了,我跳起来,以为自己在做梦,可我依然是只落汤鸡,我试着走两步,依然踩在浅浅的水里,远处有瀑布的声音,床脚的周围还是簇拥着细小的波纹——我大哭了起来,然后好像有开门的声音,秦美丽尖叫着:"弟弟——弟弟——"我踩着水朝她跑过去,怀里还抱着那本书。

她跑到厨房里去关上了水龙头,陶五爷爷像是才醒过来,坐在沙发上难以置信地看着眼前的一切。两只脚抬了起来,悬空着,一只拖鞋掉进了水里。秦美丽检查完了所有的水龙头，终于冲了回来，她脚底弄出的水声让我觉得她无比威风，她气急败坏地冲陶五爷爷嚷："你是不是个傻子呀！你差一点就把弟弟淹死了！"——她当然是夸张了，不过没人在乎。

"我……糟糕了……"陶五爷爷涨红了脸，四下寻找着那只拖鞋，好不容易站起身，拖鞋却顺着水流漂到了桌子底下，"我去找盆，还有拖把……"他的声音都发抖了，索性甩掉了剩下的一只拖鞋，赤着脚往厨房里跑，水流早已经蔓延到了门外的楼梯间，他看着最远的那股水轻巧地划过了台阶，眼神简直是绝望的。

秦美丽从我的怀里抽走了那本书，高高地举起来："你差点淹死我弟弟，我也要淹坏你这本书。"

他一怔，整张脸都灰了下来，声音更是凌乱不堪，他蹚着水上来抢，手里还拿着一只粉色的脸盆。"不行，这不敢闹着玩……"秦美丽灵巧地躲闪着陶五爷爷，粉色的脸盆磕在沙发扶手上砰砰地响。

"有什么不敢啊？你傻得连停水的时候要关上龙头都不知道——"秦美丽嫣然一笑，踩着凳子跳上了饭桌，"来啊，丢下去喽……你让你的主来打我呀。"

陶五爷爷甚至努力地跳起来，试图抓住秦美丽的手臂，那模样逗得我和秦美丽一起开心地笑了起来。笑着笑着，我们已经忘记了这屋子变成了一片泽国。"秦英俊，"秦美丽冲我晃了晃手里那个黑色的砖头一样厚的册子，"接住喽。""好——"我像只小狗那样瞄准了目标。

"美丽，求你。"陶五爷爷沙哑着嗓子说完这句话，跪了下来。

他就直直地跪在那摊水中央，没有表情，就连眼睛里那种见惯了的歉意都没有了。室内强大的寂静已经开始压迫我的肺部,我的姐姐显然是慌乱了,她的声音里带上了强弩之末的软弱:"你吓唬谁呀……秦英俊,你到底接着不接着?"

我冲了过去,想到陶五爷爷身边去,可是我被那个粉红色的脸盆绊了一跤,我清楚地听见自己倒下的时候,身边那些细碎的水声,黑皮书就这样砸在了我的后背上,陶五爷爷跪着的身体弯了下来,遮盖住了我的身体,以及那本书。

后来,奶奶她们回来了,爸爸把我们俩狠狠地揍了一顿,有多狠呢——总之我非常怀念那些他还在外国的日子。陶五爷爷坐在墙角的小凳子上,低声地劝着,我们挨打是因为爸爸认定是我们俩故意把水龙头打开的。那本书的事,我们谁都没有对任何人说过一个字,至今。我想也许为了那本黑封皮的厚厚的书,陶五爷爷已经跟很多人跪了很多次了,那一刻,他觉得,再多跪一次,也无所谓的。

天色微明的时候,我们便上路了,我们要行驶将近三十公里,到最近的高铁站夫接秦美丽的宝贝儿子。一个五岁的、漂亮的小男孩,名叫薯条,是这个世界上唯一一个叫我"舅舅"的人类。

陶五爷爷本来是可以不去的,可他坚持要跟我一起。带着秋凉的清晨无比舒爽,让我莫名地相信,我们接下来这三十公里的行程必然会畅通无阻。虽然我还得找个地方加油,不过,这都是小事情。我们这一路上都会看见山,看见没有云的碧空,还会路过属于古人们的烽火台。陶五爷爷惬意地扣上了安全带。我明天就要回北京了,可是薯条会留在这里,跟陶五爷爷一起,看着这小镇层林尽染。

两年前，秦美丽知道自己的婚姻多半会完蛋的时候，第一件事，就是辞了原先的保姆，拜托陶五爷爷，找了一个家乡在林染镇附近的本地女人。新阿姨到城里上工，照顾薯条长达两年。下周，秦美丽的离婚官司就要开庭了，她害怕自己会输，因此，她要让新阿姨带着薯条藏到一个世界上最安全的地方，一个姐夫或者前任姐夫找不到的地方。

她从没有跟她的老公提过陶五爷爷，所以那个倒霉的姐夫不会有什么线索。

奶奶死了。我们的爸爸先是离开了秦美丽的妈妈，后来，我的妈妈又离开了他。这些都是寻常的事情，生死啊，离散啊，因欲望而起的眷恋啊，形同陌路啊……如今我们长大了，我和秦美丽可以原谅所有这一切。成年之后的我们，和当年的父母一样不堪。所以，怎么可能不理解，不原谅呢。

我们还有陶五爷爷。他是我们姐弟在这世上唯一信任的人。

威廉姆斯之墓

我小的时候，他总是说："儿子，你得勇敢。"

"勇敢"似乎是一服万灵的药，嚼碎了，咽下去，可以用来对付深夜在窗帘上颤抖发笑的树影；可以用来对付夏天悠然的从天而降的那种名叫"吊死鬼"的青虫；可以用来对付冬天清晨必须要离开被窝那一瞬间刺到人血液里去的寒冷；可以用来对付那些找我麻烦的、逼我高大的孩子们；可以用来对付那些面目可憎的老师，以及，他们嘴里猥琐地宣告着的，这个世界庄严的准则。

但我至今没有想明白，为什么我从来不恨那些让我恐惧的东西，我却如此怨恨"勇敢"。或许因为"恐惧"太过强大了，所以我只好在二者之间选择一个软柿子来捏；也可能是因为，"恐惧"源于我的身体，完完全全地属于我，而"勇敢"是个入侵者，我说过我必须咀嚼它然后吞下去，它很苦。

所以，可以简洁地说，我是个不勇敢的人，"不勇敢"是个客气、中立并且文明的说法。父亲是用其他的词来描述我的，比如"软蛋"，比如"窝囊杵子"，比如"鼻涕虫"——这个词专用在我掉眼泪的时候，比如"废物"。他并不是一个粗鄙的父亲，不是的，他讲话的时候抑扬顿挫，声音算得上浑厚，气息来自丹田，遣词造句间，自有一种从容不迫——他曾经作为毕业生家长代表，在我们母校的礼堂对着一千多人念发言稿，演讲结束之后我们班主任认真地给了我一个前所未有的热烈微笑。

他略微弯着身子，盯着我的眼睛，寂静之中我一边流眼泪，一边觉得自己抽鼻子的声音格外龌龊。父亲安静地、慢慢地说："照照镜子去，看看你自己这幅窝囊样子的模样。你爸爸当年在越南战场上玩儿命的时候，怎么也没想到会生出来一个鼻涕虫。你记得，一个软蛋他只能等死，哪怕不是在战场上也是这么回事，他也只能输给勇敢坚强的人，懂吗？爸爸是为了你好，不想你变成一个废物。"——漫长岁月中，他总是换汤不换药地重复着这几句话。我就是这样，渐渐对那几个形容人懦弱的关键词烂熟于心——他通常在说完这段话的时候站起身，挺直了腰板，冷冷地看一眼静静站在门旁边的母亲。他们彼此用一种成年人之间心知肚明的淡漠对望一眼。母亲的神色像她纤长的手指一样冰凉。有时候母亲会皱一下眉头，慢慢合上钢琴盖上的《车尔尼教程》，有时候是《巴赫》，母亲说："以后你想骂，就等我的学生走了再骂，不要吵到我们上课。"

我从不曾盼望过母亲会救我。事实上，很多时候我只是希望母亲可以把门关得紧一点，再紧一点。让他们的钢琴声不间断地充盈在父亲的斥责的间隙里。行云流水的音乐声是母亲的，不知为何就是有种说不出的干涩的琴声，是学生的——多么好，他们完全不用理会隔壁房间里在发生什么，有了这不食人间烟火的乐声做伴，我觉得我所有的无地自容都有了去处。

那是在我十四岁那年,父亲先是像主持弥撒的神父那样,念完了他那几句万年不变的主祷文,只不过,在末尾的地方,因为我长大了,所以他修改了一下结尾,"你马上就要长成大人了,你不会真的打算变成一个废物吧?"——他究竟为什么斥责我,我已经忘记了,多半跟高中升学考试有关吧,总之他就是有办法把我的所有缺点归结到"懦弱""没出息""缺乏勇气"上面,最后的结论永远是:我会成为一个废物。

我马上就要成为一个废物。我终将成为一个废物。我必须成为一个废物——不然,恐怕对不起他这么多年来持之以恒、孜孜不倦的诅咒。这时候我听见旁边的房间里,琴凳摩擦地面的声音。母亲出现在客厅的门口,微微发颤的声音让人觉得她的肩膀更加单薄,她清晰地说:"我受够你了。"

母亲说:"你给我安静一点吧,我不想再忍你。你有什么资格这样说孩子?什么叫软蛋?你根本就没真的打过仗,你去越南的时候仗都打完了,你无非是在战地医院里帮忙抬了几天担架,你告诉我,这算哪门子的出生入死?别再骗孩子,也别再骗你自己了,我求你了行不行。"母亲的脸上仍然是淡然的。

父亲毫不犹豫地扬起了右臂,然后一个耳光就这样落在了我的脸上。"什么东西。"父亲咬牙切齿,"都他妈的什么东西。"——也不知道在骂谁。

忘记了是什么人说的,敌人的敌人就是我的朋友——这是错的。父亲和母亲在那一瞬间算是反目成了仇,我从母亲的眼睛里看见了一种深刻到振奋人心的厌恶;可我和母亲,却似乎也更遥远了些。
"你告诉我,这算哪门子的出生入死?"后来的日子里我一次次地回味着母亲的这句精彩的台词,羞愧地承认了:母亲是个英雄。她用一种和父亲截然不同的方式让我自惭形秽。

便利店里的那个女孩隔着货架注视了我一眼。她站在收银台后面,头发绾在一边,她是中国人。别问为什么,总之我看得出。在周末的街头,在商场里,在校园中——我有个下意识的癖好,就是在成群结队的日本女孩子里面辨认出谁是中国人。一定要问为什么的话——恐怕,绝大多数的中国女孩子身上埋藏着一种说不出的、淡淡的潦草——不一定和化妆的方式有关,不一定和穿衣服的习惯有关,不一定和拿包的姿势有关,甚至不一定和神态表情有关。我说不好,那抹似有若无的潦草就像一缕没能及时按灭的轻烟,缠绕着她们,让她们就像没有完全熄灭的烟蒂那样,轻而易举地,就能在厚厚的、温暖的灰烬上面被人辨认出来。

她略微欠了欠身,拿过我手里的啤酒和凉茶,扫过了条码之后用日语低声对我说:"就这些么?"

"还要一包七星。"我说的是中文。

她粲然一笑,回头望着身后,手指略略地碰触到"七星"的那几个格子,问我:"要哪种的?"

"0.8的。"我答。

"什么?"她没听懂。看来她不抽烟,而且生活中也没有一个抽烟的男人。

"0.8指的是尼古丁的含量。妹妹。"我微笑,"在你右手边,对了，再往右一个格子，这种深蓝色的，就是它，你是新来的么，业务不大熟练。"

"没看出来。"她抬起眼睛,这个笑容比最初的大胆,"你看上去这么年轻,可是烟瘾倒不小。"

"这话听起来就外行了。"我也笑,"你怕是没真正见识过有烟瘾的人。"——是的,我见识过,父亲抽的是浓烈的"骆驼",一天两包。

夜晚的街道由于路灯明明灭灭的影子,显得更加狭窄。不过无所谓的,这个住宅区的房子原本就看上去像是积木搭出来的,街道再窄一些反而是那个味道。我慢慢走,放心大胆地迈着步子,反正自己的影子拖在身后,不会被踩伤。几十米开外的地方是个含羞的公共汽车站牌,只需要两站地,就能去到横滨市区里的那种宽阔的马路上。我租的地方隐藏于这些看上去表面类似的二层建筑中,一座尖顶的小楼。再拐一个弯,在宠物诊所的后面,洗衣房的斜对面。准确地说,我住在那座小楼的一个房间里。如果深夜回去的话,我通常会走悬挂于建筑物外面的那道铁制的楼梯——那是房东去楼顶喂鸽子的时候才会用到的。我会走到二楼,然后用力踹开我房间的窗子,把身体变成一根晾衣绳,从楼梯的栏杆,到房间的窗台,晃悠悠地一荡,就滑进去了。有时候我会忘记事先把鞋子脱下来拿在手里,所以我窗前的那块榻榻米上,总有那么几个乌黑的鞋印。管他的,退房子的时候再说。不过我的轻功还是不够好,飞身进房的时候,总是做不到想象中的悄无声息,因为耳边总免不了划过邻居似有若无的抱怨——是个在齿科技师学校念专业士的男生。

不过眼下，我不需要回到我的小窝，因为这街道洁净并且安宁得没有人气——没有垃圾，没有噪声，自由地静静亮着灯或者灭着灯的童话般的房屋——我觉得我不能对此袖手旁观，因此我背靠着路灯柱席地而坐，拿开袋子里啤酒罐的拉环，用力拆开我刚买的"七星"——还好，牛仔裤的口袋里有一个打火机。

我坐在马路的这头，一个红色的自动贩卖机在马路那头，我们温柔地互相对望着，它宽容地看着我粗鲁地把烟蒂抛到一尘不染的地面上，然后再目中无人地点上第二支。我知道，它理解我在做什么。它看着我的样子就像是在看一个任性地在一片寂静如死的雪地上留下第一个脚印的孩子。

刚刚来日本的那年，我也曾居住在一个类似的住宅区。永远忘不了那个下午，一个身穿洁净的制服，表情平和且一丝不苟的中年男人拿着一把电锯，耐心地把整条人行道边上的灌木修剪成一个漫长的矩形。电锯持续的噪声对他来说就像空气一样自然，灌木们纷纷折腰的时候他脸上的祥和气息也一如既往。那个时候我心里产生了一种惶恐的错觉：为何这个国家的人们如此团结一致，齐心合力地想要清除掉所有尘世生活中本来该有的污垢呢？难不成这么做了以后，就可以证明自己不是凡夫俗子么？——不过终归只是一闪念而已，后来我渐渐地什么都习惯了。

"嗨，你怎么在这儿？"不知过了多久，便利店女孩经过了我的身边，惊讶地看着我。

"下班了？"我做了个邀请的手势，于是她非常开心地坐到了我的身边，撕开自己背包里的一袋零食吃了起来，像是野餐一样，拿起我身边的半罐啤酒，用力地喝了几口——她倒是完全没拿自己当外人。

"你是新搬来的么？"她问我，"住在这一带的中国人，我基本上都在店里见过，除了你。"

"我上个周末才搬来横滨。"我淡淡地说。

"那你之前在哪里？"她问。

"沼津。是个港口，听说过吗？"

"那里很小吧。"她惊呼，"你来横滨做什么，打工？念书？还是做生意啊？"

"念书，横滨国立大学。"我捏瘪了手里的啤酒罐。

"好厉害啊。"她笑靥如花，"那现在离开学还有两个月，你不回家吗？"

我没有回答，她也丝毫没察觉出来自己已经问得过多。她歪着头看着我说："如果你不回家，怕是打算在开学前打一打工赚点钱吧，我在横滨有很多朋友，可以介绍工作给你，等下你留个电话给我吧。"

"谢谢。"我心里已经开始厌烦她。

"喂，"她好奇地看着我，笑容里浮上来一种微妙的迷离，"你抽烟的样子真好看，很 man 呢。"

我自然没有像很多人以为的那样，带着她顺理成章地去什么地方过夜。事实上，这种女孩子我已见过很多次了。在夜店鬼魅的灯光下面，在熟人陌生人混迹一堂心怀鬼胎的聚会上面——总是会有像她一样的女孩子，突然之间，眼神里就浮上来一种莫名其妙的贪婪、挑逗,甚至狎昵——她们会用闪烁着珠光或者已经被无数饮料还原成本色的嘴唇贴着我的耳朵,细细的呼吸缓缓地拂着我的耳膜,"你好有型呢"或者是"你真的很 man"。但是如果我真的将错就错地搂过她们亲吻,她们就都尖叫着躲闪开了。我真的不明白,我身上是有什么东西让人觉得我十分轻浮么?

在我漫不经心地盘算着怎么摆脱便利店女孩的时候,我还不知道,在几十米以外的房间里,我一直开着的电脑"叮咚"一声,替我接收了一份母亲的邮件。我可以在回家以后的深夜看,也可以在天亮之后的次日看,没有区别。邮件只是要告诉我,父亲说不定快要死了。

越南的战场并没有给父亲身体上留下什么伤痕——当然了,在相当一段时间内我并不知道他只不过在战地医院里抬了几天担架。他身上唯一的伤疤是在日本留下的。经常,他在家里呼朋引伴很久至微醺,总会对我亮出他的左臂——那上面有道长而且扭曲的疤痕,他笑着——我知道他自认为那笑声很豪爽,他说:"儿子,看看这个,这就是你爸。"他的意思是说那道死死地扒着他皮肤的蜈蚣是枚勋章,自由勇敢的人才能获得。

他从前线归来,退伍,娶了母亲——据说是经人介绍的,然后他被分配到一个什么工厂的财务科上班,在我们那个北方小城里,开始了一种人人认为是恰当的生活。但是有一天——在大家的回忆里,那一天并没有发生什么不寻常的事情——父亲突然对全家人宣布:他想出去看看世界。

当时很多人都做过非常肮脏的揣度,他们说新婚宴尔,父亲一定是对母亲怀着很深的不满才会做这种荒唐的决定，那么究竟是什么样的不满呢？我可以想象他们是如何邪恶地相视一笑——不过现在我已经走过了年少时那段最激烈的时光，我觉得还是应该原谅生活在故乡那座城里的人们。他们的恶意也并非出自真正的邪恶，只不过是出于一种对异类的恐惧。

是父亲教我明白这个的。我和他就是彼此的异类，所以我们不知不觉间，都以彼此为耻。

我是他的耻辱，这个不用他说，这点自知之明，我有。

他是个豁得出去的斗士。当他确定了自己不想要什么样的生活时，他就能一鼓作气地把它摔得粉碎。他想办法联系到了一个远得不能再远的亲戚，为他寄来了一张珍贵的担保书，他拼命地学日语，他卖掉母亲的钢琴换来一张单程机票。然后，他像逃亡那样奔向了东京成田机场，铁了心地以为，可以衣锦还乡。

他在那里待了六年，六年里母亲办过一次探亲签证去看他，回来以后，发现自己怀孕了。那就是我。

后来，很多年以后的后来——其实就是刚刚过去不久的今年春天，我和母亲并肩坐在医院走廊的椅子上，母亲先是开玩笑般地说了一句："那时候我们是在伊豆看见富士山的影子。"我疑惑地看着她。她补充了一句："我的意思是说，我就是在那几天，有了你。你去过伊豆吗？我觉得并没有川端康成的小说里写得那么美。"她眼睛里美好的羞赧令我都替她无地自容。好吧，在那段很短的岁月里，旅行是奢侈品，我就是奢侈品的账单。

我知道，她被父亲的病情弄得昏了头，不然，怎么样她也不可能这样和她的孩子谈论起她当年的性生活。父亲一灯如豆的生命让她陡然生出了源源不断的眷恋,这些眷恋又让她柔情似水——女人们说到底就是贱在这里,也美在这里。她长叹了一声:"那时候他就那么一声不响地把我的钢琴卖掉了,那是我的嫁妆啊,就让他卖掉了。我气疯了你知道么?我一边哭一边说,你好歹要和我商量一下,可是他跟我说,商量有什么用,反正你是不会同意的……"母亲的声音越来越轻,已经无限度地趋近于"陶醉"。她其实就是在那个时候,在钢琴被卖掉的瞬间,被父亲打断了脊梁骨。如今她却不断地回味着,回味着,我不知道她是否在被她自己美化了的回忆中隐约听见自己的脊梁骨"咔嚓"一声的脆响。总之,她早就已经习惯了,人只要肯苟且就什么都好办,屈辱的尽头其实有一潭深深的酸楚的温存,这是生活最终教给每个人的事。

但父亲似乎是个逃脱了铁律的意外。

其实从我童年起,他们夫妻在我们那个小城就是以传奇的形式存在的。他从日本回来了,带回来一些钱,似乎没人问过他钱是从哪里来的,那个时候人们认为国外遍地都是钱。他给家里买了新的彩电和硕大的冰箱,给母亲买了新的钢琴。他先是被一家令人艳羡的机构聘去做了翻译,半年以后不知为什么跟上司翻了脸,踹倒了人家的办公桌以后头也不回地离开——估计破釜沉舟也是件令人上瘾的事,他随后就认识了来我们这个小城投资的第一个日资企业的老板,从最普通的销售做起,到了今天,他是股东,合伙人——跨年的时候跟着所有的股东去夏威夷开年会。

他运气很好,总能在人生的关键转折点上摸到一把"同花顺"。

可他自己不是这么看待这个问题的。

他中气十足地宣告着:"人生苦短,拼他娘的一把怕什么。"说完,用一种十分让人厌恶的方式大笑起来。姨妈和姨父中秋节来我们家吃饭,散席之后他热情地说开车送他们回去,姨父客气地推脱了一句,他不容置疑地说:"这么晚了,已经没公车了,坐我的车不是还能省了你们打出租车的钱么?还客气啥?"——我不知道身边的母亲究竟做何感想,姨妈家里必须供养念大学的表姐和一个卧床不起的老人并不是他们的错,生活艰难不是任何人的错,他有什么权利这样把别人的艰难当成把柄捏在手心里耀武扬威?

他点上一支烟,看着我,成竹在胸地说:"当年,我叫你姨父辞职出来跟我一起去闯荡,他偏不肯——人下不了决心就是活该倒霉,老天爷其实给每个人机会了,自己不抓住你能怨谁?有出息的人从来不会抱怨天抱怨地的,只有软蛋才抱怨……"

我心里充满了潮水一般漫漫的厌倦。但我只能眼睁睁地看着他眉飞色舞的脸,也许我真的是一个软蛋,我甚至做不到在忍无可忍之际像我母亲当年那样说一句"我受够你了"。当他捏着一支钢笔,坐在我的高考志愿表前面决定我的命运的时候,我说"不"。我嗓音发颤,膝头发软——我自己也瞧不起此刻的自己,但是我终于说了,我说"不"。

"你有什么不满意的?我都帮你把一切安排好了。"

"我不去。"

"你不要以为警官学院就真的要你一辈子做警察,不是那么回事。这里的法律系很有名,你日后想脱了警服去做别的行业也很容易。"

"不。"

"你以为我为什么替你选这个学校？因为你需要磨炼，明白吗？你需要过严格一点的生活，再认真地被摔打几年，你才能变坚强，才能给自己做主，才能知道自己想要什么。"

"我说了，不。"

他把手里的钢笔冲着我丢了过来，我闪躲了，不过笔尖还是滑到了我的脸。蓝色的墨水飞溅起来，我后背上有那么一两个地方凉凉的。

反正你永远都不可能以我为荣，那么，我就彻底让你以我为耻好了。

我当然还是屈服了，我最终去了那所需要整齐穿着制服的大学报到——不过念大学之后，我就再没有回过家。大三那年，我因为无故旷课一个月被学校劝退了。他气急败坏地找到了我，踢开了小旅馆的房门。

那又怎样，当时我正和一个男人在床上。阔别两年，我终于又见到了父亲。

横滨。

1859年，这里是日本第一个开港的港口。所有的港口城市都有一种自然而然的苍茫。荷兰的鹿特丹，法国的土伦，中国的大连，日本的横滨——我热爱它们。就像贾宝玉爱他的怡红院里的每个人。港口城市的风景不要多么缤纷的，因为反正随手地醉眼看过去，没有分别——横滨已经算是精致了。我喜欢这里一眼看不见尽头的笔直街道——好吧,东京也有这样的街道,但是,那滋味是不同的。酩酊大醉的断肠人不需要风景,只需要海鸟以及浪涛的声音。

中华街。

这个地方会让人忘记,我们其实离海很近。中餐馆就像是一片拥挤的麦田,营业时间热气腾腾的喧嚣就是麦浪来临的时候。"明白了,您选的是3号套餐,和大麦茶,请您稍等。"我对客人微微欠身,殷勤地笑着,转身去后厨房的时候,那笑容还不自觉地生长在脸颊上。世界很大,讲中文的人不一定都是中国人——可是无论如何,在这世界上任何一个角落的唐人街,你都找得到那种——由华人们心照不宣的冷漠和坚忍组成,抽刀断水水更流的生命力。

"你的电话。"同事小超把油腻腻的听筒塞给我。

"谢谢,五号桌再要一瓶啤酒,你带出去吧,青岛,别拿错了。"电话那边出来的是非常熟悉的声音,冯叔叔。

他在一间茶室里等我下班。他曾和父亲同一年来到这里,后来父亲选择了回家,可是他没有。每次和他吃饭的时候,他拿起筷子那一瞬间的神情分明就是个日本人。不过只要他开口说话,就还是那个江湖气十足的冯叔叔。

"不是刚刚考上国立大学么?怎么又要回国去了?"他问我。

"我爸病了,肝硬化。"我说。

冯叔叔沉默了一下。和他聊天就是这点好,他永远不会大惊小怪地让夸张的表情在自己脸上作祟。

"那你回去,有什么用?"他静静地问。

"他得做肝移植。我回去试试看,能不能配上。要是能,就给他。"这家的红豆饼一如既往地美味。

"你是说,给他你的肝?"

"是,不是所有,一部分就够了,就能救活他。但是得看配型,不知道会不会成功。"

"这样啊。"他轻声地,像是下意识地说了一句日文,然后突然清醒过来,对我笑笑,换成中文,口气同样简短,"是该回去。"

"可是学业怎么办?"不知为什么,他问我这个的时候,我脑子突然想到了别的事情。中文在这种时候有种单刀直入,不惧怕任何窘境的锐气,不似日语那般缠绵——若是冯叔换了日文问这句话,怕是在问题开始之前一定要加上几个委婉的开场词,像是戏开场之前的铃声一样,小心提示着对面的人:"尴尬的问题还是无可避免地来了。"

"只好先休一年,明年再说了。"我失神地笑笑,"不过这样也好,明年开学之前,还是有点时间,能打工攒出一点钱来。"

"还是不用你爸爸的钱?"他含笑看着我,却善解人意地不等我回答。

"你爸爸是个很妙的人。"他叹了口气,"我到现在都记得,我们那时候一起替高利贷公司做数据库,他们的人只要一打开电脑,就知道今天该去哪家逼债了……我们收费比日本人便宜得多,就这么简单。后来,有另外几个中国人也想抢我们的饭碗,你爸爸随手操了一把餐馆杀鳗鱼的刀就去找他们了,我一直都怀疑那道疤是他自己划的,这毕竟不是在自己家——我不信他有胆量真的在别人的地盘上闹出什么事情来。估计是他为了耍狠,当着人家的面死命划自己一刀,见了红,那几个抢生意的人就没底气了。"

我们道别了之后,在我转身的瞬间,冯叔叔突然叫住了我:"回去给你爸带好。吉人自有天相,我现在老了,我信这个,你别笑我。"

冯叔叔每次约我的茶屋,离"外国人墓地"非常近。那是我在横滨最中意的地方。

餐馆中午的那班三点放工,晚餐的那班六点上工,中间的三个小时,我喜欢到外国人墓地里面,坐着。一排又一排的墓碑,记录的都是些孤魂野鬼,你有时候就会产生错觉,以为大理石的坚硬的森林会在遥远的海浪的蛊惑下,响起来阵阵林涛的声音。这里埋着的,都是外国人。从1854年开始,第一个在这里的是一个美国水兵。

他死的时候二十四岁,和我现在同年。一艘叫"密西西比号"的舰艇曾经载过他垂危的躯体和另外一群年轻美好的小伙子们。他的长官要求把他葬在一个能看得见大海的地方。他的坟孤单了一阵子,才陆续迎来了其他客死横滨的灵魂,其他跟他一样,还没学会日语就失去的灵魂。他们这些始终说不会日语的灵魂,在这个地方聚集在了一起,第一个在日本铺设铁路的工程师,第一个啤酒厂的老板,第一个女子学校的校长……不远处的浪涛那么温柔,浪涛讲的不是日语,他们都能听懂的。

他叫罗伯特·威廉姆斯,我是说,那个从1854年到今天一直都是二十四岁的水兵,罗伯特·威廉姆斯。是个像颗沙砾一样,扔在人堆里就会消失的名字。

我上一次看到父亲，是四年前。没错的，就是那个我被大学劝退，然后被他撞到敏感镜头的冬天。我想，其实他比我更觉得耻辱。

难以形容他脸上的震惊。他坐在我的对面——我当然已经穿好了衣服。我看着他拿出一支烟来，于是按下了打火机，凑过去，替他点上，我不想看到那种——他因为手指颤抖所以火苗没法对准香烟的画面。

他说："为什么？"

我说："我早就告诉你了，我不想去那个学校，我讨厌每天早上晨练，我讨厌在校园里随时随地跟教官敬礼，我讨厌那种只需要服从就可以的生活，但是你不听。"

他厉声道："少给老子装糊涂，我是问那个流氓，为什么？"

"他有名字，他叫江凡。"

他突然古怪地笑了，"为什么是他？"所有的嘲讽和蔑视溢于言表。

"我爱他。"

"儿子，你懂什么叫爱吗？"他长叹了一句，随着他的叹息，烟雾弥漫在他的四周，让他看上去像是在传播神谕。

我从他的烟盒里拿出了一支，为我自己点上。那是我第一次，也是唯一一次当着他的面抽烟。他一开始没有制止我，但我把第三口烟雾缓慢地对着他的脸喷过去的时候，他终于扬起手打掉了我的烟。"看看你自己，像什么样子！"他这样说。

"爸，"我安静地笑笑，"我早就长大了，不要再叫我儿子了，我明明是女儿。我不想再陪你玩小时候的游戏了。"

他凝视着我，一言不发。

我不是儿子，不是什么见鬼的儿子。我是女人。尽管我从小就喜欢穿男孩子的衣服，并且拒绝梳辫子和抱布娃娃。直到今天，我也是留着一头短发，男装的打扮，这就是为什么那些女孩总是喜欢对我表示那种轻佻的好感和亲昵，为什么她们总像是看猴子那样表扬我抽烟的样子很 man，为什么她们中的大多数在我真的俯身亲吻她们的嘴唇的时候就会尖叫着躲开。在她们需要解渴的时候，我是男人；在她们需要一个扮演妓女的机会的时候，我又是女人，她们自欺欺人地向我抛着半真半假的媚眼，却不知道我像镜子一样准确地倒映着她们欲盖弥彰的欲望。

直到我遇见了江凡。我才知道，我是百分之百的女人。我不是父亲的儿子，不是别人眼里的拉拉，不是我自己也曾怀疑的同性恋，我是女人，我是个只爱一个男人的女人。

只爱江凡的女人。

好吧，我不怕承认，童年时我曾经那么崇拜父亲。他简短地叫我"儿子"的时候，我扬起小脸清脆地答应他，那模样就像是一株寻找阳光的向日葵。他有时候·时兴起叫我"士兵"，不管我在做什么，我都会立刻起立立正，庄严地告诉他："长官，到。"每一次他斥责我是"软蛋"的时候，我都真心实意地认为，那全是我的错。

不记得从什么时候开始，我厌倦了他时刻悬挂在我头顶上的"正确"和"勇敢"，我像害怕着一把生锈的铡刀那样害怕着它们。我忍了那么多年，那么多年，就算被痛苦的恨意折磨得面无表情，也仍然在心里坚定地告诉自己，我是错的，我总有一天会走出这些痛苦的，抵达父亲"正确"的彼岸。我一定能通过所有的考验，和父亲温暖的笑脸团聚。最成功的独裁，莫过于此了吧。但我真的想不起来，究竟是哪件事什么时候让我具体地感受到了我不愿再承担这种窒息，也许真的什么都没有发生。那些光芒四射的人物传记里面，总会记录一些标志性的时间来证明这些了不起的人的轨迹。但是，像我这般卑贱的生命，或者用不着那么醒目傲岸的灯塔，用不着那么清晰的航标，一切都发生于混沌之中，没有光芒来提醒我。什么时候，我已遍体鳞伤；什么时候，我已脱胎换骨；什么时候，我已万劫不复。

"爸，你希望有个儿子，你以为如果我是个男孩子我就真的可以像你么？"我清楚地记得，爱情让我无比勇敢，让我终于这样对他说。"这不是儿子女儿的问题，就算我是男生，就算我是个儿子，我也还是像现在这样的人。你想要的其实不是儿子，你要的是赢家，一个像你一样的赢家。但我不行，无论是男是女，我都不行。"

"那只能说明我从来没有看错你，你就是个软蛋。"他烦躁地打断我。

"就算我是儿子，我也有成为软蛋的权利。"我曾经看着他，奇迹般地以为，他没可能再打中我，"我之所以成为今天这样，是因为我只能这样；你之所以成为今天这么强大，也是因为你别无选择只能强大。一个真正强大的人有选择的余地但是你没有。你能不能试着明白这件事？"

"你绕这些圈子做什么？你无非就是想说，不管我费多大力气想把你拉回来，你也还是要跟着那个小白脸，对不对？"

"我知道在你眼里他什么都不是。爸,我只求你能明白一件事,我很爱他。"

"你爱的这个人是个××。"他斩钉截铁地说,然后对自己制造出来的死寂满意地微笑了,那个瞬间我确信他恨我,"从你十几岁第一次偷偷跟男生出去玩的时候,我就看出来了,你只会喜欢××。让你去自由地选择,你永远只会选回来一个接一个的××,这就是你的爱情。"

后来我还是失去了江凡。

被学校劝退以后,我就跟着江凡去了更远的城市。我们在那里过着贫贱夫妻的生活,他上班,我打工。存钱成了唯一的目的和意义。母亲一直都在往我念大学时候办的那张银行卡里汇钱,但是我从来都只让那张卡沉睡在我抽屉的最底下。深夜里,我们爱惜自己。就像两匹相偎相依、穿越荒原的小马。

最后,江凡还是走了。这也没什么稀奇的,我承认,我的个性古怪难以相处;更重要的是,致命的爱情原本就是个负伤的江洋大盗,曝尸荒野是它唯一的合理结局。

江凡走的时候,把我们一起存的钱全都留给了我。几乎什么都没拿走,潇洒得像是赴死一般。我盯着自动取款机显示的余额数字,那些绿色的数字像是闪电一样击中了我——我知道这笔钱够我做什么:买一张单程的经济舱机票,付给中介公司最必要的签证代理费用,运气好的话,估计还能剩下第一个月的房租。

那一瞬间我想起了江凡曾经跟我说过的话,他说:"有些事情就是没有办法和解,想要跨过去,你就只能打败它。"那仿佛是江凡给我的临别赠言。

于是，我就来到了这个岛国。

头两年，在一个小城里，随便注册了一个大学的研修生的席位，所有的时间都用来拼命地工作。同时打三份工，也是有的。一天只睡四个小时，穿梭奔波在这几个地方：沙丁鱼罐头厂，中餐厅，以及深夜聚集一些不出海的渔民的酒馆。还有三个小时无论如何要拿出来，去学日语。从孩童般的牙牙学语开始，直到有一天，清晨半睡半醒之间，模糊感受着骨头里面的酸痛，邻居家的早间新闻没头没脑地传进来，我居然就懂得了是有人在抗议大藏省的新政。到了第三年，知道再不去念书，移民局不会给我续签证，于是又全数拿出打工时候的疯狂来啃书，收到横滨国立大学的通知单的时候，我只是平静地对自己笑了笑：毕业的时候，都快要 30 岁喽。

为什么是日本？又为什么是横滨？因为这是他待过的地方，这是成全了父亲的地方。

不用照镜子，我也知道我瘦了。因为有什么东西在体内燃烧着，燃烧着。东市买骏马，西市买鞍鞯，南市买辔头，北市买长鞭。我要打败他。用我的因为是女人、所以可能更为惨烈的血肉之躯，打败他。

但是他病了。

我站在他的病床前，看着他沉睡之后依然线条严肃的脸，突然间恍然大悟，原来我从来没有像这样俯视过他。阳光里那些嬉闹的小尘埃微微地惊扰了他紧闭着的双眼。他醒来，以一种前所未有的表情看着我。

"爸,"其实我并不觉得我们已经这么多年没见面了,"配型的结果出来了。没问题的,我可以把我的肝脏给你,这样,你很快就会好了。"

他笑了。他轻轻地捏住了我右手的四根手指,他说:"真好看。"

怎么这么快就结束了吗?不应该这么快就结束的。我刚刚做好了所有的准备,等待着即将开始的厮杀,我千辛万苦地修好了长城,我甚至还习惯性地欣赏着那个动人的烽火台。但是他在这个时候宣布战争结束了。他用一种优美的姿势丢盔弃甲,我知道,我知道,你要自己从一个统治者,变成一个穷途末路的英雄。

我斗不过你。

我们是一起被推进手术室里的,分别躺在两张有轮子的床上。滑行的时候我侧过脸去看他,我们俩像是在两艘摇晃着就要起航的船上,恍惚中我觉得我该用力地对他挥挥手,扑面而来的风力道很劲。

我把能给你的都给你。反正我的血是你给的。热血,冷血,都来自你。生命有时候就像超市里的新年优惠礼包那样,不断不断不断地打折扣,是很廉价的。我随时随地都可以为了值得的任何事情付出它,何况是为了你。

可是有一些东西,比生命更珍贵。

手术很成功。我醒来的时候,他还在隔壁的病房沉睡着。怕是世界上找不出第二个女人能像我母亲这样,仅剩的两个亲人一左一右地睡在洁白的病床上,但她却如此心满意足,如此幸福地凝视着窗外的阳光。

她一边削苹果,一边低声说:"其实你爸后来跟我说过了,他说等你回家以后要我告诉你,你去找那个男孩子吧。你爸很想你。他说要是你实在喜欢他,就随你了。不怕他没钱,爸爸妈妈给你嫁妆,大不了,养着你们也没关系的。"

父亲始终是父亲。他以为所有的人都招之即来,挥之即去。

我并没有告诉母亲,其实我知道,当初江凡悄无声息地在一场大吵之后离开我,并不真的全是因为忍受不了我的性格。因为父亲去找过他,我都知道。

但是没有了江凡,我就没有了再跑回他面前质问他的勇气。

我也没有告诉母亲,就在三个月前,我收到了江凡的邮件,他在里面写到了他婚礼的日期,读到信之后,我就回复了他,使用一种亲切的、老朋友的语气祝他们白头到老,因为我知道,江凡在等。我还知道,写这封信给我,他一定犹豫了很久。曾经的深爱,如今只剩下了这点默契。我怎么样也不可以让他为难,无论如何我都记得,第一眼看见他的时候,那种由衷的惊喜,就像一只奔驰在茫茫雪原上的鹿,在天圆地方的荒原里,突然仰头发现了北极光。

也不知道在漫长的人生里,江凡和他的妻子,究竟会是谁先打断谁的脊梁骨,然后,彼此心照不宣地对外人保守着这个秘密,相濡以沫地活下去。也有另外一种可能,他们俩的脊梁骨都断了,这其实更好,他们的感情里会多添一份同病相怜的温暖。这便是人们常说的"天长地久"需要的东西。

父亲正在康复中。疾病让他苍老,削平了他面部的棱角,不过,他身体里现在有了一部分年轻的肝脏。

等他的身体再好一点，我就回横滨去。回我鸽子笼一般的小屋，回我的中华街，回我的外国人墓地。父亲在横滨待了六年，他却从来不知道外国人墓地这个好地方，这便是我和他之间的区别。我会挑阳光晴朗的日子，坐在那里，安静地听着海洋上吹来的风笼罩我脸庞的声音，顺便幻想一下我自己的葬礼。

我上辈子也许是个水手，眼睁睁看着一场大火烧掉了我美好丰饶的家园，心里却不知为何有种没法示人的欣喜。远处一艘船缓缓靠近了我，和静谧的海岸线一起靠近了我，我还有什么可犹豫的？我此时唯一的梦想，就是客死异乡。

姐姐的丛林

一　绢姨

我今天要讲的故事，已经结束了三年。三年前的这个季节，姐姐离开了家。那是在秋天，我们从小长大的这条学院路落满了梧桐叶。绢姨抬起头，说："今年的叶子落得真早。"十月的阳光铺满了绢姨的脸，她还是那么漂亮。姐姐像以前那样拥抱了我，姐姐说："安琪，再见。"她露在藏蓝色毛衣领口的锁骨硌了一下我的胸口。

那天晚上我一如既往地失眠。火车在我们这个城市的边缘寂静地呼啸着，比睡着的或睡不着的人们都更执著地潜入黑夜没有氧气，也没有方向的深处。我知道姐姐现在也没有睡着，她一定穿着那件藏蓝色的毛衣，半躺在列车的黑夜里。长发垂在她性感而苍白的锁骨，那是一个应该会有故事发生的画面——如果交给绢姨来拍，她会把姐姐变成一个不知道渥伦斯基会出现的安娜——注意角度就好，避开姐姐那张平淡，甚至有点难看的脸。

绢姨一直都用她的职业习惯，裁剪着她的生活。那份她自己都没觉察到的冷酷隐藏在她美丽的眼睛里，我和姐姐不同，我有点怕她。所以我讨厌用她的方式讲故事，我不想给所有的人，包括我自己找任何借口。

我的手机响了。是绢姨。对不起我忘了告诉你们，我叫林安琪，十九岁，在一个离家很远的城市念大学，艺术系，大二。绢姨前年春天去了巴黎，她梦想了很久的地方。

"安琪，我们上个礼拜到布列塔尼去拍大海，太棒了。"

"安琪，你的法语现在怎么样了？"

"安琪，画画一定要到法国来……"

每一次电话她都是这个程序："我们"怎样了，法国多么好，等等。这个"我们"，指的是一个叫雅克的法国男人，比她小十岁，她的助手——工作室里的，和床上的。她是一个阅尽风景的女人，像有些女人收集香水那样收集生活中的奇遇。一直如此。

十年前的某一天，妈妈把她从北京带回来。那一年，她二十二岁，和姐姐离家时一样大。她也是瘦的。和姐姐一样，领口露着苍白而性感的锁骨。可是姐姐的瘦是贫瘠，她的瘦是错落有致。冬天正午的阳光下，她明媚地对我们一笑，那种和我们当时的生活无关的妩媚让九岁的我和十五岁的姐姐不知所措。妈妈安顿她睡下，然后像往常一样走进厨房，水龙头和油锅的声音一点都没变，可是我知道从此有一样障碍横亘在我的生活中，尽管这障碍是一个千姿百态的园林——其实我对这个绢姨一无所知——只知道她是妈妈最小，也最疼爱的妹妹。姐姐却浑然不觉,她说:"天哪安琪,她像费雯丽。"

那天晚上姐姐照了很久的镜子。然后轻轻地叹一口气。拧亮台灯,摊开她厚厚的练习题。我蜷在棉被里,看着灯光映亮姐姐的侧影。长发垂在没有起伏的胸前,还有苍白的手背。姐姐很辛苦,她的灯每天都会亮到凌晨。但她永远只是第二名,她不明白自己为什么赢不了那个把大部分时间都交给篮球的男孩。看着姐姐,我想起绢姨。绢姨是个大学生,在中国最棒的外语学院学法语,不过她因为自杀未遂让学校劝退——自杀的原因是那个不肯和自己的妻子离婚的老师。妈妈从不把我们当成小孩子,所以我知道了这个故事。我不明白为什么有的人就可以活得这么奢侈——同时拥有让人目眩的美丽,一种那么好听的语言,过瘾的恋情凄凉的结局之后还有大把的青春——连痛苦都扎着蝴蝶结。太妙了。可是我的姐姐,那本《代数题解》已经被她啃了一个月,依然那么厚。

"安琪,你还没睡着?"姐姐回过头,冲着我笑了。灯光昏暗地映亮了她的一半脸,她的笑容因此奇怪而脆弱。那个时候的姐姐几乎是美丽的。可是除了我,没有谁见过她这种难得的温柔。她的脾气坏得吓人,我们俩这间小屋里的每一样东西都曾因为她毫无道理的愤怒遭过殃。

但是,往往是在深夜,她会从台灯下抬起头,看一看被子里的我,笑笑。要是那些在背后嘲笑她的男孩子们见过她此时的表情,说不定他们中的某一个会突然想爱她。

姐姐迷恋绢姨。绢姨的美丽,绢姨温柔宁静的语调和有点放荡的大笑都让她惊讶和赞叹。她喜欢跟绢姨聊天,喜欢看绢姨在暗房里冲照片——那个时候绢姨成了一家艺术杂志的摄影记者,喜欢听绢姨讲那些为了拍照而天南海北的游荡。绢姨就像是一个从天而降的理想,在我们这个贫乏的北方城市里绽放着。我也喜欢绢姨,很喜欢。只不过我讨厌她说:"安琪长大了一定是个漂亮姑娘。"因为我知道她心里清楚我永远不会像她一样漂亮。我们三个人成天缩在绢姨的小屋,那里有满墙的照片,和厚厚的摄影集,我一张张地抚摸那些铜版纸,还有纸上的风景,和凝固在纸上的人们的表情。绢姨打开一页,说:"这张照片叫《纽约》。我最喜欢这个克莱因的东西了。"

我清楚地记得那种震撼,尽管我才九岁。那个叫克莱因的外国人,他把那座世界上最繁华的城市拍成了一个寂静而辽阔的坟场。绢姨美丽地叹着气:"你们看,多性感。"姐姐惶恐的抬起头,还以为自己听错了绢姨的用词。这时候我们都听见厨房里妈妈的声音:"三个小朋友,吃饭了——"

那天晚上睡觉时,姐姐问:"安琪,你想变成绢姨那样的女人吗?"我不情愿地点头,姐姐说:"我也想。"我不知道姐姐脸上算是什么表情。后来她就开始像作代数题一样认真地画画了。——从三年前开始我们俩每周都去一个老师的画室里学画——这是爸爸的意思,但姐姐从来都没有这么投入过,那些石膏像就像情人一样点亮了她的眼睛。她开始努力,就像她努力地要考第一名那样努力地变成绢姨那样的女人,姐姐从小就是一个相信"愚公移山"这类故事的孩子。当老师接过我们的作业时总会说:"安琪,你应该像北琪一样努力。"可是我看得出来，老师看姐姐的画时，是在看一张作业；看我的画时，眼睛会突然清澈一下。不过我不会把这件事告诉姐姐。妈妈告诉过我们人不可以欺骗人，但妈妈也说过有时候隐瞒，不算欺骗。

　　妈妈是个医生，也是个冰雪聪明的女人。虽然她永远也记不住黄瓜多少钱一斤，记不住我和姐姐的生日到底谁的是八月十号，谁的是十月八号；但是她永远微笑着出现在全家人面前，用她看上去敏感而苍白的手指不动声色地抚摸着空气中的裂痕，说话的语气永远温柔安静，让人以为一切都理所当然。我相信能做妈妈的病人，也是种幸运。我常常在饭桌上看着妈妈和绢姨，觉得她俩很像，可是妈妈不像绢姨那样令人炫惑。

　　绢姨是妈妈的另一个孩子，背着沉重的相机回家时连手也不洗就贪婪地冲到妈妈正在摆的红红绿绿的餐桌旁。爸爸于是就笑："你还不如安琪。"她也笑："我累了嘛。都跑了一天了。"她头发散乱着，笑容好看得要命。她永远需要新奇的风景，也许这就是她的照片永远不能像那幅《纽约》一样打动人的原因。可是她给人留下的那种"追寻"的印象，就像一群突然飞过蓝天的鸽子，生动而美好地撞击人的视觉。也许正是因为这个，她的大学老师才会像拥抱一个假期那样拥抱她吧，可惜那个男人并没陶醉到忘乎所以，他还清楚"假期"在生活中应有的比例。

　　我似乎说过，绢姨是一个从天而降的理想，在我们这个贫乏的北方里城市绽放着。又一个冬天来临的时候绢姨的个人摄影展也要开幕了。在我们全家的记忆中，那种幸福的忙碌再也没重演过。全家人帮她选照片，给照片起名字，妈妈的同事甚至病人和爸爸带的研究生也被发动了起来。最兴奋的人，当然是姐姐。深夜里我看着她在台灯下，常常对着绢姨的新作发呆。黑白的，彩色的，在午夜的灯光下凝固着。其实最动人的，不是它们，是十六岁的姐姐的眼睛。姐姐考上了一个最棒的高中，她依然辛苦地让台灯亮到午夜或者凌晨，可是这台灯证明的早已不再是当初为了拿到第一名而拼搏的荣耀，姐姐已经变成一个为了勉强维持中等水平而努力的学生。——他们说高中很难念，也许是的。经常是在凌晨两点，我迷迷糊糊地醒来，台灯依旧疲惫而衰老地支撑着这个小屋的夜晚，我几乎听得见台灯咳嗽的声音。姐姐瘦了。饭桌上更加沉默甚至僵硬，好多个夜晚我看见她咬着嘴唇把一张张试卷和老师不再给她高分的素描撕得粉碎，我害怕得缩在被子里，听着纸张碎裂的声音，下意识地分辨着姐姐正在撕的是试卷还是素描纸，还有姐姐也许夹杂着哽咽的喘息。那个时候我就想，要是有一个男孩来爱姐姐，她会不会好一些？

绢姨的摄影展代替了我假象中的男孩——除了我，没有谁见过姐姐不美丽的脸和凝视绢姨的照片的眼睛搭配起来是一个怎样的瞬间，还有周围艰难的灯光。那时候我真心实意地祈祷绢姨的影展能够成功，为了姐姐。

我做不到像姐姐一样，我无法百分之百地仰慕绢姨的作品。当我用十九岁的眼睛来打量它们时，看见了一个又一个"优美的沧桑"，"精致的颓废"，"美好的悲哀"，"尊严的贫穷"——这类的偏正短语我相信还有很多——你说世界上没有尊严的贫穷？那你一定没去过西藏。要拍废墟时,绢姨的眼睛就会变成月光,看似温柔地笼罩其实远隔万里;要拍伤疤时,绢姨的眼睛就变成手术刀锋上的那一抹寒光,看似凌厉其实小心翼翼地切去一切不堪入目的部分。它们很美,我承认,可它们没有《纽约》里的那种勇气。但是十六岁的姐姐,她崇拜一切完美。

现在我回想起绢姨开影展的那年冬天,觉得自己的童年,就是在那个季节结束的。

傍晚,妈妈接我从学校回家的时候,我们发现家门居然开着,走进客厅,发现绢姨的房间的门也半开着,从我站的角度,正好可以看到墙上那幅《纽约》。还有爸爸和绢姨。绢姨的脸埋在爸爸的肩头,爸爸的胳膊紧得有些粗暴地扼着她的腰。我不知道爸爸脸上算是什么表情,妈妈从后面捂住我的嘴,她的手上还带着户外的寒气,妈妈在我的耳朵边说:"宝贝,爸爸和绢姨都是出过国的,这在西方只是一种礼节。"妈妈的声音里有一种很奇怪的清澈。她已经很久没叫过我宝贝了。

后来我常常想,还好那个时候,姐姐还没有放学。我不知道后来发生过什么,只知道妈妈还是一如既往的安静,生活不动声色地继续着,绢姨的影展意料之中地成功了。影展开幕的那一天我第一次看到绢姨浓妆的样子,展厅的灯光恰如其分的铺垫着她周围的阴影,我不知道是她还是她的照片征服了我们这个寒冷和荒凉的城,她穿着深兰色的唐装上衣和铁锈红的大裙子,她真的很美。我从来都不能否认这个。影展后不久的一天早上,绢姨在早餐桌上对我们说:"安琪,北琪,绢姨要搬出去了。"

"为什么?"姐姐重重地把碗砸在桌上,一声钝响。

"北琪,绢姨有工作。"妈妈把果酱放在桌上,安静地说。

"在家里就不能工作了吗?我不想让你走!"姐姐盯着绢姨,"安琪也不想让你走!对不对,安琪?"姐姐热切地转过了脸。

我低下头的一瞬间,知道妈妈看了我一眼。然后我抬起头,说:"可是绢姨一直都嫌咱们家离暗房太远了呀……"我笑着,如果妈妈没有看我那一眼,我也许不会在一秒中之内想到这个绝妙的理由。

爸爸笑了:"北琪,你看,安琪比你小六岁呢。"

姐姐扔下筷子,拎起书包,委屈地冲了出去,重重的摔门声让我打了个冷战。妈妈笑笑:"别理她,吃饭。安琪,把牛奶喝完,不可以剩下。"

我喝着牛奶,努力地吞咽着。早上特有的那种像是兑过水的阳光映在玻璃杯的边缘,我听见爸爸喝粥的声音。一切如常,只有我,我成了妈妈的同谋。在一个飘满牛奶、果酱、煎蛋和稀粥香气的早上,我们所有的人都是同谋——科学家管这叫"纳什均衡"。只有姐姐,落入一个不动声色的圈套。她的委屈和愤怒都尴尬的赤裸着,就像一只不断撞击着玻璃窗的飞蛾,不明白自己为什么飞不进去。姐姐是无辜的,只有姐姐一个人是无辜的。我不怪妈妈把我拉了进来,我知道她爱爸爸,她叠我们的衣服时永远不会像叠爸爸的衬衣一样认真。可是没有人能代替我忍受那种蜕变的滋味。

晚上姐姐哭了。她做作业的时候突然扔下了笔,然后我就听见她像是来自体内很深的地方的呜咽。我冲下床紧紧地抱住她的后背,她背上的两块骨头一下一下地刺痛着我。"姐姐。"我叫她。"安琪,为什么，为什么你不帮我把她留下？你讨厌她吗安琪？"我不知道该怎么说。我只好紧紧地抱她，紧得我自己都觉得累，姐姐的眼泪温润地打在我的手背上，我不怪妈妈，如果姐姐没有伸出指尖，轻轻地把她的泪珠从我的手上抹掉——可是她这样做了，她的手指真凉。

绢姨搬走了。妈妈帮她料理一切可以想到的事情，就好像她要走得很远——其实不过是几条街的距离。绢姨走的那天，我跑到她住过的小屋里，墙上还挂着几张照片，真好，《纽约》还在。原来我留恋那张《纽约》胜过留恋绢姨。我还是不怪妈妈，我想明白了，因为我也想让她走。

现在网上和一些时尚杂志里似乎有一种潮流，就是一些年龄其实不大的人们争着为"成长"下定义，争着追悼其实还没远去的青春。"成长"就像那面国旗，庄严地覆盖着"青春"的遗体。当十九岁的我浏览这些精致的墓志铭时，突然恶俗地问自己：我知道什么是"成长"吗？对于我来说，第一次成长是九年前的事儿了。

二　谭斐

我的故事里的爱情从这一节登场。也许你早就急了，你觉得上面那一节里找不到有关"爱情"的线索——爸爸和绢姨的情节只是花边，你怀疑自己是在浪费时间。很多人读一个故事的动力就是那个故事里或精彩或拙劣的爱情。其实我也是这样的人。

九月的星期天很暖和。我每周的今天都会带着一身的油彩味去上法语课。从画室里出来的时候我会厌恶地闭一下眼睛,心里想的是:太阳真好。我的同学们有的在睡觉,有的去谈恋爱,用功的出去写生——但是比起写生,我更喜欢坐在空空的画室的地板,翻阅一本又一本的画册。指尖和铜版纸接触时有一种华丽得近似于奢侈的触觉。我喜欢夏加尔,喜欢梵高,喜欢德拉克洛瓦,喜欢拉图尔,不喜欢莫奈,不喜欢拉斐尔,讨厌毕加索,痛恨康定斯基。姐姐的电话有时会在这个时候打来,问我的画,我的法语,我的男朋友。我没有男朋友,在这个城市里我只有一个可以聊天的朋友——不是美术系里那些自以为自己是有权利用下半身说话的艺术家的男孩,是我法语班里的同学,他叫罗辛,喜欢说"他妈的",最大的梦想是当赛车手,然后有一天死在赛场上,把自己变成烧掉自己赛车的火焰的一部分。

"要是有一天我能去突尼斯开拉力赛,一定有成堆的美女追我,到时候我没功夫跟你聊天的话你也一定要理解。"——这家伙最大的本事就是用庄重的表情把死人说活。

"要去突尼斯的话为什么学法语?"

"小姐,因为突尼斯是说法语的,谢谢。——我听说过你们学画画的都是些文盲,百闻,"他停顿了一下,"果然不如一见。"

我在电话里给姐姐重复我们诸如此类的对话,姐姐总是笑到断气。姐姐说:你要是能喜欢上他就好了,他真可爱。这个时候我突然发现姐姐变了,以前姐姐喜欢完美的东西,现在,二十五岁的她喜欢干净的。

所以,我决定不告诉姐姐,罗辛笑起来的时候有点像谭斐。

认识谭斐的那一年，我是十四岁，正是自以为什么都懂的时候。当然自以为懂得爱情——朱丽叶遭遇罗密欧的时候不也是十四岁吗？所以我总是在晚上悄悄拿出那些男孩子写给我的纸条，自豪地阅读，不经意间回头看看熟睡的姐姐——昏暗之中她依旧瘦弱，睡觉时甚至养成了皱眉的习惯。我笑笑，叹口气，同情地想着她已经大二了却还没有人追。我忘了姐姐也曾经这样在灯光下回过头来看我，却是一脸温柔，没有一点点的居高临下。

二十岁的姐姐现在是爸爸的大学里英语系的学生，跟十六岁的时候相比，好像没有太多的变化，混杂在英语系那些鲜艳明亮声势夺人的女孩子里，我怀疑是否有男孩会看到她。偶尔我会幻想有一个特帅特温柔的男孩就是不喜欢众美女而来追善良的姐姐——事先声明我讨厌这样的故事，极其讨厌——只不过姐姐另当别论。可是奇迹意料之中地没有发生，姐姐不去约会，不买化妆品，不用为了如何拒绝自己不喜欢的男孩而伤脑筋，唯一的乐趣就是绢姨的暗房。——虽然绢姨已经搬走了很久，我们还是常常去她那里玩。看她新拍的照片，听她讲旅途中或离奇或缱绻的艳遇。二十七岁的绢姨似乎更加美丽，迷恋她的男人从十六岁到六十岁不等。她很开心，很忙，周末回我们家的时候还是记不得帮妈妈洗碗。

谭斐是在一个星期六的晚上跟爸爸一起从学校来到家的。爸爸其实早就告诉我们星期六晚上会有客人来——是爸爸在中文系发现的最有前途的学生。我的老爸喜欢把得意的学生带回家来吃饭——他热衷这套旧式文人的把戏。只是这一次有一点意外，我没有想到这个"最有前途的学生"居然这么英俊。他站在几年前绢姨站过的位置,在相同的灯光下明亮地微笑,没有系格子衬衣领口的扣子。那一瞬间我听见空气里回荡着一种倒带般"沙沙"的声音,我想那就是历史重演的声音吧——又是一个站在客厅里对我微笑的人。

饭桌上我出奇的乖。倾听着他们的对话,捕捉着这个客人的声音。偶尔借着夹菜的机会抬一下头,正好撞得到他漆黑而烫人的眼睛。于是我开始频频去夹那盘离我最远的菜,这样我的头可以名正言顺地抬得久一点。他突然微笑了,他的眼睛就像是很深很黑的湖,而那个微笑就是丢进湖里的石块,荡起揉着灯光的斑驳,我几乎听得见水花溅起来。他把那盘离我最远的菜放到我的面前:"你很喜欢吃这个,对不对?"那是他跟我说过的第一句话。

妈妈说:"安琪,你不谢谢哥哥?"然后她说,"谭斐你知道,我这道菜是看着张爱玲的小说学的。"爸爸笑道:"她喜欢在家里折腾这些东西。"谭斐说:"林教授说,师母还喜欢写小说。"

妈妈笑了:"都是些见不得人的东西,我像你们这么大的时候倒是还成天想着当作家,现在,老了。"妈妈叹口气,她有本事在跟人聊天的时候把一口气叹得又自然又舒服。

我忘了说一件事,自从绢姨搬走之后,妈妈业余的时间开始试着写小说,爸爸很高兴地对我们说那是妈妈年轻时候的梦想。我想是绢姨的事情让妈妈发现爸爸偶尔也需要一个奔跑中的女人吧。于是妈妈就以自己的方式开始奔跑,速度掌握得恰到好处。

"我吃饱了。"姐姐说。然后有点匆忙地站起来,还碰掉了一双筷子。"鱼还没上来呢。"爸爸说。"我饱了。"姐姐脸一红。妈妈笑:

"我们家北琪还跟小时候一样,认生。谭斐你一定要尝尝我的糖醋鱼。你是南方人对吧?""对,"他点头,"湖南,凤凰城。""谭斐是沈从文先生的老乡。"爸爸端起杯子。"那好。"妈妈又笑。

"人杰地灵哦。"

湖南,凤凰城。我在心里重复着,多美的名字。

门铃就在这时候叮咚一响,门开了,绢姨就在这样一个突兀而又常常是女主角登场的时刻出现在我们面前。"有客人呀?"绢姨有一点惊讶。谭斐站起来,他说:"你好。"绢姨笑了:"你是姐夫的学生吧。"他点头,他说:"对,你好。"他说了两次你好,这并不奇怪,百分之九十的男人第一次见到她都会有一点不知所措。可是我还是紧紧地咬住了筷子头。妈妈端着糖醋鱼走了进来,她特意用了一个淡绿色的美丽的盘子。"绢,别站着,过来吃饭。"妈妈看着谭斐:"她很会挑时候,每次我做鱼她就会回来。"绢姨拨一下耳朵边一绺卷发,瞟了一眼谭斐,微笑:"第六感。"他没有回答,我想他在注视绢姨修长而精致的手指。

她深呼吸,很投入地说:"好香呀。"然后她抬起头,看着爸爸妈妈,认真地说:"姐,姐夫,其实我今天回来是想跟你们说,我可能,当然只是可能,要结婚。"

我像每个人那样惊讶地瞪大了眼睛,仰着脸,谭斐棱角分明的面孔此时毫无阻碍地闯进了我的视线,但是他并没有看我,他望着这个脸色平淡道出一个大新闻的美丽女人。我闻到了一种不安的气味,一种即将发生什么的感觉笼罩了我。就在它越来越浓烈的时候,却意外地听到了里面的门响。"绢姨,你要结婚?"姐姐站在卧室的门口，正好是灯光的阴影中。"奇怪吗?"绢姨妩媚地转过头。"那……和谁?"这个很白痴的问题是我问的。妈妈笑了："安琪问的没错，和谁，这才是最重要的。""当然是和我的男朋友了。"绢姨大笑，和以前一样，很脆，有点放荡，

"好了，你们不用这么紧张，其实我也并没有决定好。详细的我们以后再说，今天有客人呢。"她转过了脸，"你不介意的吧，客人?我这个人就是这副德性，想到什么就说什么。"他当然不会介意，她当然也知道他不会介意，所以她才这么问的。一个男人怎么会介意一个美丽女人大胆的疏忽呢? 果然，他说："我叫谭斐。""挺漂亮的名字呢，客人。不，谭斐!"她笑了。

坐在她的对面，我看着绢姨笑着的侧脸。我知道她又赢了，现在的谭斐的大脑里除了我的绢姨，不会再有别的，更别提一个只知道伸长了胳膊夹菜的傻孩子。绢姨要结婚。没错，不过那又怎样呢?我嚼着妈妈一级棒的糖醋鱼，嚼碎了每一根鱼刺，嚼到糖醋鱼的酸味和甜味全都不再存在，使劲地吞咽的一瞬间，我感觉到它们从我的咽喉艰难地坠落，我对自己说：我喜欢上谭斐了。

那个时候我不懂得，其实十四岁的罗密欧与朱丽叶是真的不懂爱情，懂爱情的，不过是莎士比亚。

我真高兴谭斐现在成了我们家的常客，我也真高兴我现在可以和谭斐自然地聊天，不会再脸红，不会再像以前那样语无伦次，他是个很会聊天的人，常常用他智慧的幽默逗得我很疯很疯地大笑。我盼望着周末的到来，在星期五一放学就急匆匆地赶回家换衣服，

星期五是我和姐姐那个小小的衣柜的受难日。所有的狼藉都会在七点钟门铃"叮咚"的一声响声里被掩盖,我很从容地去开门,除了衣柜,没人知道我的慌乱,尤其是谭斐。绢姨现在周末回家的次数明显地多了,不过她有名正言顺的理由——她的婚礼在三个月之后举行。她有时连饭也不吃就跟大家再见——那个男人在楼下的那辆"奔驰"里等着。我们谁都没见过他,所以我们戏称他"奔驰",绢姨总是说:"下星期,下星期就带他回家。"但是这个"下星期"来得还真是漫长,漫长到在我的印象中,"奔驰"已经变成了一样道具,给这个故事添加一个诡秘的省略号。虽然有的时候顾不上吃饭,但跟谭斐妩媚地聊上几句还是来得及。她的耳环随着说话的节奏摇晃着,眼睛总专注地盯着谭斐的脸,偶尔目光会移开一下,蜻蜓点水地掠过别的什么地方。我想我知道为什么古人用"风情万种"这个词形容这样的女人,因为她们不是一种静止,她们在流动,永远是一个过程。

越来越有意思了。我对自己说。绢姨和谭斐——德瑞那夫人和于连?这个比喻似乎不太禁得起推敲,但是很和衬。我知道我赢不了绢姨,确切地说,我不具备跟绢姨竞争的资格——我知道自己是谁。可是我毕竟才十四岁,只要我愿意,我可以认认真真地喜欢谭斐十年或者更久,十年以后我二十四岁,依然拥有青春,我闭上眼睛都猜得到当谭斐面对二十四岁的我,恍然大悟是这个不知何时已如此美丽的女孩爱了他十年——想起来都会心跳的浪漫。但是绢姨你呢?但愿你十年之后依然风韵犹存——如果你从现在开始戒烟,戒酒,戒情人,那时候的你应该看上去不太憔悴。也但愿你的"奔驰"老公还能一如现在般忠诚——你们大人还不就是这么回事吗?

仔细想想也许每个女孩都经历过一个只有当初的自己才认为"可歌可泣"的年代。乳房猝不及防的刺痛,刚开始不久的每个月小腹的酸痛,还有心里想起某个人时暖暖的钝痛——碰巧这三种痛同时发生,便以为自己成了世界头号伤心人——有点决绝,有点勇敢地准备好了在爱情这个战场捐躯——以纯洁、纯情和纯真的名义。殊不知所谓"纯洁"是一样很可疑的东西,要么很廉价,要么很容易因为无人问津而变得廉价。可我义无反顾地掉进去了。世界运转如常,没有什么因为一个十四岁的小姑娘的恋情而改变——除了她自己。她开始莫名其妙地担心自己的头发是不是被刚才那阵风吹乱了——万一吹乱了,而她在这个时候突然在街上撞见谭斐怎么办?尽管她自己也知道这种可能性微乎其微。可是喜欢上一个人本身就是一件概率在千分之一以内的事情,所以恋爱中的人都莫名其妙地相信"偶然"。我不知道照这样推理下去,是不是可以得出恋爱中的人都有变成"守株待兔"里的主人公的结论。

可是我还是不敢嘲笑爱情。因为种种症状都淡忘了之后,我画的画却依然留着。那个时候我和姐姐的房间分开了,我自己有了一件大约十平方米的小屋。我开始失眠,在凌晨两点钟的黑夜的水底静静地呼吸,闭上眼睛,就看见微笑着的谭斐,或者不笑的。身体在每一寸新鲜的想念中渐渐往下沉,沉成了黑夜这条温暖的母亲河底的松散而干净的沙,散乱在枕上的头发成了没有声音,却有生命的水草。突然间我坐起来,打开了灯。我开始画画。不画那些让人发疯的石膏像,我画我的爱情。当我想起星期五就要到了,谭斐就要来了的时候,我就大块地涂抹绿色,比柳树的绿深一点,但又比湖泊的绿浅一点,那是我精心调出来的最爱的绿色;当我想起绢姨望着谭斐微笑的眼睛,我就往画布上摔打比可口可乐易拉罐暗一点,但又比刚刚流出来的血亮一点的红。我画我做过的梦,也画别人给我讲过的梦;我画我想像中的罗密欧与朱丽叶的开满鲜花的阳台——月光流畅得像被下弦月这只刀片挑开的动脉里流出的血,我也画我自己的身体,赤裸着游泳的自己,游泳池蓝得让人伤心,像一池子的化学试验室里的硫酸铜,也像一只受伤的鸟清澈而无辜的眼神。清晨的时候我困倦地清洗着花花绿绿的胳膊,心里有一种刚刚玩完"急流勇进"或者是"过山车"的快乐。

后来有一天,老师看过了我的画之后,抬起头来看着我。

"全是你自己想出来的?"

我点头。

他笑了,他说:"有一张真像契里科。"

我问:"老师,契里科是谁?"

他又笑了,对我说:"安琪,请你爸爸或者妈妈方便的时候来一趟,记住了。"

我想我是在喜欢上谭斐之后才知道自己原来是这么地爱着画画。就在那些失眠的深夜里,一开始是为了抗拒以我十四岁的生命承担起来太重了的想念,到后来不是了,我的灵魂好像找到了一个喷涌的出口,以及理由。我一直都不太爱说话,所以我不知道自己原来这么想要倾诉,我在我的调色板面前甚至变得絮絮叨叨,急切地想要抓住每一分哪怕是转瞬即逝的颤抖。我变得任性，变得固执，也变得快乐，我心甘情愿地趴在课桌上酣睡，我高兴地从几何老师手里接过打满红叉的试卷，——谁也休想阻止我在黑夜里飞翔，更何况是这落满灰尘的生活，休想。

只有一个人知道我的秘密，就是我的同桌——刘宇翔。他望着政治课上伏在桌上半睡半醒的我，做痛惜状地摇头："唉，恋爱中的女人哪——疯了。"那个时候刘宇翔成了我的画的第一读者——我想那是因为我还是需要倾诉的，他正好又离我最近。他总是夸张地问我："你白痴吧你，你不知道什么叫'红配绿，是狗屁'？你大小姐还他妈专门弄出来一天的红再加一地的绿——不过，"他正色，"我也不知道为什么，你这么一画，操，还真是蛮好看的。"——其实他是一个跟别人有点不一样的人，因为他总是说我的画"蛮好看的"，不像我的那些一起学画的同学，他们总是有点惊讶地说："林安琪你真酷。"虽然刘宇翔说话满口的脏字，虽然他是个今年已经十七岁的"万年留级生"——可我还是愿意把他当成一个可以讲些秘密的朋友——那个年龄的女孩子是最需要朋友的，但是没有多少女孩子愿意理睬我——当然我也懒得理她们，刘宇翔最好，他愿意听我讲谭斐，听我讲那些谭斐和绢姨之间似有若无的微妙，然后评论一句："操！"

其实直到今天，我也依然无法忘记那些日子里干净而激烈的颜色——生活中的我和一种名叫"堕落"的东西巧妙地打着擦边球，我偶尔逃课跟刘宇翔和他的那些狐朋狗友出去玩，偶尔考不及格——可是我总是无法对那种不良少年的生活着迷，因为我只为我的画陶醉——在深夜一个人的漫游中,我把跟刘宇翔他们在一起时的那种气息用颜色表达出来——那是一种海港般的气息,连堕落都是生机勃勃的。然后我有点惶恐地问自己:难道我,经历一切的目的都是为了画画吗?那么"生活"这样东西,对于我,到底有几分真实?但我不会让这个棘手的问题纠缠太久,因为我闭上眼睛都看得到老师惊喜的眼神——老师的那种目光我已经看过很多次了,不过我永远不会对那种目光"司空见惯"。

昨天我梦见了我的中学教学楼里长长的走廊——就是曾经放学后只剩下我和刘宇翔的空空的走廊,夕阳就这样无遮无拦地洒了进来。刘宇翔靠在栏杆上,歪着头,像周润发那样点烟——他说为了这个正点的姿势他足足苦练了三个星期。烟雾弥漫在因为寂静所以有些伤怀的走道里,刘宇翔说:"丫头,还不回家?今天可是周末。"我懒洋洋地回答:"老爸今天中午说了,下午学校开研讨会,谭斐也参加,晚上都不会回来,我那么急着回去干吗?"

"操。"刘宇翔对着我喷出一口烟,"女大不中留。"

"去死。"我说。

"我真想揍那个他妈的谭斐,长得帅一点就他妈不知道自己姓什么——"

"闭嘴!"我打断他:"你说话带一百个脏字都无所谓,可是你叫谭斐的名字的时候一个脏字都不许带,否则我跟你绝交。"

"绝交?"他坏笑,"绝什么交?"

"你不想活了!"我瞪大眼睛。夕阳就像一种液体一样浸泡着我们，坐在地板上的我，还有抽烟的刘宇翔——仔细看看这家伙长得挺帅。——我们在那种无孔不入的橙色中就像两株年轻的标本。对呀，夕阳浸泡着的人就像标本，我要把它画下来，用淡一点的水彩，今天晚上就画。

"安琪——"我突然听见姐姐的声音，被走廊拉长了。

她的影子投在我和刘宇翔之间，也许是我多心了：姐姐今天看上去有一点阴郁。

"姐?"我有点惊讶。

"妈妈让我来叫你回去吃饭。"姐姐说。

"哦。"我拉住姐姐的手，"刘宇翔，这是我姐；姐姐，这是我同桌，刘宇翔。"

"你好。"姐姐淡淡地笑了。夕阳把她的笑容笼上了一层倦意，她苍白的锁骨变成了温暖的金红色。

刘宇翔有点做秀地把烟扔在地上，歪了一下头，笑笑："你好。"

然后我就跟姐姐走了出去，踩着刘宇翔长长的影子。走下楼梯的时候正好遇到刘宇翔的那群死党从对面那道楼梯喧嚣地跑上来，他们对我喊："林安琪你要回家？你不去啦？"我也对着他们轻松地喊："不去啦，我姐来叫我回家了！"

他们乱哄哄地嚷着：

——是你姐呀！我还以为是高二的那个王什么婷。

——SB！没看见戴着S大的校徽呢。

——我靠！老子就是没看清楚又怎样？

——姐，你好！

——林安琪再见！还有姐，再见……

好像他们不喊着叫着就不会说话一样，可是被他们席卷过的楼梯突然安静下来，还真有点让人不习惯。姐姐突然说："安琪，告诉你件事，你不可以对任何人说。"

"你有男朋友啦？"我惊讶地笑着。

她不理我，自顾自地说："绢姨怀孕了。"

我一时有点懵："那，那，也无所谓吧。反正她不是马上就要结婚了。"

姐姐笑了："这个孩子不是'奔驰'的。"

我不记得自己当时在想什么，确切地说，我的思维在一片空白的停顿中不停地问自己：我该想什么，该想什么——

姐姐还是不看我，还在说："我今天到绢姨那儿去了，门没锁，可她不在家，我看见了化验单，就在桌子上，——前天，前天她才跟我说，她和'奔驰'从来没有，从来没有，做过。"

"做过"，这对我来说，是个有点突兀的词，尽管我知道这代表什么，我是说，我认为我知道。我们俩都没有说话，一直到家门口，我突然问姐姐："妈知道吗？"

"安琪，"姐姐突然有些愤怒地凝视着我，"你敢告诉妈！"

"为什么不呢？"我抬高了嗓音，"妈什么都能解决，不管多大的事，交给妈都可以摆平不是吗？"激动中我用了刘宇翔的常用词。

"安琪，"姐姐突然软了，看着我，她说："你答应我了，不跟任何人说，对不对？"

…………

"我知道,我没想说,我不会告诉妈,你放心,"我看着姐姐惶恐的眼神,笑了,"没有问题的,绢姨也是个大人了,对吧。她会安排好。"——我的口气好像变成了姐姐的姐姐。

我深呼吸一下,按响了门铃。

餐桌上只有我们四个人:妈妈,绢姨,姐姐,和我。四个人里有三个各怀鬼胎——绢姨怀的是人胎。妈妈端上她的看家节目:糖醋鱼。扬着声音说:"难得的,今天家里只有女人。""我不是女人。"姐姐硬硬地说。"这么说你是男人?"绢姨戏谑地笑着。

"我是'女孩'。"姐姐直视着她的眼睛。

"对,我也是女孩,我是小女孩。"我笑着说——这个时候我必须笑。

"好,"妈妈也笑,"难得今天家里只有女人,和女孩,可以了吗?"

"大家听我宣布一件事。"妈妈的心情似乎很好,"今天我到安琪的美术老师那儿去过了。安琪,"妈妈微笑地看着我:"老师说他打算给你加课,因为他说明年你可以去考中央美院附中,他说——你是他二十年来教过的最有天分的孩子。"

"天哪——"绢姨清脆地欢呼,"我们今天是不是该喝一杯,为了咱们家的小天才!"然后她就真的取来了红葡萄酒,对妈妈说:"姐,今天无论如何你要让安琪也喝一点。"妈妈点头:"好,只是今天。还有安琪,今天你们班主任给家里打电话了,他说你最近总和一个叫刘什么的孩子在一起,反正是个不良少年。妈妈不是干涉你交朋友,不过跟这些人来往，会影响你的气质。"

绢姨突然大笑了起来。

"你吃你的。"妈妈皱了皱眉。

"姐，你还记不记得，我上中学的时候你跟我说过一样的话。一个字都不差！"

"你，"妈妈也笑，"十四岁就成天地招蜂引蝶，那个时候爸就跟我说，巴不得你马上嫁出去。"

"你还说！"绢姨开心地嚷，"爸最偏心的就是你，从小就是……"

对我而言，所有的声音都渐渐远了，我的身体里荡漾着一种海浪的声音，遥远而庄严地喧闹着，"中央美院附中"，我没有听错，我不惊讶，这一天早就应该来临，可是我准备好了吗？我准备好一辈子画画了吗？一辈子把我的生活变成油彩，再让油彩的气息深深地沉在我的血液中，一辈子，不离不弃？天哪我就像一个面对着神甫的新娘——"新娘"，我想我脸红了。

"嘿——小天才！"我听到那个似乎危机重重的"准新娘"愉快的声音，"是不是已经高兴得头都晕了？绢姨星期一要出去拍照，大概两个星期才会回来，最近我突然想到郊外去逛逛，所以决定用这个周末的时间，带上你和北琪，把谭斐也叫来，明天我们四个一起去玩，怎么样？"

"叫他干吗？"姐姐皱了皱眉。

"你说呢——"绢姨有点诡异地笑着，眨了眨眼睛。

"你们说，"妈妈突然开口了："谭斐跟我们北琪，合不合适？"

"妈！"姐姐有点惊讶，有点生气地叫着。

"有什么不好意思的吗?"妈妈笑了,"你以为我跟你爸为什么每个礼拜都叫他来?要是你和谭斐——那是多好的一件事情。有你爸爸在,谭斐一定会留在这所大学里,你们当然可以一起住在家——把你交给谭斐,爸爸妈妈还有什么不放心的?你——"

姐姐重重地放下了碗,她盯着妈妈的脸,一个字一个字地说:"你们是什么意思?你们知道我配不上谭斐!"

"胡说些什么!"妈妈瞪大了眼睛。

"什么叫胡说?"姐姐打断了她,"你看得见,长了眼睛的人都看得见,要不是因为讨好爸,他谭斐凭什么成天往咱们家钻?我就算是再没人要,也不稀罕这种像狗一样只会摇尾巴的男人!"

"闭嘴!"妈妈苍白着一张脸,真的生气了。

"北琪。"绢姨息事宁人地叫她。

"你们胡说。"所有的人都被这个声音吓了一跳,刚才的那场大人们的争吵中,他们都忘记了我。"安琪这跟你没关系。"绢姨有点急地冲我眨了一下眼睛。

"你们胡说。"我有点恶狠狠地重复着。我绝对,绝对不能允许她们这样侮辱谭斐,没有人有资格这样做。我感觉到了太阳穴在一下一下地敲打着我的精神,我的声音有一点发抖:

"谭斐才不是你们说的那样,谭斐才不是那种人,你们这样在背后说,你们太卑鄙了。"我勇敢地用了"卑鄙"这个词。

"你懂什么?"妈妈转过脸。有点惊讶地望着我的眼睛,我没有退缩,跟她对视着,尽管我知道,也许妈妈会看出来我的秘密,可我还是要竭尽全力,保护我的谭斐。我在保护他的什么呢?我不知道。

眼泪突然间开始在身体里回响,就要蔓延的时候我们都听到了电话铃的声音,感谢电话铃,我有了跑出去的理由。

听见妈妈在身后跟绢姨叹气:"她们的爸爸把她们宠坏了——"

我拿起电话,居然是刘宇翔。

"林安琪,"他的声音里有一种奇怪的沙哑,"你姐姐叫什么名字?"

"你问这个干什么……"

"麻烦你告诉你姐姐,我要追她。"说完这句话他就挂了,酷得一塌糊涂。

三 刘宇翔

就这样,又一个角色在姐姐的舞台上登场,以一个有点荒唐的方式。

我没有追问刘宇翔为什么喜欢上了姐姐,姐姐也该有个人来追了,虽然这个人有点离谱——也是好的。我没有了关心其他人的心情。——原来我搞错了真正的情敌,原来这不关绢姨什么事,他们想把姐姐塞给谭斐——好吧,这下我更不会输了。——等一下,如果不是为了绢姨,谭斐为什么总是来我们家?——他知道爸爸妈妈心里想的吗?也许。可谭斐难道会真的是为了姐姐?不可能的。难道说——我的心就在此时开始狂跳了——不对,林安琪,我对自己说,人家谭斐是大人,你还是个小孩子呢——可是那又怎样呢?世界上没有不可能的事情——天哪,我长长地叹着气:让我快一点长大吧，我就快要长大了不是吗？

我依然在午夜和凌晨的时分画着。大块的颜色在画纸上喧嚣着倾泻，带着灵魂深处颤抖的絮语，我震荡着它们，也被它们震荡着，我听得见身体里血液的声音，就像坐在黑夜里的沙滩上听海潮的声音一样，自己的身体跟这个世界之外某种玄妙而魅惑的力量融为一体——我想如果是绢姨的话，她会用三个字来概括这种感觉："真性感。"——性感，是这样的意思呀。

绢姨出去拍照的这一个礼拜中，姐姐天天晚上都会到我的小屋来聊天，带着那种我从没见过的红晕，我们天南海北地聊，姐姐总是几乎一字不落地"背诵"她和刘宇翔今天电话的内容——刘宇翔采用的是他惯用的方式，"初级阶段"用比较绅士的"电话攻势"，尤其是对比较羞涩的女孩子，——刘宇翔告诉过我："对那些好学生，乖乖女，欲速，则不达也。"

"他问我周末什么时候可以出来，"姐姐扬着脸，对着窗外的夜空，抑制不住地微笑，"我说我下星期要考试了，很忙，你猜他怎么回答我？"姐姐转过脸，眼睛是被那个微笑点亮的，"他说：对不起请你听清楚，我是问你什么时候有时间，不是问你有没有时间。"姐姐笑了："他还挺霸道。"

鬼知道刘宇翔那个家伙用上了哪部录像厅里的片子的台词。"姐，"我有点不安地问她，"你不是就只见过他一次吗？""对呀，是只有一次，但是我记得他很帅的对吧？""他比你小三岁。""那又怎样？"姐姐问。"而且他是个'万年留级生'，就知道抽烟泡迪厅打群架。爸爸妈妈准会气疯。""有什么关系吗？"姐姐几乎是嘲讽地微笑了。"我没有问题了。"我像个律师那样沮丧地宣布着。有点不可思议地看着我笑得几乎是妩媚的姐姐。

很多年后的今天,我依然记得姐姐夜空下泛红的,可以入绢姨镜头的笑脸。我进了大学,看够了那些才十八岁却拥有三十八岁女人的精明的女孩,看够了她们用自己的头脑玩弄别人的青春,——于是我才知道,那一年,我二十岁的姐姐,为一个十七岁的小混混在夜空下闪亮着眼睛微笑的姐姐,原来这么可爱。

周末姐姐自然是答应了刘宇翔的约会,那天早上我们家的信箱里居然有一枝带着露珠的红色玫瑰,姐姐把它凑到鼻子边上,小心地闻着,抬起头笑了:"安琪,我还是更喜欢水仙花的香味。"她的声音微微发着颤。脸红了。"拜托,"我说,"哪有这种季节送水仙花的?""也对。"她迟疑了一秒钟,然后拿起了电话,第一次拨出那个其实早已经烂熟于心的号码。"喂,刘……宇翔吗?是我。我今天有空。"

星期六的下午我一个人坐在小屋里画画,听见姐姐哼着歌出门:"喜欢看你紧紧皱眉,叫我胆小鬼,我的感觉就像和情人在斗嘴——"姐姐的声音里有种很脆弱的甜蜜。我知道姐姐没看见过刘宇翔紧紧皱眉的样子,只不过在她的想像中,刘宇翔已经成了她的情人。爱情,到底是因为一个人的出现才绽放;还是早就已经在那里寂寞开无主地绽放着,只等着一个人的出现呢?想象着姐姐和刘宇翔约会的场景。我都替姐姐捏一把汗,她连平时的小考试都会紧张得要死,真不知道她有没有办法来应付刘宇翔那个有的是花招的家伙——比如,他们会接吻吗?我问自己;如果刘宇翔坏笑着猛然俯下头去,姐姐懂得自然而然地迎上自己的嘴唇吗?——很难讲,不过要是我的话,如果谭斐在某一天突然吻住我,我是知道自己该怎么办的。会有那一天的,我对自己说。

"早就想看看你的画了。"我被这个声音吓了一跳,怎么会——是谭斐呢。

谭斐对我微笑着——他的脸真的是完美——可那并不是我想要的微笑,"安琪,其实我早就想看看你的画,可以吗?"

"可以。"我自己都不知道自己在说什么。该死,我应该更大胆一点不是吗?

他走了过来,很有兴趣地看着我的画纸:"这么多的蓝色,"他说,"这幅画叫什么名字?"他笑着问我,就像在问幼儿园的小孩儿。

我冷冷地看他一眼,什么都没说。

"我想你画的是大海。对吧?一定是大海。"他依旧是那种语气,好像认为他是在帮助一个叼奶瓶的小朋友发挥想象力。

"将进酒。"我说。

"什么?"他显然是没听清楚。

"就是李白的那首《将进酒》,这些蓝都是底色,一会儿我要画月亮的。我要画的是喝醉了酒的李白眼睛里的月亮。"除了我的老爸和谭斐以外,我最喜欢的男人就是李白。钟鼓馔玉不足贵,但愿长醉不复醒。古来圣贤皆寂寞,惟有饮者留其名。——真他妈的性感,"如果我是个唐朝的女孩,"我对谭斐说,"我一定拼了命地把李白追到手。"

"你要画李白吗?"他问我,明显认真了许多。

"不画，只画月亮。因为没有人可以画李白。"我说。

"我可以问，你想把月亮画成什么样子吗?"他专注地看着我，用他很深的眼睛。我低下头，每一次，当他有些认真地看着什么的时候，那双眼睛就会猝不及防地烫我一下。

"裸体。"我的脸红了，"膝盖蜷在胸口的女人的裸体。李白没有爱过任何女人，除了月亮，月亮才是他的情人。"我说得斩钉截铁。我没有告诉谭斐，我的这个感觉来源于一个叫《情人》的电影。是我和刘宇翔他们在一个肮脏的录像厅里看的。他们激动地追随着那些做爱的场面——术语叫"床戏"，可我，忘不了的是那个女孩子的身体，那种稚嫩，疼痛的美丽。苍白中似乎伤痕累累。"可是今天的月亮已经变成《琵琶行》里的那个女人了。弟走从军阿姨死，暮去朝来颜色故。屈原李白杜甫们都死了，天文望远镜照出来她一脸的皱纹，再也没人来欣赏她。她是傻瓜，以为她自己还等得来一个李白那样的男人呢。"

谭斐有点惊讶地望着我。然后他慢慢地说："安琪，你很了不起。"

"画好了以后我把它送给你。"说这句话的时候我的心都快要跳出来了，勇敢地抬起头，注视着他的脸。

"谢谢。"他笑了。尽管那依然不是我想要的那种微笑，但我已经很高兴了。我低下头，装作调色的样子——我绝对不可以让他看出来我的手指在发颤，他会猜出来我喜欢他的。

客厅里一声门响。然后是姐姐的脚步声。

"姐你回来啦——"我叫着，跑了出去。

姐姐脸上没有那种我想象中的红晕，她现在反倒是淡淡的，就好像她是和平常一样刚从学校里回来。"姐，怎么样？"我急切地问。

"挺好。"她笑笑，像是有一点累的样子。

"再讲讲嘛——"

"没什么可说的，就是挺好。"她看着我，眼睛里全是奇怪的温柔。

"北琪你今天很漂亮。"谭斐对姐姐说。

"谢谢。"姐姐点点头，没有表情。

姐姐再也没有对我提过那天她和刘宇翔的约会，我不知道他们去了哪里，也不知道他们有没有接吻。只知道从那天以后的又一个星期之内，刘宇翔只打过两个电话，接完第二个电话的那天，姐姐没有吃午饭，妈妈摸摸姐姐的额头："是不是病了？"姐姐把头一偏："没有。"我看见姐姐的眼里泪光一闪。

我拨通了刘宇翔家的电话："刘宇翔，你给我滚到学校来，我在操场等你。"

那是记忆里最漫长的一个下午。春天的风很大。学校的操场上扬着沙。我等了一个小时，两个小时，还差一刻钟就满三个小时的时候，刘宇翔来了。他的头发被风吹乱了。慢慢地，走到我的面前——我就站在国旗的旗杆下面，他一眼就看到了我。我们都没说话，我想如果有人在操场边上的楼里看着我们的话，会奇怪地发现两个在风中沉默的小黑点。

"林安琪……"

"刘宇翔。"我们同时开了口。

他说:"你先说。"

"刘宇翔,"我问,"如果你不喜欢我姐姐,为什么要追她?"

"第一次见她的时候,"他慢慢地说,"可能因为是傍晚了吧,光线的关系,觉得她真像吴倩莲。可是真到约会那天,在阳光下看她,发现错了。对不起,我……"他困难地解释着,"我知道我说的不清楚,可是我承认,我承认决定追她是有点仓促了——"

"刘宇翔,"我打断了他,几乎是有点悲愤地打断了他,"我从一开始就有点担心,因为我知道我姐姐不够漂亮,不,不是不够漂亮,是很不漂亮,可是她善良,好像你们男生不太在乎这个。我还以为这一次,姐姐真的找得到一个人来爱她——"我重重地喘着气。

"林安琪。"他说,"只有你这种小孩儿才动不动就爱不爱的。我,"他笑了,"我不知道什么叫爱,我追女孩儿是为了泡,不是为了爱。"

"你混蛋。"我说。

他看着我:"你再骂一句试试看。"

"混蛋。"我重复。

他走近了两步,低下头,吻了我。一阵短暂的眩晕,远方的天在呼啸。

他放开我,开始点烟。可是风太大了,他按了好多次打火机才点着——他正点的点烟姿势因此变得狼狈。终于点着的时候,他瞟了我一眼——居然有点羞涩。

"刘宇翔你这个王八蛋!"我尖叫着扑了上去,打掉了他的烟和打火机。我不大知道自己在干什么,我骂尽了我知道的脏话,他扭住了我的胳膊,我挣脱不出来,于是我用膝盖狠狠地撞他的肚子,他真的被我激怒了,他开始打我,他的拳头落在我的背上,肩上,我撕扯他的衣服,用尽全身力气咬他的手臂。

有一双陌生的手从后面护住了我的背,把我们拉开,我依旧尖叫着,挣扎着,挥着拳头,我听见一个声音在吼:"你这样打一个女孩子你不觉得丢脸!"然后是刘宇翔的吼声:"你自己问她是谁先动的手?!"那个陌生人紧紧地抱着我,箍着我的身体,他的大手抓住了我的小拳头,他说:"好了,安琪。听话——"我终于安静下来,他不是陌生人,他是谭斐。

眼泪是在这个时候涌出来的。我梦想过多少次,在我无助的时候,谭斐会像从天而降一样地出现在我的眼前,我还以为这种事永远只能发生在电影里。现在这变成了真的:他就在这儿,紧紧地搂着我,他的外套,他的味道,他的体温。可是我把我的初吻弄丢了,那是我留给谭斐的,刘宇翔那个混蛋夺走了它。我哭着,我从来没有一个时候这么委屈,这么难过。"安琪,乖,好孩子,没事儿了安琪。"谭斐的声音真好听。他理着我乱七八糟的头发,看着我,伸出手抹了抹我的泪脸,然后笑了。我也笑了,是哭着笑的——笑的时候发现嘴角里腥腥的,我想是刚才让刘宇翔的手表划破的。

他捧着我的脸:"听我说,安琪,是你爸爸让我来学校找你的。我们必须马上到医院去。你绢姨出车祸了,很严重。"

"她会死吗?"我问。

"还不知道。"他说,"正在抢救,所以你爸爸才会让我来找你。"

我点点头，谭斐拉起我的手，我们走了出去。他的手真大，也很暖和。其实那家医院离我们学校特别近，可是记忆中，我们那天走了好久，是绢姨的灾难把那天的我还有谭斐连在一起的，这样近，要不是绢姨还生死未卜的话，我就要感谢上天了。绢姨的劫难就在这种温暖的瞬间里变得遥远，变得不真实。直到我看见手术室上方的灯光。

妈妈有点异样地望着我的脸。我这才发现原来谭斐一直拉着我的手。

我的手从谭斐的手里坠落的一瞬间，手术室的门开了，惨白的绢姨被推了出来——这么说她没死，我看见姐姐紧握着的拳头松开了。她的眼睛里终于有了一点算得上是"神色"的东西。爸爸妈妈迎上那个主刀的医生：白衣，白帽，白口罩，露着那双说不上是棕黑色，还是深褐色的眼睛——像是个鬼。后来一个身段玲珑的女护士走了出来，袅娜地扭着腰，怀里抱着的白床单上溅满了血——很多血，我奇怪我为什么依然认为我见到的是一条白床单。她心满意足地哼着歌——是王菲的《红豆》。

我走到了洗手间。打开水龙头，把水撩在脸上——从对面脏脏的镜子里看见了窗外的夕阳。火红的，我在自己那么多的画里向它致敬：为了它的化腐朽为神奇——经它的笼罩：再丑陋的风景也变得废墟一般庄严；再俗气的女人也有了一种伤怀的美丽。可是就是它，我爱的夕阳，跟我的姐姐开了这样大的一个玩笑。我模糊地想着，走出那间不洁净的洗手间。谭斐站在绢姨病房的门口，逆着夕阳，变成一个风景。可对我来说，这已经没什么神圣的了。

"安琪。"他有点不安地叫我,"安琪你怎么了?"

我想我快要睡着了。闭上眼睛的一刹那,我的眼前是一片让人目眩的金色。金色的最深处有个小黑点——我一定是做梦了,我梦见我自己变成了一块琥珀。

四 我

我生病了。妈妈说我晕在绢姨的病房门口,发着高烧。病好了回到学校以后,再也没见过刘宇翔,有人说他不上学了,还有人说他进了警校,我倒觉得他更适合进警察局。

绢姨正在痊愈当中。我和姐姐每天都去给她送妈妈做的好吃的。绢姨恢复得不错,只是精神依旧不大好。她瘦了很多。无力地靠在枕上,长长的卷发披下来,搭在苍白的锁骨上——原来没有什么能夺走绢姨的美丽。我们终于见到了一直都很神秘的"奔驰",他站在绢姨的床前,有点忧郁地望着她的睡脸。——个子很矮,长相也平庸的男人。可是他只来过一次,后来就没有人再提绢姨的婚礼了。这场车祸让她失去了腹中的孩子——倒是省了做人工流产的麻烦,但是奔驰知道了她的背叛。还有一个秘密,妈妈说这要等绢姨完全好了以后再由她亲自告诉绢姨:绢姨永远不会再怀孕了。我倒觉得对于绢姨来讲,这未必是件坏事。——不,其实我不是这么觉得,我这样想是因为我很后悔,要是我当时跟妈妈说了这件事,也许妈妈不会让绢姨出这趟远门的,至少会……也许这样,绢姨的婚礼就不会取消。想到这里我告诉自己:不,这不关我的事,绢姨本来就是这样的，不对吗？

绢姨出院以后又搬了回来。所以我和姐姐又一起住在我们的小屋里。不过姐姐现在只有周末才会回家。家，好像又变回以前的模样，——就连那幅《纽约》都还依然挂在墙上。只不过，星期六的晚餐桌上，多了一个谭斐。妈妈的糖醋鱼还是一级棒，可是绢姨不再像从前那样：糖醋鱼一端上桌就像孩子一样欢呼。只是淡淡地扬一下嘴角，算是笑过了。所有的人都没注意到绢姨的改变——应该说所有的人都装作没注意到。倒是谭斐比以前更主动地和绢姨说话，可是我已经不再嫉妒了。那次手术中，他们为绢姨输了很多陌生人的血。也许是因为这个，绢姨才变得有点陌生了吧。日子就这样流逝着，以我们每一个人都觉察不出来的方式。直到又一个星期六的晚上。

"我跟大家宣布一件事情。"我环顾着饭桌，每个人都有一点惊讶，"我不想去考中央美院附中了。"

寂静。"为什么？"爸爸问我。

"因为，我其实不知道我是不是真的那么喜欢画画。"我说，故作镇静。

"你功课又不好，又不喜欢数学，以你的成绩考不上什么好高中……"

"好高中又怎么样呢？"我打断了爸爸，"姐姐考上的倒是最好的高中，可要不是因为爸爸，不也进不了大学吗？"

"少强词夺理。"爸爸皱了皱眉，"姐姐尽力做了她该做的事情，你呢？"爸爸有点不安地看看姐姐，她没有表情地吃着饭，像是没听见我们在说什么。

"那你们大人就真的知道什么是自己该做的事情，什么是不该做的吗？"

"你……"爸爸瞪着我，突然笑了，"安琪，你要一竿子打死一船人啊？"于是我也笑了。

"先吃饭。"这是妈妈，"以后再说。"

"安琪，"谭斐说，"你这么有天赋，放弃了多可惜。"

"我们家的事情你少插嘴，"姐姐突然说，"你以为自己是谁？"

满座寂静的愕然中，姐姐站了起来："对不起，谭斐，我道歉。爸，妈，我吃饱了。"

绢姨也突然站了起来："我也饱了，想出去走走，北琪你去不去？"

"还有我，我也去。"我急急地说。

至今我依然想得起来那个星期六的夜晚。刚下过一场雨，地面湿湿的。整个城市的灯光都变成了路面上缤纷的倒影。街道是安静的——这并不常见，汽车划过路面，在交错的霓虹里隐约一闪——在那一瞬间拥有了生命。

绢姨掏出了烟和打火机。"你才刚刚好一点。"姐姐责备地望着她。绢姨笑了："你以为我出来是真的想散步？"打火机映亮了她的半边脸，那里面有什么牵得我心里一疼。

"北琪，"她长长地吐着烟，"知道你有个性——不过最起码的礼貌总还是要的吧？"她妩媚地眯着眼睛——绢姨终于回来了。

姐姐脸红了:"我也不是针对谭斐。"

"那你就不该对谭斐那么凶!"我说。

"你看,"绢姨瞟着我,"小姑娘心疼了。"

"才没有!"我喊着。

"宝贝,"绢姨戏谑着,"你那点小秘密瞎子都看得出来。"

"绢姨,"姐姐脸上突然一凛,"你说什么是爱情?"

"哈!"她笑着,"这么深奥的问题?问安琪吧——"

"我是认真的。"姐姐坚持着。

"我觉得——"我拖长了声音,"爱情就是为了他什么都不怕,连死都不怕。"

"那是因为你自己心里清楚没人会逼你去为了他死。"绢姨说。我有一点恼火,可是绢姨的表情吓住了我。

"我爱过两个男人,"她继续,"一个是我大学时候的老师,另一个就是……"她笑着摇摇头,"都过去了。"

"另一个是谁?绢姨?"我急急地问。是那个让她怀了孩子的人吗?现在看来不大可能是谭斐——总不会是我爸爸吧?一个尘封已久的镜头突然间一闪。我的心跳也跟着加快了。

"安琪,问那么多干吗?"姐姐冲我使着眼色。

虚伪。我不服气地想。你敢说你自己不想知道?

一辆汽车划过了我们身边的马路,带起几点和着霓虹颜色的水珠。绢姨突然问:"我住院的那些天,他真的只来过一次吗?我是说——后来,在我睡着的时候,他有没有来过?"

"他是谁?"我问。

"没有。"姐姐和我同时开的口,"不,我是说,我没有见到。"

"那个孩子是一个大学生的,"绢姨静静地说,"我们就是一群人去泡吧——我喝多了,……本来觉得没什么的,本来以为做掉它就好了……"她眼眶一红。

"绢姨。"姐姐拍拍她的肩膀。

"我太了解他了,"灯光在绢姨的眼睛里粉碎着,"他不会原谅这些。不过这样也好。我就是这样一个女人。要是我们真的结了婚,说不定哪天,他会听说我过去的事情——那我可就真的惨了。"绢姨笑笑。

谁都想到了,就是没有想到他。我还以为绢姨不过是看上了那辆奔驰,我还以为他不过是有了香车还想要美女。——那个个子很矮,长相平庸的男人,我的绢姨爱他,我美丽的绢姨。

那天晚上姐姐回学校去了——当然是谭斐陪姐姐回去的。我一个人躺在床上,我睡不着。我也不想画画——这是第一次,在很激动的时候,我没有想到用颜色去宣泄。我知道了一件我从来都不知道的事,它超出了我的边界——就是这种感觉。闭上眼睛,我的眼前就会浮现错落的霓虹中,绢姨闪着泪光的眼。可是姐姐就知道这一切——我想起那天,姐姐告诉我绢姨怀孕时那一脸的忧伤——原来姐姐之所以难过是因为绢姨背叛了她自己的爱情。——是从什么时候起,姐姐了解了这么多呢?

妈妈在外面敲着门:"安琪,天气热了,妈妈给你换一床薄一点的被子。"

妈妈进来，换过被子以后，她坐在床沿，摸着我的头发："安琪，爸爸和妈妈都觉得，你会更优秀。"

"噢。"我心不在焉的应着。

"安琪，"妈妈继续着，"你发烧的时候，一直在叫'谭斐'。"

我抬起头，愕然地看着妈妈的脸。

"妈妈不知道你为什么不想去考美院附中，但我觉得这和谭斐或多或少有些关系。宝贝，妈妈也有过十四岁——"妈妈笑了，"可是妈妈现在回想起来，觉得如果我真的跟我十四岁那年喜欢的男人结婚，我会后悔一辈子。安琪，爸爸和妈妈觉得你是个有天赋的孩子——你的一生不可能被圈在一个城市里，你应该而且必须走出去；至于谭斐呢——是个不错的年轻人，所以我们很希望他跟你姐姐……但是你，妈妈知道将来安琪的丈夫是个优秀的男人，而不仅仅是'不错'而已，你懂了吗？"

"不懂。"我说。

"我十四岁那年喜欢的是宣传队里一个跳舞的男孩。"妈妈说，"那个时候我只能坐在台下，仰着头看他。妈妈今年四十四岁了——如果我跟他生活在一起，大概今天我不会再抬着头看他——因为一个四十岁的女人，她知道世界上还有你爸爸这样的男人。安琪，爸爸妈妈爱你们，所以我们要为你的前途尽一切力量，我们也要为了你姐姐一辈子的幸福尽一切力量。安琪是好孩子，不要给姐姐捣乱，明白了？"

妈妈亲亲我的额头，走了出去，轻轻地关上门。

不知道你们现在能不能猜到一件事：我最终还是去考了中央美院附中，不过我没有考上。

放榜那天我挤在黑压压的人群里，意料之中地没有找到我的名字。周围有人开始欢呼，有人开始大哭，有人踩了我的脚。一切都变得像个站台：印象中，站台上总是难过的人多些。北京真是个大城市，我想，容得下这么多的人。

回来后我的老师拍着我的肩膀："安琪，这没什么，很多大画家年轻的时候，都不被人赏识。"

这话对我没用，因为就算那些人年轻的时候不曾被人赏识，他们毕竟成了大画家。只有成功的人才有回忆"不堪回忆"的回忆的资格。回到家以后我最不想见的人就是绢姨，因为最终让我决定去考这个倒霉的学校的人，是她。

那是一个碰巧只有我们两个人在家的下午，那段时间我正和爸爸妈妈僵持着，我不肯去美术老师家上课，妈妈只好给老师打电话说我不舒服。就是那个下午，绢姨走到我面前，像所有的人一样问我到底为什么不愿意去考中央美院附中了——我已经受够了这个问题，所以我跟她说不考又死不了人。

绢姨看着我，问："你是害怕考试，还是害怕考上？我想是后者，对不对？"

"你为什么这么问？"我盯着绢姨，"你也跟我妈妈一样，以为我是害怕去北京念书就要离开谭斐对不对？"我的声音不知不觉间抬高了，"为什么你们大人都这么喜欢自作聪明呢？你们以为我这些天过得很高兴是不是？告诉你，我不想去考是因为我害怕画画了，再这样画下去，我不知道什么是真的，什么是假的。"眼泪闯进了我的眼眶，可我依然倔强地仰着脸，"我画出来的东西都不是真的，可是我自己画完以后就会觉得它是真的，可是它总归还是假的！我不想变成一个一辈子都分不清真假的人！你们每一个人都要问我为什么，我真的说出来你们会懂吗？"

"这么说，你怕的还是考上？"绢姨的语气依然安静。

"就算是吧。"我几乎是咬牙切齿地说。

"你还没有去考，你怎么知道你一定考得上？"她慢慢地说。

这句话打中了我。

"你知不知道对于很多人来讲，你想的东西都太奢侈了？——因为你从小什么都不缺，你不知道有很多人想要考上这个学校是想改变自己的命运。我在北京拍过那些孩子们，从很偏的地方来，父母把家里的东西全都卖掉，带着他们到北京租一间十几平方的小屋子，为了考音乐学院附中和美院附中。跟这种孩子们竞争，你有什么资格这么轻松地担心自己考上之后会怎么样？你从来就没见过这个世界是什么样的，你凭什么以为一切都在你自己的掌握之中？"

我看着绢姨，从来没有一个时候，她像今天一样让我惊讶。她原来是如此犀利，甚至是凌厉的。她的话像子弹一样击穿我心里一个很深的地方，然后宁静地微笑着，似乎是欣赏她的照片一样欣赏我赧然的表情——我被激怒了，仔细想想那段时间我真像一只很容易就被激怒的小母狮子，我跳起来，对她大声地说："好，我去考！我倒要看看中央美院附中是不是救济院，谁苦谁难谁可怜才会收谁！"然后我就怒气冲天地一边收拾起我的画具，一边告诉绢姨："麻烦你跟我妈妈说,我去老师家上课。"摔门的时候听见绢姨似乎是在给妈妈打电话:"姐,没问题了。"

············

结果是:我知道了中央美院附中不是救济院,虽然它没有收不苦不难也不可怜的我。我不想看见绢姨,但她还总是在家里晃来晃去的,有时还跟妈妈开开玩笑:"姐,安琪好像没有原来那么嚣张了。"全家人都不在我面前提中央美院附中的事,这也是最让我恼火的一点。那是记忆里最漫长的一个夏天,我意料之中地考取了我们这个城市最烂的高中——可是我却收到了姐姐那所高中的录取通知:我是作为美术特长生被录取的。大家都很高兴地在饭桌上议论着要把这件事放在我十五岁生日那天庆祝,就连谭斐都跟着起哄。这群无聊的人,这样对我表示一下同情似乎是为了感动他们自己。只有姐姐,有天晚上她走到我的房间里来,跟我乱无头绪地聊了一会,突然涨红了脸:"安琪,其实我一直都觉得,你的画很棒。"然后她就手足无措地走出去了,这是我那些天里听到的最舒服的一句话。……

我在那个漫长的夏天里冬眠。每天把空调的温度调到很低再裹上大棉被睡长长的午觉。拒绝出门,看着窗外繁盛到让人觉得下贱的绿意——觉得这和自己无关。那个暑假里只完成了一幅画,我把我家的空调画了进来。只不过我把它画成了长满铁锈的样子——巨大的空调,搀着淡金色的灰黑,开着大朵的红色铁锈,庞大的蒸汽发动机连在后面——我画的是十九世纪工业革命时候的空调,如果那个时候有空调的话。我一直都很喜欢工业革命时候的老机器,它们都有很笨拙,很羞涩的表情,就像一只被使用了很久的萨克斯。这个不太灵光的老空调忠于职守的过了分,把整间屋子变成了北极。窗外,还是夏天,我摔打成片的绿色时毫不犹豫,一只熊栖息在夏天的树阴里,望着窗里的空调,还有窗玻璃上美丽绝伦的冰花,一脸莫名其妙的表情——湿漉漉的小鼻头有点忧伤。

这幅画我画得很慢,很艰难,经常是画着画着就必须停下来——因为大脑空了。也许不是大脑,是那从前沉睡着好多颜色的身体最深的地方出了问题。我找不到那种喷涌的感觉——所有的颜色像焰火一样在身体的黑夜里开放。现在我得等,我想是我的身体停电了。可是当我画完最后一笔的时候,我才看出来,这幅画里有一种不一样的地方——这次,我是完全靠自己画完的,我是说没有那个浪潮般的力量的推动,我从来没有像画这只熊一样这么具体地画出一种表情。以前我以为自己不屑于画这种东西,现在明白,我过去不是不想画,是画不出。

血液的温度冷了下来,我冷冷地拒绝刘宇翔曾经的那些死党打来约我出去疯的电话,我冷冷地看着谭斐开始一次又一次地约姐姐出去看电影——姐姐心情好的时候也会答应他的邀请,不过脸上永远是一副在嘲讽什么的表情。只有画着那只熊,心里才会漾起一些温情。于是我知道,我还是爱画画的。我终于辨别出,曾经我对画画的爱里,原来搀了那么多的虚荣:我想被赞扬,想被嫉妒,想被羡慕,想听掌声。当这一切远离,我才发现不是我选择了画画,是画画选择了我。

某一个午后,谭斐和姐姐一起从外面回来,姐姐在浴室冲澡的时候,谭斐看着客厅墙上的《熊和老空调》。他突然对我说:"安琪,你想不想去看看熊?——你不能总这样窝在家里。"于是我们顶着烈日坐上开往动物园的公车。我们选择了一天中最愚蠢的时候,人的脑袋热成了浆糊。买票的时候我突然问谭斐:"你说,开这路公车的司机会不会很高兴?终点站是动物园,每天都可以拉很多高高兴兴的小孩儿。"谭斐笑着揉揉我的头发:"你是日剧看多了吧?"我大声说:"对,要让柏原崇来演司机——本来是个大学生,因为失手杀了人才来换一种生活逃避现实!"谭斐笑着接口:"要让藤原纪香来演每天坐这班公车的饲养员——原本是个富家小姐,只是不喜欢那种'被束缚的生活'!""不会吧——你喜欢她?"我叫着,我们一起开怀大笑。很久没有这么开心了,远远地动物们的气息飘了过来,它们近在咫尺。

"安琪,"谭斐说,"你笑的声音很好听。"

我看着他,脸突然一热,我知道他来这完全是为了让我高兴,我说:"谢谢。"

那只大熊还在睡午觉。棕色的毛均匀地起伏着。动物园里人很少。知了悠长地叫着,那种声音听多了会觉得悲怆。熊的味道扑面而来,很难闻,可是有一种泥土的气息。我们站在笼子外面的树阴里,静静地看着它。"它会翻身吗?"我小声问谭斐。"会吧。"他的语气一点都不肯定。熊的耳朵灵敏地耸了耸。"被我们吵醒了?"我惊讶地压低了声音,还好它睡得依旧酣畅,让人羡慕。

"谭斐，你有没有看过《恋爱的犀牛》，就是那出话剧。"我问。

"小姐，你忘了我是话剧社的社长？"

"你喜欢那出戏吗？我蛮喜欢那个故事，可是我讨厌那个结局。他居然把犀牛杀了。凭什么呀。可是我爸爸就说是我不懂，他说男主角杀犀牛只是一个象征——那只犀牛是他在这个世界上唯一的希望，那象征着他已经绝望了。可是我就是讨厌他们这样象征——他们有这个权利吗？谁知道犀牛自己想不想死？谭斐你懂我的意思吧？"

"我懂。"谭斐看了我一眼，笑了，"我想那个写剧本的人，一定是从小就生活在大城市里的。如果她像我一样，有过跟大自然很亲近的经历的话，她就不会这样安排结局。"

"那我也是从小在城市里长大。"我不同意地说。

"所以说你很了不起。"谭斐肯定地说。

"你开玩笑吧。"我低下了头，"以前我也以为自己很了不起。——其实，根本不是那么回事。我去考试的时候见到了很多人的画，他们才是真的了不起。我一点都不意外我自己落选。"这是我第一次主动跟人谈起那场考试。"谭斐，可是我喜欢画画，就算永远有很多人比我画的好，我也还是想画画。"我抬起眼睛，他还是用我最习惯的眼神，认真地看着我。我不好意思地笑了："我就是想找个人说说，说说就好了。"

"谁都得低头。"谭斐说，"不管因为什么原因。我像你这么大的时候也狂得要命——那是因为我觉得没有人比我更热爱'文学'这个东西。我妈妈是苗族人，她没念过什么书，汉语都讲得不大好，可是她特别喜欢听我给她念我写的东西。她喜欢听我写的我们那个小镇——尽管那是她再熟悉不过的,她听到我写她的时候脸都会红。当然她也喜欢听我想象着写出来的城市——尽管我们俩都没去过那么远的地方。我在中学里办文学社,自己走遍了山路去搜集湘西各个民族的民歌。你猜我给校刊起了什么名字?——《山鬼》。"他的眼睛亮了,我想我的也是。

"有一天我走在山路上,走累了,坐下来。——你知道,我一直都怀疑这件事是不是我自己搞错了。因为那简直像梦一样——"他眨眨眼睛。

"你快点说嘛!"我急了。

"我听见头顶上有一阵很奇怪的风声,然后我就顺着那棵大树往上看:是一只狼。雪白的母狼。后来没人相信我的话,其实我自己也不太相信。她就在比我高出四五米的石头上卧着,很安静地看着我。我连害怕都忘了。因为她看我的眼神简直可以说是'妩媚',不知道她怎么会是雪白的,然后她就立起来,摆摆尾巴,似乎是笑着看了我一眼,轻轻一跳,就不见了。山鬼,只有这两个字可以形容她。所以我们的校刊才有这个名字。我妈妈说,我看见的是狼神。然后我就写她,写她的时候我真高兴,好像诺贝尔奖就等着我去拿。"他笑了。

"人都会经历这样的阶段。"他正色,"从一开始以为这个世界上只有自己,到明白自己的天赋其实只够自己做一个不错的普通人——然后人就长大了。"

"可是谭斐你一点都不普通。"我摇头。

"谢谢。"他微笑,"做普通人没什么不好。为了变成一个不普通的人,学习做普通人是第一课。你知道吗安琪,大学四年里我很用功,很努力,可我还是费尽心机才考上你爸爸的研究生。你知道我的硕士论文会写沈从文。因为你爸爸最喜欢他。可是我,我喜欢的是郭沫若。——应该说——我能理解他。可是我大三那年暑假跟老师一起去过一个研讨会——吃饭的时候跟你爸爸同桌,他们聊天说起郭沫若,你爸爸说他丢尽了中国文人的脸。……"谭斐摇摇头,"我那个时候已经在准备毕业论文了,还好上天可怜我,让我早一点知道不该写郭沫若。"他笑着,"安琪,我尊敬你爸爸,不过有时候他太自信。"

"谭斐。"我突然问,"你为什么要对我说这些?"

他说:"因为我们是朋友。还因为——"他停顿了一下。

"还因为你想告诉我,我终有一天也会发现自己是一个'不错的普通人'吗?"

"不是。"他很认真,甚至是严肃地打断我,"安琪,你不普通。我看你的画的时候就这么想。要说我这个人唯一的过人之处,恐怕是我能在一秒钟之内看出来谁有才华,而谁没有。你总有一天会让所有的人大吃一惊。会远远超过你的绢姨——只不过你还需要时间。"

"你怎么能说这是你'唯一的过人之处呢'!"我热切地望着他的脸。

"因为我见过天才呀。"他又像揉小猫一样揉着我的头发。那只大熊不知什么时候已经醒来了,呆呆地坐在那里,身上沾着稻草,对我们视而不见——也许还在回想刚才做的梦吧。

"春天的时候,你爸爸收到一封信和一篇论文。"谭斐安静地继续着,"那是个太天才的家伙。本科读的是计算机,考了哲学系的硕士,明年又想做你爸爸的学生,读中国现代文学的博士。——这在别人几乎是不可能的事情,但,"他笑笑,"我看过那家伙的论文——我必须承认人和人之间有差别。明年我硕士就要毕业了,可是你知道吗,明年你爸爸只会在本校的硕士生里招一个博士生。安琪,我看得出你爸爸有多欣赏他,我也看得出来他已经开始为难了。"他长长地叹了口气。

"所以,你希望在明年之前追上我姐姐,对吗?"我仰起脸。第一次这么无遮无拦地看他的眼睛。他有点不自然地笑笑,转过了视线。"我早就说你了不起,你还不承认。"他避重就轻地调侃着。

"你喜欢我姐姐吗?"我固执地坚持。

"安琪,"他看着我的脸,"我答应你,我不会——我是说,我尽最大努力,不去伤害北琪。不过我倒觉得她不大可能喜欢上我——这样也好。还有,我已经考了托福,申请了几所美国大学的东亚系——我也知道希望不大,尤其是我没有经济来源,只有申请到全奖学金才有出去的可能。可是——"

"可是一定要试一试!"我激动地打断他,"我相信你……"

"那你也不用这么激动吧。"他戏谑的笑着。

"我——相信你现在会去给我买冰淇淋。"我快乐地叫。

"还吃??"他瞪大眼睛。

"刚才吃的是巧克力的和柳橙的,还没吃草莓的呢!"

"你赢了。"他开心地叹着气。

我站在七月的阳光里,和孤独的熊一起凝视着你的背影,谭斐。我心里涨满了一点一滴的疼痛。刚才,或者说现在,似乎发生过了一些事情。比方说,我知道了你并不完美;——谢谢你这么相信我;比方说,现在的你无心去顾及一个孩子对你的迷恋——但你知道吗?我现在已经不害怕看着你的眼睛了。不过谭斐,看着你挺拔的样子,我还是,好喜欢你。

五 姐姐,姐姐

秋天来了,我变成高中生了。九月里妈妈还是像往常那样买回好多很大很甜的紫葡萄——然后嘱咐我一次不可以吃太多;依然像往常一样,做了好吃的以后让我或是姐姐给绢姨送去——绢姨已经搬回她的小公寓了。只不过有一点不同,我开学以后的第一个星期五,晚餐桌上的谭斐变成了江恒。

七点钟的时候门铃一响,我去开门。可是门外没有谭斐,只有爸爸和一个瘦瘦的,看上去有点高傲的家伙。爸爸不太自然地微笑着:"谭斐说,他今天晚上有事不能来。"

如果我没记错的话,整整一年过去了,一年前的这个时候,我跌进谭斐明亮而幽深的眼神里,再也看不见其他的东西。今天,是这个江恒坐在我的对面,我知道他就是谭斐说过的那个太天才的家伙。我冷静,甚至略带敌意地打量他,他长得没有谭斐一半帅,可是他的眼神里有一种我从没见过的东西——如果把那些骄傲，冷漠，还有我认为是硬"扮"出来的酷一层又一层地剥掉的话，里面的那样东西，我凭直觉嗅得出来一种危险。

　　妈妈也有一点不自然。我看出来的。虽然她还是用一样的语气说着："江恒你一定要尝尝我的糖醋鱼。"可是她好像是怕碰触到他的眼神一样侧过了头："绢，要不要添饭？"我想起来了，当他和绢姨打招呼的时候，没有半点的惊讶或慌乱——这不寻常。我想，是因为他不平凡，还是因为我的绢姨已经太憔悴？我想两样都有。

　　车祸以后的绢姨抽了太多的烟，喝了太多的酒，更重要的是，现在已不大容易听见她甜美而略有点放荡的大笑了。我胡乱地想着，听见了门铃的声音。这一次，是姐姐以一个醒目的方式出现在我们面前。

　　"你是谁？"姐姐还是老样子，一点都不知道掩饰她的语气。

　　"江恒。"他冷冷地微笑一下，点点头。

　　"北琪，坐下。你想不想吃……"

　　"不用了，妈。"姐姐打断了妈妈，"我要和谭斐去看电影。"

　　爸爸笑了："噢，原来这就是谭斐说的'有事'。"姐姐看了他一眼，然后对我说："安琪，你想不想去？"

　　"安琪不去。"还没等我回答，妈妈就斩钉截铁地说，"一会儿吃完饭我要带安琪去我的一个朋友家。"我看见江恒轻轻地一笑。

　　晚饭以后我一个人在客厅里看《还珠格格》，爸爸和江恒在书房里说话，——所以我专门把电视机的音量调得很吵。我们当然是没去妈妈的朋友家，妈妈和绢姨一起在厨房里洗碗，水龙头的声音掩盖了她们的谈话，我似乎听见绢姨在问妈妈："姐，你看北琪和谭斐，是不是挺有希望的？"妈妈叹着气，什么都没说。

爸爸跟江恒走了出来，我听到爸爸在对他说："跨系招收的学生是需要学校来批准的，不过我认为你有希望。"

"谢谢林老师。"江恒恭敬地说。

妈妈跟绢姨也从厨房里走了出来，"姐，我回去了。"绢姨理着耳朵边的头发。

"你住得离这儿很远？"江恒突然问绢姨。

"不，"绢姨答着，"几条街而已。走回去也就十几分钟。"

"我可以先陪你走回去，再去公车站。"他不疾不徐地说，望着绢姨的脸。

"不必了。"绢姨勉强地笑着。

"也好。"爸爸说，"这样安全。"

于是他们一起走了出去，然后爸爸妈妈也走到里面的房间，我听见他们在很激烈地争论着什么，客厅里又只剩下了我。我嗅到了风暴的气息。十一点钟，姐姐回来，那气息更浓了。打开灯，我听见自己的心跳。然后我爬起来，画画。我已经很久没有在午夜里恣情恣意地飞了——因为我的作业在一夜之间变得那么多。我表达着这种山雨欲来的感觉——画着鲜艳的京剧脸谱的迈克尔杰克逊在幽暗的舞台上跳舞，那双猫一样性感而妩媚的眼睛约略一闪，舞台的灯光切碎了他的身体。他微笑的时候唇角的口红化了一点——就像一缕血丝。虽然我自己为不能百分之百地表达杰克逊的魅惑而苦恼，可是老师看过之后，还是决定将它展出——冬天，老师要为他的十几个学生开集体画展,这之中当然有我。

江恒已经变成"星期六晚餐"的常客了。晚餐之后当然还是顺理成章地送绢姨回去。——江恒代替得了"奔驰"吗?至少我不希望这样。谭斐也会来,他跟江恒"撞车"的时候倒也谈笑风生,不显露一点尴尬。他约姐姐出去的时候总也忘不了问我想不想一起去。对我而言,这已经很幸福了。妈妈已经把他看成是姐姐的男朋友,每次给姐姐买新衣服以后总是问谭斐觉得好不好看。这是一场战争,是江恒和谭斐的,也是爸爸和妈妈的。姐姐倒还是一如既往地平静。就像台风中心那个依然风和日丽的台风眼。饭桌上我依旧很乖——我不愿意抬头,因为一抬头就会看到姐姐和谭斐并排坐着的画面,我不喜欢。——那会让我的心里一疼。

是在一天傍晚看到谭斐和姐姐一起回来的时候,疼痛突然间绽放的。牵扯着内脏和比内脏更深的地方,有时候它突然咬住某一点狠狠一叮,有时候排山倒海地袭来。我手足无措地咬紧牙忍着。不要紧。我对自己说:谭斐并不是真的喜欢姐姐,不对吗?姐姐也不会喜欢谭斐的——至少现在还不喜欢——这个我看得出来。可是姐姐的脸上已经不是总挂着那种讽刺的微笑了,反倒还有一丝快活,这又算什么,又是为什么呢?

在南方的某个温暖潮湿的傍晚,我给罗辛讲起我们的故事。每一幕都异常清晰,可是讲到这一段的时候,我自己也很糊涂。是因为那些日子里发生了很多事情,还因为我自己变了太多,那些事情在我的心里早就不再是当初的模样。讲述的时候,我常常会有点混乱,正在讲述的,是十五岁的我,还是十九岁的我呢?还好罗辛听得很认真,从不提任何问题。

十一月,天气渐冷。清晨的空气里已经有了冬天的气味。绢姨重新忙碌了起来,也重新美丽了起来。——都是拜江恒所赐,忙碌的原因,是她开始为江恒将要出版的诗集配照片;美丽的原因——还用我说吗?不过我还是很高兴地看着绢姨背着沉重的相机,手也不洗就冲到餐桌旁的样子。"安琪,"她快乐地叫着,"你愿不愿意给江恒的诗集画封面?"我本来是不想的,可是当我读到他的诗时,不得不承认,这个家伙的句子让我深深地心动。于是我也忙碌了起来,我画了很多张,可是我总是画不出江恒的诗里那种饱满——还有,一种我不了解的东西。"都很好嘛。"绢姨快乐地说。

"不。"我摇头,"不好。都不太像江恒。"

"江恒。"绢姨出神地念着,"江恒。多好听的名字。"我看着她陶醉着,并且娇媚着的脸,知道她的伤痛又痊愈了。

"不如就画一条大江好了,简单点。'江恒'嘛。对不对……"绢姨继续梦游着。我的心里则像触电般如梦初醒:一条大江。我怎么就没想到呢?还是恋爱中的女人最聪明。

于是我花了几天的时间画那条大江。我画得很用心,我在饭桌上甚至肆无忌惮地盯着江恒的脸,想从他的身上听见那条大江的声音——很遗憾,我寻不到任何蛛丝马迹。倒是注意到他现在在饭桌上已经理所当然地坐到了绢姨的旁边。"小丫头,你看上我了?"有次爸爸妈妈都不在座的时候,他戏谑地对我说。

"胡说八道些什么?"绢姨用筷子头打了一下他的手背,斜睨着他的眼睛。然后又用纤细的手指轻轻按着他的手:"没打疼你吧?"这时候妈妈从厨房里走了出来,我看见她轻轻地摇了摇头。

"我想,森林是吸着土地的血才能长大。我家乡的土地很贫瘠,所以我的童年是在一个没有树木的村庄度过的。……"上面那句话,是江恒诗集里的"自序",我还记得我第一次读到它的时候心里那种冷冰冰的感动。有一天我和罗辛闲得无聊,我一时兴起就跟他玩了一个游戏,我告诉他我会念四段现代诗,这里面只有一段是个大诗人写的,让他猜是哪一段。但事实上,我念了两句翻译的很烂的波德莱尔还有叶塞宁,念了两句顾城的败笔,(我敢保证他从没听过这些名字)最后,我清清嗓子,背出来江恒写的《英雄》:

"没倒下的,是死去的树;

倒下的,是没有腿的战马,

你寂静地立着,

风吹疼了,你流血的肩膊。"

罗辛说:"我选D,肯定是最后一个,前三个都太业余了……"我告诉他真相以后,他愤怒地弹了一下我的脑门,说:"坏女人。"

我那条大江在农历的"霜降"那天完成。我在画面里一个很深的地方画上了一只豹子。他面无表情地望着这一江水,眼睛里全是在长夜里跟"秦时明月汉时关"相互取暖后的冷酷。那天妈妈包了好多饺子要姐姐给绢姨送去,我也正好要把那幅画交给绢姨,于是我们一起走到已经萧瑟了的马路上。风挺冷的,唯一有点热气的是那只装满饺子的保温壶。

"你又忘了戴手套了。"姐姐把她的手套摘下来递给了我。

"你呢?"

"我不要紧。"姐姐说。

"那我来提这个壶,你把手放口袋里吧。"我说。

"好。"姐姐笑了。

"姐……"沉默了一会儿,我突然问,"你,你原来,不是很讨厌谭斐吗?"

姐姐看着我,她又笑了:"安琪,你放心。"

"什么意思嘛——"我的脸上一热。

"就是这个意思。"姐姐笑着,"你放心好了。"

我没有忘记姐姐冷风里的笑脸。

走到绢姨家楼下的时候,我们都听见楼上传来的什么东西的碎裂声,还有绢姨声嘶力竭地叫:"你给我滚……"然后江恒跑了下来,依旧面无表情,只是看到我们时才略有一点慌张。我们跑上去,门敞着,绢姨抱着膝盖,蜷缩在小小的沙发上。台灯碎了一地。

"绢姨。"姐姐迎上去,扶住她的肩膀。

绢姨笑了笑,说:"没事。"然后她又开始点烟,那支烟颤抖着,好不容易才靠近打火机的火苗。她深深地吸了口气,她说:"我告诉他,我再也不能生小孩。"她停顿了一下,"你猜他说什么,他问我:'你这是什么意思',还说,这样他就不用成天想着戴套了。"她喷出一口烟,微笑,"所以我叫他滚。"

姐姐握紧了她的肩膀,"绢姨,"姐姐叫她,"绢姨。"她深深地望着她的眼睛,"看着我。"

绢姨愣了一下,我也是。姐姐说:"我会保护你。"

几秒钟的寂静之后，我突然说:"你们，吃饺子吗?"——直到现在我都觉得，我实在太幽默了。

我小时候，爸爸跟我说：世界上的小孩都是好人，大人都是坏人。小孩子长大之后就会变成坏人，可是再坏的大人生的小孩都是好人。

推开爸爸办公室的门时，我突然想：从现在起，我就要变成坏人了。

爸爸有点惊疑地看看我:"安琪，你怎么来了?"

"爸，"我静静地说——我认为这样的镇静应该是坏人的语调，"你不能让江恒做你的学生。"

"安琪，"他笑了,"大人的事情跟你没有关系。"

"有。"我斩钉截铁，"爸，江恒他是个骗子。他跟绢姨在一起，他跟绢姨做爱，可是他根本就不想娶绢姨，他不是个好人。"

"安琪。"爸皱了皱眉头，"谁叫你来说这些的?"

"是我自己要来的。"我看着他，"我刚刚从绢姨那儿回来，绢姨是真的喜欢他，绢姨都告诉他自己不能再有小孩——那还不是真心待他吗？可是你知道……"

"我知道你绢姨可以'真心'待任何男人。"爸爸打断了我。

"爸?"我瞪大了眼睛。

"安琪，爸爸当你是大人，所以跟你这么说。我没有权利干涉江恒的私生活。我希望他做我的学生是因为他是个天才，而不是因为他对得起或对不起哪个女人。如果他伤害的是你姐姐，那是另外一回事；可是你的绢姨，——安琪，你们小孩子不会懂这些——你绢姨不被人爱是因为她不自爱。她受伤害未必是因为那个男人品质不好。懂吗？"

"可是现在这样姐姐就不会受伤害了吗？爸，你看得见，谭斐已经在追姐姐了——"

"全是你妈不好。"爸冷笑着，"你知道她现在也天天跟我吵——就为了给你姐姐找个丈夫，我就得放弃一个几十年才出一个的人才。何况是个人就看得出来北琪跟谭斐不大可能。真不知道这帮女人的大脑是怎么长的。安琪，"爸爸突然很认真地看着我，"爸爸不希望你变成这样的女人。这是大人的事，等你长大以后你就会明白爸爸为什么这么做。"

"爸，"我仰起脸，"谭斐对你，已经没有用了是吗？"

"安琪，"爸爸无奈地笑着，"话不是这么说的。而且我并没有最后决定……"

"你骗人！"我叫着，"那是因为你自己心里也觉得对不起谭斐，你这么说也不过是给你自己找理由！"突然间，我心里很难过，"爸，我不想让谭斐因为这个来追姐姐——我害怕他追上姐姐，也害怕他追不上——爸，"我含着眼泪看着他的脸，"我喜欢谭斐。等我可以结婚了，我就要嫁给他。"

爸爸看着我，他突然笑了一下，揉揉我的头发："爸爸的小安琪也长大了。"

那天的谈话就是这么结束的。然后爸爸拉着我的手，我们去大学对面的那家麦当劳吃的午饭。我吃了一个巨无霸，还有六块麦乐鸡。当然还有薯条可乐。爸说我再这样吃下去就别想让谭斐喜欢上我了。——小时候，要是妈妈中午在医院里回不来，姐姐在中学里吃午饭，爸爸就会带我到这儿来。——不过那个时候我吃不了这么多。姐姐为了这个还生过气，说爸爸偏心，爸爸会说那是因为姐姐的中学离这里太远。现在我才想起，我已经很久没有跟爸爸一起吃麦当劳了。

接下来的日子里，每个人都在忙。我忙着年底的画展，妈妈忙着撮合姐姐和谭斐，绢姨一边忙着江恒诗集的收尾工作一边借着这份忙碌忘记着江恒。只有姐姐看上去比以往更从容。——大四本来就没有多少课了，她有很多时候都留在家里，偶尔周末的时候跟谭斐约会，还常常带上我——现在帮绢姨冲照片成了她的主业。

我常常想起绢姨的暗房——我是说现在。暗房里的灯光是世界上最脏的一种红色。——人就像被装在一个用旧了的灯笼里面，变成没有轮廓的，暧昧的影子。那真是偷情的绝好场所。绢姨洁白光滑的脖颈不知被多少男人在暗房的灯光下或如痴如醉，或心怀鬼胎地吮吸过。——那可不是一个适合姐姐的地方。

一九九八年年末，很多事情在一夜之间发生，我们的画展是圣诞节后开始的——这本来是个跟我没什么关系的节日，可是平安夜，展厅对面的本城最大的迪厅举行了规模空前的圣诞party，特邀的香港DJ让这群北方城市里荒凉的年轻人high到了最高点。午夜，城市最北端的天主教堂开始唱圣歌，同一时间，这边的迪厅里人们开始嗑药，裸奔，互相砸啤酒瓶。众神狂欢也好，群魔乱舞也罢，都结束在警车呼啸而来的那一瞬间——警察带走了不少人，重点是，这其中，有江恒。——据说警察进来时他正十分豪爽地把啤酒瓶丢向一个人的脑袋——还好没打中。从头到尾他都保持沉默，只是告诉了警察我们家的电话号码。

江恒在这个城市里没有任何亲人，是爸爸去给他付的保释金。我也一起去了——我跟爸爸说我一直都想知道警察局是什么样子，其实我是想看看那个家伙低下他高傲的头颅时是什么样子。可是我很失望，因为他还是没有任何表情——酷得不屈不挠。一个很年轻的警察把他押出来的——我们都愣了一下，那时候这个警察甚至忘了维持自己脸上的威严。"林安琪？"他说。我回答："刘—宇—翔？"这便是一九九八年圣诞节的奇遇了。

后来刘宇翔的一个哥们儿告诉我说，其实平安夜那天，是刘宇翔告诉他的上司应该严密注意那家迪厅——因为这是第一次我们这个城市为了一个 party 请来香港 DJ。刘宇翔当然最清楚这个群体了。意外的收获是警方还擒获了一个外省走私团伙的小头目。就这样刘宇翔得到一笔不错的年终奖金。

那天晚上我用了整整一夜的时间完成了一幅名叫《背叛》的画——我用我的方式把这件事全部画下来——离画展开幕还有三天，老师临时决定从展厅里取下一幅他自己的素描，把我的《背叛》送去装画框。老师说："安琪，也许三天之后，会有很多人知道你的。"

江恒还是一如既往的沉默，爸爸也没有再多问这件事，爸只是说："赶紧把那篇文章写出来，学校那边我会去解释的。"——爸爸现在已经开始把原先交给谭斐做的工作分一部分给江恒了。"当天才就是好。"姐姐在饭桌上当着江恒的面调侃着，"做什么都可以被原谅。"——有时我真佩服姐姐的胆量。绢姨放声大笑。妈妈皱了皱眉:"吃饭。北琪,一会你打个电话给谭斐,让他除夕务必来吃饭——我们要庆祝安琪的画展呢。"爸爸笑着:"你倒提前庆祝了,画展还没开,你怎么知道成不成功?""会成功的。"沉默了很久的江恒突然说。

画展那天全家人都去了,还有谭斐。江恒打电话说有事不能来。妈妈知道后笑笑:"也好。这样只有我们全家自己人。"爸爸说:"差不多点,谭斐什么时候变成我们家人了?"绢姨笑着:"他会是的。对不对,安琪?"大家哄笑。

那天来了很多人。展厅里甚至有点热。快要结束的时候,一个穿一身职业装的女人走到我面前:"请问,您是林安琪小姐吗?"还从来没有人这么称呼我。她给我一张名片,然后说:"我是'麦哲伦'咖啡馆总店的公关经理。我们老板很喜欢你的画。他很希望你的画能挂在我们的咖啡馆,还有每一家分号。""也就是说……"我有点糊涂。"也就是说,"她笑笑,"我们老板想买你的画。他想跟你见个面,谈谈价格。""价格?""对,价格。这是第一次有人买你的画吗?"我听见一个男人的声音。"他就是我们老板。"公关经理训练有素地微笑着。

我见过这个男人。个子不高,长相也平庸的男人。但是他站在绢姨的病床前忧伤的表情其实还留在我的记忆里。"奔驰。"我没想到会以这样一种方式跟他重逢。他不认识我——毕竟我只在病房外面偷偷地看过他一眼。"麦哲伦。"我重复着,"是那个航海家吗?""没错。"他笑了。"你想要我的哪幅画呢?"我问。他想了想,然后说:"《背叛》《空调和熊》《将进酒》,这三幅一定要挂在总店里。至于其他几幅,挂在分号。""你是说,全部吗?你都要?"我瞪大了眼睛。"当然。"他说,"我在这里,还有其他几个城市一共有五家分店,你今天展出来的画一共只有七幅——全买下来都未必够。"我们一起笑了。我想我有一点明白绢姨为什么会爱上这个人。

"安琪,大家都在找你呢。"绢姨向我走了过来,愣住了:"是你?"

"你好。"他笑得有点不自然。

"这是我小姨。"我装作不知道他们认识的样子,介绍着。

"幸会。"绢姨伸出了手。她一向都很有风度。

"不好意思。"当绢姨要带着我离开时,我对他说:"我刚才忘记了。那幅《将进酒》我不能卖。真对不起,我答应过一个朋友的,这幅画我要送给他。"

"没有问题。"他的微笑已经恢复了原先的平静。

就这样,我成了那次画展最大的赢家。妈妈高兴得准备了一桌足够二十个人吃的晚饭。那顿晚饭大家都很开心,除了绢姨。她喝了好多的酒,却没吃什么。然后她说:"对不起各位,我喝多了些,我想先回去了。""你一个人太危险,我陪你回去。"姐姐站了起来。"你一个人也太危险。"谭斐说,"我们一起去送她。"姐姐淡淡地看了他一眼,我注意到姐姐的眼里有种近似于"厌恶"的东西轻轻一闪,于是我跳起来:"我也要去!"

绢姨在路上不停地重复着:"我今天真高兴,真的高兴。我们家出了个小天才。你们知道吗,我一直有种预感,我就知道他会喜欢安琪的画,我甚至都觉得他会来看这个画展的,我还以为这只不过是胡思乱想呢。可是居然是真的,对不对?他的咖啡馆叫'麦哲伦',那是因为他从小就羡慕那些能航海的人。本来他想叫它'哥伦布'的,可是注册商标的时候发现已经有酒吧叫'哥伦布'了。我还跟他开过玩笑,问为什么不叫'郑和'?……"绢姨第一次这么喋喋不休。脸越来越红,眼睛里像含着泪一样,路灯倒映进去,顿时有了月光的风情。回家之后绢姨吐了。姐姐就留下来照顾她,让谭斐送我回去,我终于可以跟谭斐单独待一会儿了。

我们静静地走着,我突然说:"谭斐,绢姨很可怜,对不对?"

他说:"对。"我真高兴他没像爸爸一样说绢姨是自作自受。然后他说:"安琪,恭喜。"

"谢谢。"我低下了头,"还有谭斐,那幅《将进酒》我没有卖——是留给你的。你记不记得我说过要把它送给你?"

"不好意思。"他笑笑,"我以为你就是随便那么一说。"

"才不会,"我大胆地看着他,犹豫了一下,终于说,"跟你说过的话,我是绝对不会忘的。"

"谢谢,"他说。

"去美国的事情,有消息吗?"我问。

"还没。正在等。"他回答。

"谭斐我不愿意你去美国。"不知是什么东西让我在那天晚上变得那么大胆,"我会很想你的。"

他笑笑,像回避什么似的说:"我买了手机,把号码给你。等画展结束以后,你打给我,我去你家拿画。"他把手伸进羽绒衣的口袋,找着:"糟糕,我把它忘在你绢姨家了。"

我们又走了回去。我上去拿手机,谭斐在楼下等。

门没有关。谭斐的手机孤单地躺在沙发上。我走进去,绢姨的小卧室的门也没关。绢姨的公寓很小,站在沙发旁边的话什么都看得到。

其实我一点都不意外。她们紧紧地拥在一起。绢姨的脸上全是眼泪,似乎正在入睡。姐姐轻轻地亲吻她的脸,她的泪痕,还有她还残留着口红的嘴。绢姨突然醒了。姐姐微笑,望着她有点诧异的眼睛:"绢姨,我说过,我会保护你。""北琪。"她望着她,新的眼泪淌了下来——仔细想想我从没见过绢姨的眼泪,"北琪,男人全是混蛋。"姐姐抱紧了她,她直起了身子,跪在绢姨的床上,她正好看见我的时候,我也正好看见她的脸——姐姐从来没有这么美丽过,像个母亲一样,脸颊贴着绢姨乱乱的头发。我突然转身离开,因为我觉得姐姐不愿让人看到那样的美丽——它来自另外的地方。我突然想起小时候第一次见到绢姨,她站在明亮的客厅里,对我们一笑,我顿时不知所措。原来不是只有绢姨那样的女人才会拥有这种瞬间。

谭斐奇怪地看看我:"怎么了,安琪?""没有。"我笑笑,我听见自己的心脏像只小野马一样狂奔着。我把手机放进他的口袋里,突然发现这个动作有点太亲昵了,可是我不愿意把手抽出来,我离他这样近,我的手指触得到他的气息。他眼睛望着前面的路灯,他的大手也放进了口袋里,然后,他的手握住了我的。他说:"忘戴手套了吧,冷吗?"路的尽头,烟花升上了天空,一九九九年来临。我说:

"谭斐，新年快乐。"

一九九九年，我们的故事进入了结局部分。各位，你们可以回想一下一九九九年世界上发生过什么吗？全人类都在欢天喜地地迎接新世纪，地球并没有如诺查丹玛斯同学所说的那样"GAME OVER"。在我们的城市，任贤齐的《伤心太平洋》唱红了大街小巷；年底的时候，一个似乎从好莱坞电影里窜出来的杀人狂搅得人心惶惶——全城的中学取消了晚自习。这就是我记忆中的一九九九。你们呢？

三月七日，既不考研也不忙着找工作的姐姐跟绢姨一起去了贵州。在山明水秀的苗族瑶族侗族壮族自治乡里拍摄那些唱山歌的姑娘。回来后，路途的劳顿反而让姐姐胖了一点，更加神采奕奕。她说那真是世外桃源。

四月十五日，博士考试结束。谭斐和江恒的成绩不相上下。爸爸选择了江恒，不过江恒这种跨专业的学生需要学校的审核和特别批准——所以从理论上说，结果还算悬而未决。不过我们家倒是已经阵线分明——妈妈那天没做晚饭，所以我和爸爸又去了麦当劳。——是想叫姐姐一起去的，可她忙着在暗房帮绢姨冲照片，没空。

五月四日，谭斐收到美国中西部一所大学东亚系的全奖通知。

六月七日，星期六。夏天来临。

爸爸在学校里有学术研讨会，谭斐跟江恒都参加。晚餐桌上，又只剩下了女人以及女孩儿。只有四双碗筷的餐桌看上去难得的清爽。最后一道菜上桌，妈妈的心情似乎很好。"喔——"绢姨叫着，"真可惜姐夫不在。""不在更好，"妈妈皱着眉头，"省得我看他心烦。"我和姐姐相视一笑，姐姐淘气的表情令人着迷。

"绢，你跟她们说了没？"妈妈放下胡椒瓶，问道。

"还没。"绢姨还是淡淡的。

"说什么？居然不告诉我？"姐姐装作生气地瞪着眼睛。

电话铃响了。妈妈接完以后对我们说："有一个病人情况突然恶化了，我得去看一下。你们慢慢吃。半个小时以后别忘了把炉子上的汤端下来。"于是只剩我们三个面对这桌菜，有种寡不敌众的感觉。

"开玩笑，"绢姨说，"谁吃得了这么多？"

"妈做七个人的菜做习惯了。"姐姐笑。

"也对。"绢姨也笑，"不过以后谭斐是不大可能再来了。我想姐也不会愿意邀请江恒。"

"安琪，"姐姐转过脸，"怎么办？谭斐不会再来了。"

"讨厌！"我叫着。

"别戳人家小姑娘的痛处。"绢姨也起着哄。

"讨厌死了！"我继续叫。

"不过话说回来，"绢姨叹口气，"我以后一定会想念姐做的菜。鬼知道我会天天吃什么。"

"你，什么意思？"姐姐问。

"安琪，北琪，"绢姨换了一个严肃的表情，"有件事情还没跟你们讲。绢姨要到法国去了。"

"姐姐也一起去?"我问。

绢姨还没回答,姐姐就站了起来,"这是什么意思?"姐姐问。

"北琪,"绢姨拿出打火机,开始在口袋里摸索烟盒,"别这么任性。"

"我听不懂你在说什么!"姐姐喊着,"你为什么不告诉我?"

"我正在告诉你。"绢姨淡淡地说。

"不对!"姐姐的声音突然软了。"不对。"她重复着。我在她脸上又找到了当时她在台灯下撕那些试卷和素描纸的表情,我低下头,不敢看她的脸。"不对,你说过,你忘了,在贵州的时候,你说过。等我大学毕了业,我们就到那里租一间房子,住上一年,你想拍很多那里的照片,你还说——"

"北琪,我们都是成年人,不是孩子,对不对?"绢姨的眼睛里,有泪光安静地一闪。

姐姐跳起来,冲进了她的房间,我们听见门锁上的声音。不知道过了多久,绢姨按灭了手里的烟:"安琪,绢姨回去了。"我想问她你是不是该解释点什么,可是我说:"用不用把这些菜给你带一点?"她说不用。我一个人坐着,姐姐的房间里出奇地安静,我不时望望她的门,不敢望得太久——就好像那里面有炸弹,看一眼就会引爆一样。菜全都凉了,空气里有一种分子在跳舞般"沙沙"的声音。我想把一片雪花落地时的声音扩大一千倍的话,就应该是这个了。门铃一响。我有点心慌——如果爸爸或妈妈回来,如果他们问起姐姐,我会说姐姐睡了。还好,是谭斐。

"就你一个人在家?"他有点惊讶,"我是来拿画的。"

我笑了:"你吃不吃饭?妈妈今天做了好多呢,都没人吃。"

他也笑:"是吗?我还真饿了。"他晒黑了,这反倒让他的笑容更明朗了。他吃得很开心,问我:"你不要?"我摇摇头,我真喜欢看他吃东西的样子。

"你们真幸福,"他说,"有这么能干的妈妈。"

"我……"我鼓足了勇气,说:"我也可以学做菜。"

"你,"他笑,"等你学会了,我早就在美国了,也吃不到。"

"等我上完大学也去美国,你就吃得到。"

"等你上完大学,"他说,"我就该回国了。"

"那更好,我就省得去那么远。"

"好!"他用筷子敲敲我的头,"我记住了。"

"可要是……"我低下头,犹豫着。

"要是什么?"他问。

"要是那个时候,你有了女朋友,那怎么办?"我说。

"有什么怎么办?你做给我们俩吃啊。"

"不,"我看着他的脸,"不管怎么样,我学做菜是为了做你的女朋友。"我觉得说这句话的时候,我的心脏差不多不跳了。

安静。然后他夸张地说:"小家伙——"

"我又没说现在,我是说等我长大了以后嘛!"我跟他一起笑了,突然觉得无比轻松,都快忘记刚才姐姐的事情了。

姐姐。我看看那扇门——还是老样子。可是门里面的姐姐呢?

十点了。家里没有人回来。谭斐走了以后,我就学着妈妈的样子把所有的菜用保鲜膜套好放进冰箱。我幸福地做着这项工作,心里又浮现出谭斐刚才吃得开心贪婪的样子。突然想，结婚，是不是就是这个样子的？

一声门响，姐姐站在灯光下面。

"姐？"我叫她。

"她走了吗？"姐姐面无表情地问我。她的脸很白，倒是找不到眼泪的痕迹，可是那种消失很久的累累的僵硬又占据了她脸上每一寸肌肤。

"走了。"

她沉寂了一秒钟。"安琪，我要出去一下。"

"你别去。"我说。

"很快就回来。"她往门边走。

我拦住她："不行，别去。"

"让开。"姐姐说。

"不。"我说。于是她推我，大声地喊："我叫你让开！"

我也推她，她看上去很凶的样子，其实早已没什么力气了。"我知道你要去干什么，"我说，"你要去找她。我知道。你不要去，没有用。"

"这不关你的事！"她吼着。

"姐，"我的背紧紧地贴着门，"我不想——你，你这是自取其辱。"我终于找到了这个词。"她会走的。姐姐，她不可能把你看得比她自己重要。"

"可是我就是把她看得比我自己重要。"姐姐看着我，她哭了。

我抱紧了姐姐，就像以前那样，紧得我自己都觉得累。我知道姐姐现在只有我。还好只有我。

六月八日，姐姐回学校了。一如既往地沉默，妈妈只是很奇怪地问她为什么这么热的天气还要去住宿舍。

六月十三日，传来谭斐被美国大使馆拒签的消息——对于办美国签证的学生而言，这当然不新鲜。距离爸爸系里博士生录取最后结果的公布，还剩三天。

六月十四日，晚餐。

绢姨在饭桌上正式宣布了要去法国的消息。爸爸于是提议开一瓶酒，绢姨跟江恒碰杯的时候，两个人都还是一如既往的有风度；跟姐姐碰杯的时候，姐姐一口气喝干了它。爸爸说："今年夏天还真是闲不下来。这个学期刚刚完，又得准备八月份的研讨会——江恒，那篇报告应该开始了吧？""是。"江恒回答，"其实就用您这本书里的第六章就可以。""我也这么想。"爸爸说。"还有林老师，"江恒的嘴角又浮起一抹冷冷的微笑，"我看过谭斐写的那几节，我想重写。""用不着重写，"爸爸说，"修改一下就好。谭斐一向很严谨——这你可以放心。""可是林老师，"江恒坚持着，"第六章是整本书的重头戏，应该更精彩。"爸爸笑了："七月五号就要提交提纲，来得及吗？""没有问题。"江恒很肯定。

我把筷子摔在了桌上。"这么大的人了，连个筷子都拿不好？"爸爸微笑地看着我。我不知道该说什么，我也不懂什么专著报告研讨会的，我只知道那些东西都是谭斐从图书馆搬回摞起来比他都高的资料，辛辛苦苦写好的。

"得意不要忘形。"姐姐说。大家都吓了一跳。姐姐深深地看着江恒的脸:"我是说你。"

"北琪!"爸爸严厉地呵斥了一声。

"吃饭。"妈妈安静地说。爸爸收敛了神色,对江恒苦笑着:"我的这两个女儿都是被宠坏的。"我看见绢姨的眼里有一点不安。

晚饭后我很郁闷地窝在沙发里,看那些弱智的电视节目。妈妈走进厨房洗碗的时候还说:"安琪,都快期末考试了,也不知道复习。"我懒洋洋地回答反正复习不复习都还是垫底。听见妈妈在跟绢姨叹气。绢姨说:"总归是要考美院的,由她去吧。"妈妈说:"也不知道怎么搞的,北琪最近也是阴阳怪气的——反正这两个没一个让人省心。"

电话响了,是谭斐。

"安琪,你好。"他的声音里有种难说的东西,"我要跟你姐姐说话。"

"说吧。"我听见了姐姐的声音,她拿起了房间里的分机。她的声音里现在也有了一种陌生的东西。我知道这不道德,但是我没有放下手里的电话。我尽力地屏住了呼吸,而事实上这两个人并不在乎我是否在听。——他们无心在乎这个,对于谭斐来说,他只剩最后一张牌。

"北琪,你好吗?"

"好。"

"我现在就在你家楼下,我想见你。"

"见我?"

"对,想见你。"

"谭斐你喜欢我吗?"

"北琪?"

"谭斐,你见我是不是想要跟我说,你喜欢我?"

"............"

"然后呢谭斐?要是我说我也喜欢你,你会怎么办?我们一起去见我爸爸妈妈,告诉他们我们要结婚,这样你就赢得了江恒了,对不对?可是你会毕业的,几年以后也许你会走得更远,那个时候你就觉得我扯你的后腿,然后呢?我们到那个时候再分开吗?何必这么费事?"姐姐笑了,"谭斐,其实我早就看出来,你眼睛里只有安琪,可是你运气不好——你以为我爸爸妈妈会把安琪交给你吗?不可能的。他们只希望我和你。我也不知道在他们的心里,什么样的男人才配得上安琪——你懂了吗?再见谭斐,我很高兴我认识过你。"

他们俩几乎同时挂上电话。窒息的一秒钟过去之后,我跳起来,打开门,往楼下冲。他说过,他就在楼下;姐姐说过,他眼睛里………

真的只有我吗?可是我看不到他的眼睛。背影还是谭斐挺拔的背影,我叫着他,他停下了,可是没有回头。我冲上去,紧紧抱住了他。多少次,幻想过这个场景的紧张,和甜美。但不是那么回事,没有电影里的心跳,激动,和甜蜜,没有任何一种我熟悉的符号般的情感——我就是想紧紧地抱他,有多紧就抱多紧,疼痛而幸福地嵌进他的血肉,变成他的一部分。

"谭斐,你别走。"我说,"我喜欢你。"

我终于说了。没有想象中那么紧张。

我听见他从胸腔里发出的声音:"走开。"

我坐在研究生宿舍楼门口的台阶上。等着他回来。天早就黑了,灯光就像浮出水面般亮起来,照亮来来往往的人,他们都奇怪地看看我。后来灯光像泡沫一样熄灭的时候,他回来了。

他站在我的面前,低下头。我已经闻到他身上的酒气。我站起来。他说:"安琪?"我看着他的脸,我告诉他:"我想你。"然后我们接吻。

一九九九年六月十五日凌晨一点左右,我变成了女人。

那天夜里下着暴雨,电闪雷鸣的。雷雨把整个世界变成一个巨大的迪斯科舞厅。闪电切割着黑暗的形状,树木在昏乱地舞蹈。我们脱掉了彼此的T恤和牛仔裤。他突然说:"不行。"他说我送你回家,他还说等你清醒了以后你会后悔。我不理他,我抚摸他和——它。它乖乖地在我的指尖下面颤动着,就像是阳光下的小动物。原来它是自己有生命的,它是个敏感的小生命。我笑了,我想:好孩子。

我和谭斐疼痛地飞翔。后来我感觉到了它的眼泪。它哭了,因为就连它也知道,可能我和谭斐再不会相逢。我也哭了,我说:"谭斐,我爱你。"

"安琪,"他吻着我,"我现在连自尊都没了,你真傻。"

我心疼地看着他。他不是什么白马王子,杀魔鬼救公主的勇气对他而言太奢侈了。他只不过是小王子——没法面对玫瑰花的小王子,星球上甚至放不下一只绵羊。可是这根本改变不了我对他这么深的心动,我知道这就是爱。

"安琪,"他说,"我怎么现在才想明白——其实不念那个博士,又有什么大不了的？老天很公平，我现在有你。"

"嗯。"我点头。

"宝贝。"他抱紧我，"我想去上海，或者再往南走。等我闯出来——"

"我就嫁给你。"我说。我站在那一天的晨光中，觉得自己的身体睁开了一只眼睛。这个世界的阳光和声音深深地涌了进来。——我和我生活的世界建立了更彻底的联系。我想这就是变成了女人吧。我不知道我和谭斐是不是真的有那么一个美丽的未来。以前人们总说："这种事电影里才会有。"可现在，越来越多的电影都愿意走"写实"路线，不再安排大团圆的结局。不过我终究相信着一个连电影都正在怀疑的结尾。让聪明的人尽情地嘲笑吧——我是比他们幸福的傻瓜。

"你去哪了？"姐姐问我。她背对着我，眼睛看着窗户外面。"你一整夜不回来，把爸爸妈妈都急疯了。"

我不说话。

"你还不快点给爸妈打电话，告诉他们你回来了。我想他们多半是正在报警。"姐姐的声音没有起伏，我看不到她的脸。

"知道。"我说。

"你和谭斐在一起？"姐姐说，"放心，我什么都没说。"

我也什么都没说。我看着姐姐的背影，我发现她瘦了——我是说更瘦了。她穿着白色衬衣的肩膀看上去就像一张纸片。窗户开着，风吹进来，纸片在抖——不对，是姐姐在哭。

"姐。"

"安琪。"她的声音还是没有起伏，"我马上就要毕业了，我想去一个远一点,风景不错的地方。比如说贵州。我喜欢那儿。真是漂亮,可是有很多地方很穷,小孩子需要老师。其实这个世界上没什么世外桃源。都是骗人的。"

"姐。"

电话铃在响。姐姐说:"你去接。准是爸妈。"这个时候她终于转过了头,脸上全是眼泪,宁静地笑着。

结　局

结局由很多次的告别组成。

八月的时候,江恒死了。他从一座十二层的楼上飞下来,把自己变成这个城市上空一笔潦草的惊叹号。原因是他得到曾跟他同居了七年的前女友嫁人的消息。我不知道他原来还是个情种——不,我还是应该尊重死者。反正他就是一个天生能轻而易举得到太多别人费尽心机也得不到的东西的人。所以他有资格活得这么奢侈——不,好听一点,叫浪漫。

谭斐赢了。虽然赢得莫名其妙。爸爸跟他讲这件事时脸上的表情有点尴尬。他听完,很自然地一笑:"林老师,我是来辞行的。"

他说:"我觉得我自己不适合做学术。谢谢林老师。"

爸爸有点惊讶:"你有什么打算吗?"

"我想去南方。"他说。

"我在南边有几个朋友,待会我把他们的电话抄给你。"

"不必了,谢谢您。"谭斐笑笑。

"那，保重。"爸爸看着他的眼睛。——他们对望时的眼神就像金庸的小说的场景，我想。谭斐终于选择了一个最漂亮的方式退场。

姐姐是在十月初的时候离开的。回到这个故事开头的地方，我记得我说过姐姐离开家的那个秋天很美丽。不过我没说过，妈妈在姐姐临走的前一天晚上来到姐姐的房间，对她说："北琪，你是个好孩子。妈妈还真担心过你不会清醒呢。她是艺术家，她可以离经叛道，但你不行。还好——"我得声明我是无意中听到的。

第二年年初，绢姨走了。

再后来，我也离开了家。我故事里的角色就像化学试验里的分子一样被震荡到我们彼此都不熟悉的地方。还有一件事必须说：后来我和谭斐分手了。没有什么为什么——靠着长途电话维系的爱情未免脆弱。聪明的人们可以暗自庆幸，你们的经验是正确的。这个世界上的确存在某些规则。要想打破它，除非你有足够的力量。比方说：绢姨那样的美丽，妈妈那样的聪明，江恒那样的挥霍，总之你就是不能只有体温。可是我真高兴我们都反抗过了。姐姐，我，还有谭斐——我爱过，可能依然爱着的男人。

我生活在这个南方的城市里，已经两年——逐渐习惯了炎热，潮湿，和寂寞。在姐姐或爸妈，或者绢姨的电话里想念北方的四季分明。还学法语——跟法语班上一个叫罗辛的家伙是好朋友。因为我也想到法国去，去画画。

来南方以后，我发现我使用颜色的习惯都在改变——我原先可不太喜欢参差的对照。现在却不太多画大红大绿了。昨天我又接到了绢姨的电话，她在电话里哭。因为那个法国男人跟另一个女孩一起到南美洲去了。她说:"安琪,男人全是混蛋。"我没有提醒她她跟姐姐说过一样的话。我没有说她本来有过机会不再做"假期","奔驰"给过她机会,姐姐也给过。

上个月,得到谭斐就要结婚的消息。那天我问罗辛愿不愿意逃课。然后我们在这个城市游手好闲地逛。直到晚上,我给罗辛讲了这个故事。听完后他问我:"你很难过?"我说怎么会。他说那就好。他还说:"林安琪,等我们都到法国了以后,我第一件事,就是追你。"然后他低下头,可我没有让他顺理成章地吻我。"罗辛,"我说,"我们还是做好朋友吧。"

那天晚上回到学校,我钻进了空荡荡的大画室里。木头地板凉凉的,飘满石膏像和油彩的气息。我翻开那些厚厚的,精致的画册,那些大师们手下美丽的女体。我问自己:会是哪个画家的女体更像谭斐的妻子?她是个什么样的女人?应该是个有时温柔,有时强硬的率性女子,聪明,善良。我不知不觉睡着了。在画室的地板上,我梦见姐姐打来的那个电话。

是姐姐告诉我谭斐要结婚的消息的——我真高兴是姐姐来告诉我。姐姐说:"安琪,你要好好的。"我说当然。姐姐说:"过些天,五一放大假的时候,我去看你。"姐姐现在是贵州北部一个风景如画的小镇的中学老师,教英语。——姐姐是个很受欢迎的老师,因为她对那些基础奇差的学生都有用不完的耐心,还因为她总是宁静地微笑着。——后面那条原因是我自己臆想出来的。

"姐,"我说,"你,也要好好的。"

"我当然好了,"姐姐笑着,"比以前要好太多了。"

"那就好。"

"安琪，你会再碰到一个人的。你会像喜欢谭斐一样地喜欢他。"

"姐，"我说，"你也一定会碰到一个人的，这个人会把你看得比他自己重要。"

我被地板的温度冻醒，醒来是听见自己的手机在响。

"安琪，我是谭斐。我听说你要去法国？"

"我听说你要结婚。"

"对。"他笑笑，"明年一月。"

"我，"我也笑了，"我也是明年一月走。"

"安琪，"他说，"我，我现在在火车站，你能来吗？"

"你是说……"我提高了声音，"我们这儿的火车站？"

他站在人群里，我一眼就看见了他。他依然英俊，瘦了些，脸上有种时间的气息。我迟疑了片刻，又犹豫了一下，又看到他脸上的微笑时，我跑了过去，我们紧紧地拥抱。

"安琪，"他的声音离我这样近，"长大了。"

亲爱的朋友，如果你碰巧生活在这个南方城市里，如果你碰巧在今年四月二十号上午九点左右到过火车站，你是否想得起你看见了一对年轻的男女，在站台上忘形地拥抱着。——我承认这个风景在火车站并不特殊。可能你认为，这不过是一对就要离别或刚刚重逢的情人。你想的没错，但事实，又远非如此。

2003 年 7 月 18 日，TOURS

Part2

评论

发现笛安

岳 雯

假如我们要为当代中国文学选择一位接棒人,笛安,无疑是候选者中颇为引人注目的一位。她似乎天然具备了在这个时代成为好作家的所有条件。比如,受过系统的高等教育,有海外留学的背景(笛安在法国学的社会学,另一位"80后"女作家张悦然在新加坡学的计算机);比如,有良好的家学渊源(笛安的父母是谁,似乎地球人都知道,"写二代"近年来也愈发成为风口浪尖的话题);有才华,有个性("80后"作家们用风格迥异的文字塑造了立体的自己)。当然,还有勤奋(短短数年间,笛安已出版了五部长篇小说,发表中短篇小说数部,数量之多,不能不令人咋舌)。远大前程仿佛是笛安脚下已然铺好的红地毯,只待她信步前行。

可是,如何界定这样一位写作者,又是一件让人为难的事。她站在青春湍急的河流中,书写着一个又一个不肯长大的故事,却受到了来自成人世界的一致褒奖。在文学和市场的平衡木上,她小心翼翼地腾挪,待在"焦点"位置上。这是否就是笛安所预示的文学的未来?答案,或许隐藏在她的小说中。

在"龙城"与沙尘暴

笛安的小说爱好者们会无比熟悉这个地方——龙城。它固执地存在于笛安所有的作品中,提醒人们的注意。你看,她最近的作品,《西决》《东霓》《南音》被命名为"龙城三部曲"。甚至,她安排曾经的小说人物客串进来。南音遇到宋天杨(《告别天堂》),东霓盘下了夏芳然的店(《芙蓉如面柳如眉》),他们甚至谈起了普云寺门口的乞丐袁季(《圆寂》)。笛安自己说:"在我的小说里,永远只有那么孤单的一座城。龙城……我所有偏爱的人物的故乡,都是这里。'龙城'最终会变成一个庞大的墓地,林立着所有这些角色的墓碑。"这野心堪比福克纳,终其一生,他不过也是创造了"约克纳帕塔法"世界吗?

那么,龙城,究竟是一个怎样的地方?对此,笛安似乎语焉不详。她更倾向于用"孤单""荒凉""贫乏"等充满主观感情色彩的词语锚固它,而不是具体地描绘它。我们只知道,这是一座位于黄土高原上的城市,曾经是工业重镇。除此之外,如果说我们还知道点什么,那就是在这座城市里屡屡刮起的沙尘暴了。

在小说里,笛安不厌其烦地言及沙尘暴。她看到的是"远方的天被风划开了一道长长的伤口","空无一人的操场","在尘埃中被撕扯的柳树","尖利的呼啸声从我的五脏六腑长驱直入"。显然,即便是年年与之相处,笛安也无法做到安之若素,她执拗地一遍遍书写,将龙城定格在沙尘暴肆虐的瞬间。在这样的描述中,隐藏着作者的美学观,即如张爱玲所说的"悲壮则如大红大绿的配色,是一种强烈的对照"。

"对照"之一是春天与沙尘暴。春天是桃红柳绿,是柔软的,而沙尘暴则是坚硬的。在最柔软的季节,遭遇最狂暴的沙尘,带给人强烈的戏剧感。这还不算。笛安最爱写的是黄沙之中柳树被撕扯成一个又一个舞蹈动作。此时,沙尘暴成了大背景,而柳树,这种极为柔软而坚韧的植物既是沙尘暴肆虐的证据，本身也被赋予了强烈的存在感。这像不像是某种人生的隐喻？在狂乱的世界里坚韧地活下去，活出姿态来。这大概可以看作是笛安本人的人生态度。

人生态度从何而来？这是一个值得深究的有趣的话题。有的人穿过生活的千山万水，在经历了茫茫世事以后确立了一套基本稳定的人生态度和原则。这是经验型选手。显然，笛安并不属于此类。这也是这一代年轻人身上鲜明的共同点。可以说，他们对生活的理解之深入之复杂，远远超越其年龄。只是，形形色色的文化，而不是切身的体验，塑造了他们。"纸上得来终觉浅"说的大概就是这么回事。正如笛安在小说里说的，"我是听着情歌长大的孩子。我们都是。在我们认识爱情之前，早就有铺天盖地的情歌给我们描摹了一遍爱情百态"。所以，我猜，她会欣赏《老人与海》这样的小说，欣赏"人在充满暴力与死亡的现实世界中表现出来的勇气"。可是，生逢盛世，"暴力"与"死亡"从何而来呢？好在还有沙尘暴，尽管这是人类自己酿就的苦果，却因为其飞沙走石的景况，被笛安一再提及而成为某种象征。沙尘暴是否有足够的张力从而包含多种解释体系姑且不提，至少，它需要参与到小说人物的内心活动与思想性格中去，遗憾的是，除了隔着窗户玻璃感慨以外，它并未强大到能与人物构成互动，更不要说形成小说的精神氛围了。于是，沙尘暴只能一径地刮着，空洞地、言不及义地呼啸着。

"荒凉戏台上的张扬花旦"

好了，舞台已经搭好了，该我们的主角上场了。既然"大自然的怒容"是笛安偏爱的舞美设计，必然得有"深爱这怒容的人"。迄今为止，笛安小说中最主要的人物几乎都有一个"郝思嘉式的性格"——你一定还记得《飘》里面的郝思嘉吧，在踏入成年门槛以前，多少年轻女孩儿曾经为费雯丽所演的那个既美丽又个性的女子着迷。不妨说，笛安的小说，是郝思嘉冲动的一再延续。

从短篇小说《姐姐的丛林》中的绢姨、《南极城传》中的李曈、《塞纳河不结冰》中的苏美扬、《莉莉》中的婴舒、《怀念小龙女》中的"我"、长篇小说《告别天堂》中的方可寒、《芙蓉如面柳如眉》中的夏芳然，一直到最近的"龙城三部曲"中的东霓……这些人物无不美得风情，但因为童年生活的不幸而形成了自毁的性格倾向，又像郝思嘉一样有强大的生命力与生活处处碰撞，因而格外为命运所关注，也因此背负了许多或隐秘或显朗的故事。当然，只有龙城才盛产这样的美女，正如笛安所说："那座城市更寒冷，更内陆，充斥着钢铁、工厂的冰冷气息。那里的美女都是荒凉戏台上的张扬花旦。"

这类女性形象，在《姐姐的丛林》中的绢姨身上，就已初见端倪。初见绢姨，姐姐就惊呼："她像费雯丽。"这是否让你想起了郝思嘉？小说一开始，"我"就对绢姨的人生进行了评论。"我不明白为什么有的人就可以活得这么奢侈，同时拥有让人目眩的美丽、一种那么好听的语言、过瘾的恋情、凄凉的结局之后还有大把的青春，连痛苦都扎着蝴蝶结。太妙了。"这番话几乎道破了这一类女性的塑造症结。显然，痛苦就像蝴蝶结一样，成为人生的装饰。绢姨的故事，紧锣密鼓地穿插在"我"和姐姐的故事里。在这里，绢姨是被"我"观察和评论的对象，至于她的灵魂是何质地，似乎并不为笛安所考虑。

"郝思嘉式的女性"再一次客串出演，则是在笛安的第一部长篇小说《告别天堂》中。方可寒，这个女孩身上有太多乖谬的命运。照例，她很美，美得让人心慌，如此美的女孩却出身贫寒家庭，在筒子楼里长大；贫寒并未挫败她的意志，她凭借自己的努力考进北明中学，而且维持了年年前十的成绩；在北明中学，她靠出卖身体挣钱，这个够匪夷所思吧。更传奇的是，在卷进了天杨和江东的感情纠葛以后，她竟然得了白血病在高考前死了。在"我"简单粗糙地复述了发生在方可寒身上的故事以后，我们很容易发现，此时的笛安，太过用力和直露，为了强调此类人物身上的戏剧性而不惜将很多匪夷所思的情节加诸其上，反而损害了人物的真实性。

这一点，到了"龙城三部曲"，特别是《东霓》一部中，才得到比较圆熟的表现。东霓的故事也足够传奇。生长在一个充满暴力的家庭，年纪轻轻就有了私生子雪碧，放弃读大学去新加坡卖唱，然后遇到方靖晖，结婚，生下一个有缺陷的孩子，离婚，与冷杉相恋。生活对于她来说，简直像坐过山车，一段又一段感情带领她迅速飙至最高点，又迅速下滑。这一回，笛安站到了东霓的视点上，深入到她的内心深处，去寻找东霓之所以为东霓的内在原因，因此人物显得更为血肉丰沛。笛安对东霓的欣赏溢于言表。欣赏的是什么？是那夹杂着"绮丽的霞光"的痛苦，还是在生活里一路披荆斩棘"活色生香的力量"？或许都是，或许都不是。

为什么笛安热衷于写此类人物？这或许与她的阅读谱系有关。关于这一点，并无确凿的证据。但有一点可以确认的是，笛安与她的小说人物，从来都不是疏离的关系。不止一次，她在后记里提到他们，把他们当作自己精神上的朋友。由此，可以猜测，这类女子体现了笛安某种探险性冲动。太平盛世，日日好日，生活太苍白也太贫乏了，那些不敢去做、不能去做也没有机缘去做的事情，就交由东霓们，让她们代替我们去冲锋陷阵，把平淡的日子过成跌宕起伏的连续剧。

这也可以理解，为什么，笛安的小说大抵都是"双生花"的模式。在东霓们的另一极，一定会有南音们来平衡。还是来看《姐姐的丛林》吧，我得承认，这部登上《收获》头条的小说几乎涵盖了笛安到目前为止所有小说的故事元素。与绢姨的艺术家气质一开始就格格不入的是故事的叙述者"我"，"我讨厌用她的方式讲故事"。

如果说绢姨是叛逆的、率性的,那么"我"则是乖巧的、温顺的。绢姨生活在什么样的家庭里,小说只字不提,只说她是妈妈最小也最疼爱的妹妹,父母的缺席的确给了绢姨更多放纵生活的可能。而"我"呢,成长在一个父慈母爱的环境里,是全家的宠儿。"我"一边讲述着绢姨在生活中所遭遇的险滩急流,一边迎接中规中矩的校园爱情。这爱情故事,也简单极了,无非是遇见一个男孩,经过内心百折千回的暗恋,终于走到了一起。不过请注意,中间有一个情节必不可少,那就是这恋情必然为家庭所不喜,面临这样的阻挠,"我"突然迸发出来非同一般的勇气,有情人终成眷属。当然,这远非最后的结局。和几乎大部分的初恋一样,这惊天动地的感情最终以分手收场,但是"我"并不懊恼,有什么能比在最好的年华投入地爱过更好的事情呢?到了《南音》里,几乎相同的故事再次重演了一遍。小说暗示我们,南音们正是从郝思嘉式的女性们身上获取了力量,更勇敢更无畏地追寻她们想要的感情生活。如果从这个视角上看,是否可以说,这也是成长故事的一种?笛安用赞赏的笔调描绘了这一切,显然,激情、敏感、炽烈是她所肯定的品质,所谓成长,就是"穿越无边无垠的恐惧,去接近她"。

我得说,如果这样定义成长,确实很一马平川,很畅快淋漓,就像读小说的感觉。我理解,笛安试图以郝思嘉式的女性来对抗成人世界的胆怯、畏惧与功利,但是,纵情、任性真的可以不加审视地被接受吗?事实上,笛安还描绘了另一种成长的路径,这一类小说,以《莉莉》《圆寂》为代表。

《莉莉》有着更为阔大、宁静的品质。在这部小说里,笛安不再执着于黑与白的二元对立,而是逐渐认识到,很多事情,看似截然对立,却始终纠缠在一起,譬如爱与恨等。笛安为莉莉设置的境遇更为复杂,也更为考验人。没错,莉莉虽然是头狮子,可她所经历的,是一个女人在成长中所经历的一切。猎人猎杀了她的母亲、她的爱人，送走了她的女儿，仇恨的汪洋足以淹没她。可是，猎人却收留了她，给了她很多很多的爱和一个温暖的家，让她来抵御苦难。经历了一次又一次失去的莉莉终于习惯了离散，"她知道那是所有人跟所有人之间必然的结局"，因此，她不怨恨谁，而是用宽容、悲悯接纳了一切。所谓成长，就是懂得了"生命本来就不是一样可以忘情的东西"，懂得了"生命不是为了放纵而是为了承担，为了日复一日没有止境不能讨价还价的承担"。同样懂得承担生命的还有袁季（《圆寂》）。尽管生命带给他的是无法想象的苦难，无论经历什么，袁季"眼睛里盛着满满当当的安详"。与放纵率性相比，承担恐怕更难抵达。可是，说到底，成长本来就不是一件容易的事吧。

故事、独白与文艺腔

这些年来，笛安的成长亦是显而易见：作为一个写作者，她重新拾起被诸多志向"高远"的小说家们所不屑的讲故事的艺术，同时融入青春、时尚的元素，使这门古老的技艺重新焕发了新的光彩。这一点，已然为论者所指出。有人说，"正是这种对故事以及叙述方式的迷恋与追求，对小说形式的追求，让笛安的创作姿态与她的同龄人有着本质的不同，对她来说，创作至少是一门讲故事的艺术，而故事不仅是一种情绪发泄，更是一种对生活的表达与思考，这最终让笛安避免落入情绪发泄完之后的困境和不停复制的窘境"。细究起来，笛安至少从三个方面为故事赋予了个人的魅力。首先，多线索多线条地推进故事。笛安追求的是福斯特所说的"结构高度严密的小说"——"其中描写的事件往往必然是相互关联、互为因果的，理想的观察者决不会妄想瞬间将它们一览无余，他知道要等到最后，等他登高望远时才能总揽全局，理清所有的脉络"。将不同线索像编麻花辫一样编起来，互为推动力，是她讲好一个故事的奥秘。比如，《告别天堂》讲的是五个孩子的故事，在叙述上采用的是现实与回忆相交织的方式。在关于过去故事的讲述上，天杨、江东、周雷、肖强四个人分别讲述，有时候，是一个故事的不同版本，有的时候则如接力一样，将那个明媚而忧伤的校园爱情故事接续下去。《芙蓉如面柳如眉》更不用说了，夏芳然和陆羽平的爱情故事，丁小洛和罗凯的爱情故事，以及侦探故事交织起来，将一个女人的内心表达得错落有致。其次，是对悬念的设置。笛安深知，读者的阅读快感很大程度上来源于悬念。笛安刻意在小说里抛出悬念，使读者保持了阅读的紧张感。《芙蓉如面柳如眉》采用侦探小说的形式就是这般。"龙城三部曲"中西决和东霓之间的感情因素也吊足了我们的胃口，让我们不停地追问，然后呢，然后呢，从而陷入笛安精心搭建的故事庄园。最后，是戏剧化的情节模式。有时候，我们会发现，过多的巧合发生在一个人身上。比如，在东霓不断追问自己是不是郑家孩子的时候，却曝出西决是奶奶花钱买来的孩子。再比如，当一向沉稳、温润的西决经历了昭昭的死亡以后，竟然开车撞死了陈医生，确实令人惊愕不已。不过，在追求讲一个好故事的同时，笛安也应该听听福斯特的另一个忠告。他说："有时情节的取胜未免过于完满。在每次转折关头，人物的个性都不得不暂时悬置，要么就得任由命运摆布，如此一来给予我们的真实感也就大为削弱了。"

读笛安的小说，还有一个鲜明的感受，更像是在看一出话剧。书页展开的一瞬间，仿佛小剧场的灯光熄灭了，人物次第登场，讲述发生在他们身上令人永生难忘的青春故事。笛安尤擅用第一人称叙述，这大概是女作家们的共同之处。在温言软语的娓娓道来中，读者很容易进入作家创设的氛围中，进而产生代入感，于是与小说人物同呼吸共命运。毫无疑问，第一人称叙事是笛安成功的重要因素之一，但偶尔也有失手。当南音用喃喃自语堆积了体积庞大的文字时，沉闷与琐碎让读者不再有耐心去探究笛安所要讨论的罪孽与救赎、忠诚与背叛等宏大话题。顺便提一句，笛安实在太热衷于重新诠释那些"大词"的含义了。之所以如此,或许是因为笛安认为,"这世界是本字典,巨大无比的字典,事无巨细全都定义过了,任何一种感情都被解释过了,我们就只有像猪像狗像牛羊一样地活在这本字典里,每个人的灵魂都烙着这本字典的条码"。小说家的职能大概就是用他们的方式重新解释一遍吧。笛安的文学才华正是在这些句子里让人惊艳。这也并不让人陌生。她旁若无人地出入人物内外,或者安排我们听到他们的自言自语,或者干脆直接谈论她的人物。那些精辟的句子,仿佛包含了若干生活哲理,在这个碎片化的时代与我们迎头撞上,给予我们深刻的印象。然而,我又不禁设想,倘若笛安能克制这种才华,将她所领悟到的道理,通过人物行为,或者是有质感的细节潜移默化地表达出来,是不是另一道别样的风景呢?

很多年前祖师奶奶喊出的"出名要趁早"让许多人心有戚戚焉,不过,庸俗如我,却往往对那些年少成名的人抱有隐隐的担心。对于笛安,或许是爱之深,不免责之切。当她写完"龙城三部曲"时,我以为,至此,她所深爱的家族题材恐怕已然得到深入开采。如何告别熟悉的领地,寻找更广阔的天空,是摆在这位年轻作家面前的难题。而那需要她具有和她笔下人物一样的勇气、耐心和智慧。时光将给予她什么样的馈赠,可能需要更长的时间段才能看分明。在这一点上,我相信,她将如她的小说人物一样幸运。

"城市怀乡"的实感书写

张自春

笛安的创作主题，无论是都市青年的生活状态，还是阿尔茨海默病患者、独生子女、城市底层人物的命运，或是现代城市家族的复杂性，都与城市密切相关。她笔下的人物都对城市生活有着浓厚的"乡愁"，即，对城市家乡的深深的热爱、眷恋之情。这种"城市乡愁"，使得这些人以一种"现世姿态"积极面对城市生活。通过对基于自身经验的"城市乡愁"和城市生活的"现世姿态"的表现，笛安以全新的视野来审视现代城市生活，其城市文学写作独具特色。

一、"城市乡愁"的诗意表达

在众多"80后"作家中，笛安很难得地对城市文学有浓厚情感并对其有深刻的认识，她清醒地认识到在中国当下语境中建构城市文学的可能性和必要性，"对于中国而言……我们其实还缺少真正意义上的描写都市的卓越的文学作品"。她说道，"所谓'都市文学'，指的并不全是描写工业化或后工业时代的城市生活，不全是描写大城市里的生存状态，更重要的，是一种只可能诞生于都市中的情感模式，用我自己的更为文艺腔的表达，所谓都市写作，一定要有的，是对于都市的乡愁。"

笛安所说的"对于都市的乡愁"，包含两个层面的意思：其一是对城市这个唯一家乡的特殊、复杂的情感，其二是生活于城市中的人的复杂生活情绪与态度，这两方面的内涵，我们在笛安的表达基础上稍加提炼，不妨称之为"城市乡愁"。对"城市乡愁"的表达，是笛安小说中的重要主题，而这种表达，首先源于她对家乡太原的特殊情感。对笛安来说，太原这座"暗沉的工业城市""闭塞、冷漠、没有艺术，没有生机"，却让她产生了眷恋之情，如笛安所言，"可是我没有想到，在我真正离开家乡的时候，我开始写作。因为我很想念它。我自己也不知道我居然会这么想念它。这个位于一个贫瘠而辽阔的高原上的城市，每年春天都会刮着至情至性的长风。我这才知道我原来是眷恋它的"。这种眷恋之情出自笛安对于从小生长的太原城的深刻把握，成长体验让她对这座城市有了无法割断的联系，这座城市的"春天，沙尘暴撕裂天空的声音永远沉淀在我灵魂最深的地方，不管我走到哪，不管我遇上过什么人，什么事情"。给笛安留下不可磨灭的印象的，何止这些，这里的生存景观、人文环境都赋予了笛安书写的可能。因此，笛安的小说大多以"北方高原上的工业城市"龙城（太原的另一种叫法）为背景，或者与其有着千丝万缕的联系。其主角从小成长于龙城，他们的童年记忆、成长经验都被这座城市塑造着，他们对它有说不清的情愫，就像《告别天堂》中的周雷一样，对这座城市数落一通，甚至"恶狠狠地咬了咬牙"之后，又真情表白"我已经背叛了你无数次，我以后还要再背叛你无数次，但是你知道吗？我他妈的，爱你"。

笛安认为城市文学应该有一个"都市审美体系"："首先包括人和人之间疏离带来的安全感，包括一些蔓延到天边撞上了落日的高速公路，以及这些公路边那些间距像星星一样的加油站，包括人们在漂泊中所体会到的只有'漂泊'本身才能抵消的失落,包括交给所有工业产品的那种真挚的柔情。"这正是她笔下的"城市乡愁"的另一个层面,即生活在城市中的人与人、人与物之间的复杂情感。这种情感表现在多个方面,如西决、东霓、周雷等人虽然厌恶他们的家乡城市却心甘情愿地回到那里生活的矛盾性,如雪碧赋予了自己的玩具小熊以"弟弟"般的生命和感情的怪异,又如年幼的情侣丁小洛、罗凯坦然奔赴死亡的荒诞。

笛安笔下的"城市乡愁",其一,表现于人物对城市的眷恋之情。笛安笔下的人物绝大多数生活于城市,并且对城市有着深深的**热爱之情,而这种热爱是普通的真实情感,非前辈作家们所批判的变态、扭曲的欲望化情感**。笛安小说中出现得最多的城市是"龙城"。在她笔下,"龙城"是一个"贫乏的北方城市",它"充斥着钢铁、工厂的冰冷气息",它"空气永远污浊,天空永远沉闷,冬季永远荒凉,春季永远漫天黄沙";然而,正是这个"糟糕的城市",总是吸引着她笔下的人物在此生活。《告别天堂》中的宋天杨,大学毕业后回到家乡城市一所医院当护士,并乐观地告诫自己"要知足";周雷在全国多个城市闯荡多年之后,也回到了自己的家乡城市,过起看似飘忽却自得其乐的生活。"龙城三部曲"(即《西决》《东霓》《南音》三部以龙城郑家为背景的长篇,以下简称"三部曲")中的西决,大学毕业之后,与女友回到龙城工作、生活;连性格张扬、能拼能闯的东霓,在中国南方、新加坡、北京、美国等地游荡多年后,也回到龙城开起了自己的酒吧。对这些人物来说,这座城市是他们的唯一居所,也是他们最后的避难地,它"会在那个时候弥漫出一种同舟共济的温暖,虽然只是暂时"(《芙蓉如面柳如眉》)。他们习惯了这座城市中冰冷、糟糕,时而又显露出温馨的生活,他们在此上学、听音乐、看电影、谈情说爱、与人交往,体验着人的生老病死。他们也会离开龙城,但是,离开龙城,他们往往又钻进另一些城市，如《姐姐的丛林》中的林安琪到了某"南方城市"，《怀念小龙女》中的海凝到了龙城以外的某北方城市，其他人物还去了广州、北京、上海，甚至巴黎、新加坡城等城市。

在这些大大小小的城市中，这些人彼此算计、互相保守秘密又出卖彼此的秘密，回味着过去而又被过去束缚着。但即便遇到各种挫折，他们也并未想要远离城市——城市生活对他们来说是日常的、不可或缺的，他们对其生活方式已有强烈的认同感，并将城市看作他们唯一的"故乡"，因此即便城市有恶劣的风沙，有雪灾，有污染，他们也不会对城市表现出强烈的厌弃感，也不向往乡村生活。长期生存的城市给了他们太多的记忆，也给了他们熟悉的安全感，当他们的经历让他们无法忘却人与人之间疏离的疼痛感时，有的人选择了离开，有的人选择了坚守，但无论如何，他们总选择在城市中落脚，并全力以赴地适应城市生活、享受城市生活。

其二，"城市乡愁"表现于对复杂的成长经验的缅怀。笛安的很多小说都涉及成长的疼痛，如《姐姐的丛林》《请你保佑我》《宇宙》以及《莉莉》等，表现出青春成长中的怅惘和对命运选择的困惑。《告别天堂》这部有着作者成长痕迹的小说，其主题就是青春、爱情、成长。小说中既有龙威、袁亮、张雯纹、罗浩等少年的早熟，也有江东、天杨、周雷、肖强、方可寒等人之间复杂的青春成长记忆，这些内容都以成人视角呈现出来，以成人的眼光去观照青春期复杂的人际关系，富含对成长经验的总结、缅怀意味。《光辉岁月》中，谷棋和"陈浩南"因为手机铃声《光辉岁月》相见恨晚，他们共同回忆起他们生命历程中的"那个时候""八十年代""1998年""2001年"等逝去的时光，他们怀念着曾经流行的歌曲，分享着曾经有过的寻呼台记忆，对比着电脑时代、手机时代到来对生活的影响，小说中充满对成长记忆中的往事已无法重现的感伤和无奈，而谷棋对过去的回忆，正是对她所生长的龙城历史变迁的记录。

笛安在谈及其第一部长篇《告别天堂》时曾说:"这本书的副标题,是'献给我故乡的朋友们'。那时候我们几个人曾经像兄弟姐妹一样一起面对过很多成长中的问题。如今我们都离开了故乡,他们几个人散落在中国大江南北的陌生城市里。"她的小说中对成长记忆中的友情、爱情的感怀,对逝去岁月的怅惋,也是其"城市乡愁"的组成部分:那些回不去的岁月,凝结着记忆中的喜怒哀乐,让作者及其笔下的人物缅怀之余又无限感伤。她笔下人物对已逝去的生活、经历的感怀,也是他们对于生于斯长于斯的城市生活的留恋。

其三,"城市乡愁"表现于人物心理的复杂性。或许因为对城市生活过于眷恋,笛安笔下的人物都能够与城市"坦诚相见",将真实的自己袒露于现代城市生活中。因此,这些人物既有变态、阴暗、孤独和失落的一面,也有自责、反省和自我救赎的表现。他们中有的人为了爱情、为了舒适的生活,积极寻找着、探索着,为此付出代价;有的人则默默地承受着,看着别人的悲欢离合,要么伸出援助之手,要么做出意想不到的伤害行为。《怀念小龙女》中的海凝、《请你保佑我》中的"我"、《芙蓉如面柳如眉》中的孟蓝,因为隐藏多年的嫉妒、自私的爱,做出残忍的举动,制造了悲剧:海凝毁坏小龙女的名誉,"我"让宁夏的命运很曲折,孟蓝甚至毁坏了夏芳然的容貌。《塞纳河不结冰》中的苏美扬甚至因为"只是寂寞"跳河自杀,在异国他乡结束了生命。《威廉姆斯之墓》中的"我",因无法忍受父亲的自以为是和铁律家教而与其决裂、离家出走,但当得知父亲病重需要做肝脏移植手术时,"我"回到了离别四年的父亲身边,并将自己的肝脏移植给父亲;而她从别人口中听到的父亲的"忏悔",也足见父亲跟"我"一样矛盾。小说中的"我"与父亲,看似有无法释怀的隔阂和仇恨,却彼此深爱着,又无法表达出来。这种纠结心态,导致了"我"的乡愁的滋生,也让"我"和父亲的失落无法消解。

笛安笔下这些人物大多都"做过错事",虽然"错事"的性质和影响各不相同,有些甚至已无法补救,但这些人物都有忏悔情结,他们内心深处深深的自责和忏悔显露出他们寻找救赎的可贵精神。"三部曲"中的大伯和伯母,彼此之间感情深厚,却总是残忍地互相打骂和虐待,当大伯病危时,伯母一反常态,精心照顾大伯,大伯死了她却不愿意面对事实,她隐瞒真相,仍精心照料着大伯的尸体;东霓虽然以自己和方靖晖先天残疾的儿子来要挟方靖晖,以获取金钱利益,但她最终忏悔了,与方靖晖愉快相处,在抚养孩子上做出了让步。《洗尘》中,"他"在自己死后宴请其在世时深深伤害过的几个死者,为他们"洗尘",以完成忏悔。在《怀念小龙女》中的海凝、《请你保佑我》中的宁夏、《南音》中的南音等人物身上,均有类似的忏悔表现。这些人物都做过各种错事,或者有让人无法理解的行为,他们很清楚自己的行为,却无法停止,事后又陷入不尽的失落中而不断寻找自我救赎的可能性。笛安在这些人身上表现出了普通人复杂的日常心态,真实而不乏深刻。

其四,"城市乡愁"还表现于对精神寄托的寻找。笛安在其小说中开拓了想象的空间,在生活实体之外提供精神寄托和精神安慰。这主要包括两个方面。第一是童话想象,笛安甚至写过中篇童话《莉莉》,描写了狮子莉莉与猎人、狮子阿朗、猎犬巴特之间的真挚感情,探讨了人与动物之间的感情的可塑性。《南音》中,外星小孩、小熊、小仙女对于姐姐的寻找,实际上是一种对生存信念、对彼此亲近的安全感的寻找,虽然最终没找到姐姐,但它们感受到了一种温馨;《请你保佑我》《西出阳关》《胡不归》等小说中出现的人物与上帝的交往、对话,也极富童话色彩。这些童话色彩的存在,对于调节小说气氛,表现人物理想,有着重要作用。对现实生活以外的美好生活的向往和想象,表现出现代人面对生活的复杂情感。第二是小镇想象。笛安似乎对小镇有着浓厚兴趣,其作品中常出现

"小镇"。《南音》中多次提及"小镇"和"小镇老人",南音所编的童话以小镇结束,伯母再婚,婚礼也在郊外小镇上举行;笛安甚至给小说集《妩媚航班》的后记冠以"那个小镇上"之名,足以看出笛安对小镇的迷恋和钟情。笛安笔下的"小镇"上总是有雪、有孤独的房子、有卖风筝的老人,看上去美好,却也孤独、荒凉。她以幻想的小镇,描绘出某种超脱于城市生活的理想。正如她在《那个小镇上》中所言:"后来,我就把那个寂静雪白的小镇写进了我的小说里。它不止一次地出现在女主角南音的梦中。那其实也是我的梦想……我渴望着终有一天,我和我所有的小说一起,被埋葬在这样的小镇上,在积雪堆里,在这种人烟稀少,雪像是有生命的异乡。"这种理想至少表明,笛安及其笔下人物,在充分体验着城市现世生活时,也曾将小镇作为遭遇困境时的一种寄托,也幻想过有一个小镇能够安静生活。

二、城市生活的"现世姿态"

无论是对城市的眷恋、对成长经验的缅怀,还是对复杂心态的无奈,或是在城市生活中寻找某种寄托,浓厚的"城市乡愁"让笛安及其笔下人物对生活表现出一种积极姿态,他们以"活在当下"的姿态坦然面对生活中的一切。不管是面对历史、社会事件,还是面对现实人生,他们都能以正常心态对待和思考,既不虚夸和理想化,也不消沉堕落,这种姿态,不妨称之为"现世姿态"。笛安笔下这种"现世姿态"真实可感,能让读者产生强烈的共鸣,仿佛说的就是读者自身。但笛安笔下的现世姿态又是改造过的现实,而非原始的现世实录,笛安说:"我不喜欢百分之百接地气的作品,我觉得如果百分百还原烦琐人生就是创作的话,那大家为什么还要看我写的东西呢?"因此,笛安对现实生活做了一定的改造,让它变成具有她自己的理想风格的城市"现世"。笛安笔下的城市"现世姿态"主要表现在如下方面：

其一，积极乐观的生活姿态。从《姐姐的丛林》开始，笛安就给人展现出一种积极、坦然面对生活的姿态。小说中的绢姨，虽然与自己的姐夫的关系败露，被迫另寻地方居住，但她并未因此感到尴尬，而仍平常地与林家所有人来往。其后，《告别天堂》中，不仅年幼的白血病患者袁亮、龙威、张雯纹等人坦然面对病魔，甚至告别人世，而靠肉体买卖以获得生存的少女方可寒，更光明正大地面对自己的"妓女"身份，对生活中的友人，她也显得异常豪迈，在面对病魔和死亡时，她也以平常心态对待。《圆寂》中的残疾乞丐袁季，虽然地位卑微，而且曾遭遇过流氓的毒打、哥哥的疏离，但他仍以积极、满足的心态面对自己的生活。"三部曲"中的主要人物西决、东霓和南音，都遭遇过困难和痛苦，虽然他们也有过消沉、失落的时候，但他们能很快从中走出，以全新的姿态面对生活。这些人物本身都充满自信，就如《告别天堂》中的夏芳然一样，曾经的美丽消弭不了她被毁容后的尊严，她仍然能以正常心态过着自己的生活；也像《请你保佑我》中的"我"一样，"固执地相信着，我总有一天会从我生活的这个衰败的、陈旧的世界里飞起来"。这些现代都市中的青年男女，没有沉重的社会、家国使命需要完成，因此他们以一种"活在当下"的姿态积极享受着现世生活，他们热爱着自己所生活的城市，并以坦然的姿态面对它。

其二，市民化的价值立场。如果前辈作家笔下的批判国民性、揭露人性，表现崇高的革命理想、个人理想、社会理想，或者揭露个人欲望、探索文学技巧等构成了严肃的文学生态，那么，在笛安这一代作家笔下，极具时代感的市民价值、普通人的生存常态则成了文学表现的主要对象。当下性的市民生存状态是笛安小说中的主要表现对象。《姐姐的丛林》中，林北琪长相普通，找对象将成为问题，而谭斐又要借机与林家人靠近，以获得考取林教授博士的优势，这正好构成了"交换"的可能，因此林太太百般撮合他们。《南音》中，西决"杀人"后，苏远智的爸爸便对"准儿媳"南音和郑家变得冷淡；昭昭的爸爸因工厂发生事故，破产入狱，亲戚朋友们对他们一下子冷淡了下来，身患绝症的昭昭，走投无路之下，在医生面前主动"脱下了衣服"。《东霓》中的江薏本来决意与西决分手而到北京发展，得知西决将获得一大笔遗产时，又回到了龙城。《光辉岁月》中谷棋的父母、《圆寂》中残疾乞丐袁季的哥哥等无不如是。笛安笔下这些人物都深谙城市生活的"交换法则"，也深知在利益面前的取舍标准，他们以一种市民化价值立场追求对自己有益的生活。

其三，爱情的多重面孔。到目前为止，笛安作品中描写爱情的占大多数，《告别天堂》《芙蓉如面柳如眉》和"三部曲"五部长篇基本都以爱情为主线，中短篇《姐姐的丛林》《怀念小龙女》《宁夏》《光辉岁月》等也以爱情为主题。笛安对爱情题材有特别强的把握能力，笛安说"我喜欢写爱情，可是在我这儿，爱情不是一样干净美好的东西，可是就是不能没有"。她笔下的爱情是复杂多变的，既有西决父母的殉情之爱，也有东霓父母互相伤害的爱；既有南音父母平淡却深厚的感情，也有绢姨、东霓跨越国境的轰轰烈烈的爱；既有林安琪、张普云等潜藏在心底的默默的爱，也有《威廉姆斯之墓》中"我"的叛逆的爱；既有《请你保佑我》中的"我"对金龙、"三部曲"中西决和东霓之间的病态的、乱伦的复杂感情，也有《芙蓉如面柳如眉》中丁小洛和罗凯、《告别天堂》中张雯纹和罗小皓之间早熟的、单纯的爱。无论这些爱怎么变化多端，笛安都如实、客观地将它们呈现出来，让她笔下的人物积极寻找、体验着他们的爱情。然而，笛安并未简单地描绘爱情，如同她在《告别天堂》和《芙蓉如面柳如眉》后记中所说，她在这些复杂多样的爱情中加入了尊严、美、信仰、忏悔和奉献等内涵。因此，《告别天堂》中的方可寒，虽然以肉体作为交换金钱的砝码求得生存,却赢得了宋天杨、江东、肖强等人的友谊和爱情;《莉莉》中的狮子莉莉最终选择了回到失明的猎人身边,"三部曲"中的西决最终正常面对自己与"前女友"陈嫣和小叔的关系,苏永智选择原谅出过轨的南音等,也都是出于对复杂爱情的追求与坚守。这些附加了道德、人性力量的爱情,让笛安的小说充斥着精神力量。

在面对生活中的困难与挫折、面对利益取舍和复杂的感情时,笛安笔下的人物以一种"对自己有益"的标准泰然处之,他们热爱着自己,也热爱着他们所生活的城市及其生活方式。然而,现代生活中安全感的游移、人际关系的复杂和物质对人的冲击,又激发出他们的"城市乡愁","城市乡愁"又让他们更加珍惜生活,珍惜他们所拥有或者曾经拥有的一切。

三、笛安城市文学书写的独特形态

笛安以自己的城市生存体验为基础,将笔下人物的生存传奇表现出来,也将他们的价值理想间接表露了出来。在论及自己的创作时,她说:"我们的父辈年轻时候的中国,'城市'是存在的,但是没有'都市生活',更谈不上有完整的都市文化。所以,对于中国的年轻人,特别是青少年来讲,'80后'作家们的作品的确能够提供一种他们熟知的情感模式。"上述的"城市乡愁"与城市"现世姿态",正是笛安此处所言的"情感模式"。这种特殊的"情感模式"造就了笛安的城市文学特色,让其城市文学自成一体。

在20世纪90年代以来形成的北京、上海、武汉、南京、苏州、天津、西安等诸多城市"城市文学"多元并存的格局中,笛安无疑是龙城文学(太原文学)的代表作家之一。但是笛安笔下的城市书写又与池莉、方方、贾平凹、叶兆言等前辈作家有所不同。池莉、贾平凹等前辈作家因为出身农村或者经历了城市书写受压抑的年代,其城市书写更多地染上了主流意识文化色彩，其中涉及的"乡愁"也更多地是针对乡村或农业文明，因此他们的城市文学书写虽然不乏深刻和老到之处，但就客观反映城市来说，还尚显片面。相比较而言，笛安等所谓的"文二代"对城市生活有着更为复杂而真实的体验，在客观表现现代城市生活状态方面有着得天独厚的优势。一方面，他们的父辈已完成了从乡村"进入"城市的使命，他们从小就生活在城市文化背景中，对于城市的体验和记忆远多于父辈们走出来的乡村；另一方面，他们的年代里，乡村价值和传统观念已不是唯一的标准，他们能够大胆、公开地融入甚至参与建构城市生活，并表达对城市的热爱。正如有学者指出的那样："他们的父辈受成长环境影响，很多人在写作中偏重乡村化题材，而'文二代'则是在城市化进程中成长起来的一批作者，这已经给差异化造就了强大的前期铺垫。"即便与同辈作家相比，笛安的城市文学也没有韩寒、郭敬明、张悦然等人的过分的叛逆和浪漫，也没有春树的个人化的后现代情绪，更没有郑小驴的沉重辽远。她只是以一种客观可感的真实感情，书写出她所谓的"80后"熟知的情感模式。

笛安的城市文学涉及面是广泛的。她不仅写出《姐姐的丛林》《告别天堂》《芙蓉如面柳如眉》等处理青春、成长、爱情的作品，还写出了"龙城三部曲"、《威廉姆斯之墓》等处理家族、亲情题材的小说，还将触角伸向其他作家很可能忽略的地方，如"三部曲"中的外婆、《西出阳关》中的老者身上体现出的阿尔兹海默病，《宇宙》中的"我"、"三部曲"中的雪碧身上体现出的独生子女的孤独感，《圆寂》中的袁季身上残疾人问题，《胡不归》中的老人对长寿的困惑等。这些作品中的人物也许是城市生活中的异类，但是他们仍然有着他们独特的"城市乡愁"，也有着他们各自的生活姿态。对这些"非普遍"现象的关注，让笛安笔下的生活充满真实感。笛安通过对其反映，有力地塑造了人物形象，也将现实生活的多样性表现了出来。

笛安的城市文学是真实客观的。她的城市书写是温婉克制的，她不如20世纪30年代上海"新感觉派"那样现代和先锋，也没有卫慧、棉棉那般自我和叛逆，更不像多数新文学作家那样站在"主流价值""启蒙"等立场批判城市，她以一种现世感表现出城市生活的乡愁。她笔下的龙城是实实在在的龙城，人们对龙城的感情也是真实而矛盾的，他们偶尔也会为这个"古老的城市"自豪，也会抱怨这座城市的污染、风沙和冰冷，但更多时候，他们只是关心着他们的现实生活中，如同《圆寂》开头所说的一样，他们有太多的事情，如房价的快速上涨、股票问题、面对豪车的羡慕等等，需要去关心。这正是现代快节奏生活中人们生活状况的真实写照。笛安还常常在其小说中反映社会事件，如《西决》中的2008年雪灾，《东霓》中的"汶川地震"，《姐姐的丛林》中1999与2000年之交的青年心态等，这些实实在在的现实的插入，拉近了读者与作品的距离。笛安通过笔下人物对现世生活的真实体验，将他们复杂的人际关系和复杂心理表现出来，其"城市乡愁"也在故事叙述中得到自然流露。

笛安的城市文学还富有戏剧化效果。其小说中无论是故事情节还是人物命运，都充满戏剧性。《姐姐的丛林》中的林安琪，上高中时就喜欢"成年人"谭斐，而谭斐与其姐姐和绢姨都有关系，作为少女的她，无法将对谭斐的感情表现出来，但恰恰是她，最终赢得了谭斐的爱情。《请你保佑我》中的宁夏，小时候幻想着要住城市的高档别墅区，其后虽命途多舛，她的愿望却实现了——她作为别人的"情妇"住了进去，可不久之后，其"情夫"被人杀害，她只得离开，最后沦落成一个普普通通的小杂货店老板娘。《怀念小龙女》中的海凝竟然偷偷与自己闺蜜小龙女的情人在一起很久，并且最终完全赢得了他，成了他的妻子。《东霓》中，东霓收养的小女孩雪碧，竟然是她上大学时的私生女……《胡不归》中的老人的长寿、

《圆寂》中的张普云的命运的改变、"三部曲"中的西决的命运变化等,无不具有戏剧化效果。这些人物命运曲折、离奇、荒诞,他们的目标、理想的实现或命运的改变都很偶然,甚至只是巧合。笛安给这些人物安排了一个城市生存空间,其中总充斥着不安全、不稳定因素,也许笛安想通过这样的描写,表现现代生活中,作为主体的人的无力感,以及"城市乡愁"的复杂性。

通过对复杂的"城市乡愁"和城市"现世姿态"的表现,笛安试图展现出当下时代的城市生活图景。城市文学是1990年代以来很多学者探讨过的问题,有学者曾指出"准确地说,只有那些对城市的存在本身直接表现,建立城市的客体形象,并且表达作者对城市生活的明确反思,表现人物与城市的精神冲突的作品才能称之为典型的城市文学"[1]。笛安虽没有从学理层面深层次探讨中国城市文学成功建构的可能性,但她笔下的城市文学书写,已很接近学者们的城市文学预期。而在其《都市青春梦》一文中,笛安不仅表达了自己"完成一种个人化的,都市乡愁的表达"的文学理想,更表现出她主编的《文艺风赏》建构城市文学的野心,她说,"我们渴望在我们的《文艺风赏》中,逐步地探讨都市文学和都市文化的审美核心,想要建构关于今天中国都市在文学和艺术的创作中完整的意象和图景。以及,尊重和肯定在这样的建构过程中,所有'个体'的意义和价值"。如果沿着这种理想去奋斗,可以想象,经过她们的努力,中国真正意义上的城市文学,将会更加完善和成熟。

笛安的创作在技巧、语言上也取得了令人佩服的成就。技巧上她钟爱和擅长第一人称"众声合唱法":每一个角色都用第一人称叙述,但情节上又紧密关联,互相补充。最初的《姐姐的丛林》就显

---

[1] 陈晓明:《现代性的幻象:当代理论与文学的隐蔽转向》,福建教育出版社2008年版,第263页。

示出笛安把握这种写作的能力,其以人物为标题的章节给人一种记人散文的感觉,同时,她将复杂的人物关系和事件讲述得精彩动人且条理清晰。其后的《告别天堂》中,她让所有出场的人物都以第一人称来叙述,但故事发展却有条不紊,张弛有力。"三部曲"中,第一人称的运用也恰到好处,叙事口吻与人物角色、性格达到了很好的统一。大概为避免读者长时间阅读第一人称叙事的疲劳,《南音》中插入了以第三人称叙述陈宇呈的故事的"幕间休息",更给人以全新的体验。笛安对语言文字的把握和运用能力也令人惊叹。作家刘恒说:"她的文字展现了超越年龄的睿智、沉稳和娴熟,所谓惊艳便是艳在这个地方,也是惊在这个地方。"苏童也说:"她的文字或跑跳,或散步,极具自信心,有耐性,也有爆发力,当然,偶尔会有算计,一切都显得行云流水,而且心想事成。"的确,笛安的文字有其朴实、通俗之处,也有其华丽绮彩之美。在描写人物、事件的时候,她能准确地用语言表达出人物的精神状态;在需要抒情的时候,她能用或粗粝、或细腻、或苍劲有力的语言,表现出人物情感倾向。

深刻的内涵加上圆熟的技巧和精美的表达,使笛安的小说可读性很强,"既有着'80后'一代的想象特质,又有着传统的文学的技法与朴质,散发出一种既陌生又熟悉的味道"。这也使笛安一方面由于作品的畅销被看作是市场化写作者;另一方面,其作品中特有的气质又深受"严肃文学"论者垂青。无论如何,在文学写作多样化、文学性逐渐离散到影视、网络段子等领域的今天,单纯用一种标准衡量文学是偏狭的。尽管笛安的创作在题材上仍有一定局限性,故事戏剧化倾向也较为普遍,但笛安的城市书写和城市文学建构的目标,以及她在人物精神塑造上的深度、技巧和语言方面的把握能力,都表明笛安的现世感极强的城市文学书写有着不可忽略的价值。至于她下一步的努力和探索,我们拭目以待。

"端的是一个讲故事的高手"

宋　嵩

一

初登文坛的笛安，是以"天才少女"的形象出现在读者面前的。甫一登场便凭中篇处女作《姐姐的丛林》(2003)亮相于老牌纯文学期刊《收获》，其起步的高度令同代作家们无可企及。从情节和题材上看，这篇小说似乎并未超越"青春文学"中常见的少女情怀和成长之殇的范畴，但透过小说人物之间复杂甚至略显混乱的情感关系和遭遇，我们还是能看出笛安对爱情、人性以及艺术的独到思考。主人公姐妹两人（姐姐北琪和妹妹安琪）曾一同学画，尽管北琪从小就坚信"愚公移山"一类的励志故事并努力投入，却仍旧无法改变艺术天赋远远不及妹妹的现实；在日常生活中，北琪的长相"平淡甚至有点难看"，在学业上也只能勉强维持中等水平；在情感遭遇上，她曾被一个小混混短暂地追求，却又很快被放弃。相较于妹妹才华横溢的绘画天赋和姨妈（绢姨）在异性眼中不可抗拒的吸引力（"招蜂引蝶"），在这样一个各方面都很平庸的女性身上，似乎不会发生什么曲折的故事。但她的命运轨迹却因父亲的博士招生资格而发生了根本的扭转：母亲想借此机会撮合她与谭斐的婚事，纾解自己对大女儿"嫁不出去"的担忧；谭斐也有意通过和北琪谈恋爱来达到击败竞争对手江恒、顺利考上博士的目的；而父亲对此的超然态度背后也处处透露出内心的纠结。北琪的平庸导致其"被利用"和命运"被安排"，与此形成鲜明对比的是妹妹安琪对自身艺术天赋逐渐清醒的过程。从老师看安琪的画作时"眼睛会突然清澈一下"，到确认自己喜欢上谭斐后将画画作为灵魂喷涌的出口，再到放弃报考中央美院附中，安琪完整地经历了谭斐所说的"从一开始以为这个世界上只有自己，到明白自己的天赋其实只够自己做一个不错的普通人"的过程，"然后人就长大了"。

认识自己的普通人属性、涤清自身的"天才"幻想是自我确证的重要一步，由此出发才能建构起客观、正常的人生立场，这一点对于当下这个张扬"个人奋斗"的时代似乎尤为重要。但生活的复杂性还在于：一方面，我们身边的确存在着一些"天才"，例如《姐姐的丛林》中的艺术天才绢姨和学术天才江恒，他们对"天才"近乎挥霍的使用影响到自己的人生态度，甚至以伤害他人为代价，以至于母亲会用"她是艺术家，她可以离经叛道，但你不行"这样的话来开导被绢姨背叛的北琪；另一方面，当普通人清楚地认识到自己无法在正常层面同"天才"竞争，则往往会转向采用非常手段，例如谭斐式的"曲线救国"（特别是在谭斐被拒签之后，他同北琪的婚姻成为最后一根救命稻草）。

小说中安琪对谭斐和江恒两个人的评价颇为耐人寻味：谭斐是"并不完美"，而江恒则"不是个好人"；而母亲对北琪的评价也是"你是个好孩子"。由是观之，笛安在一开始便确立了一个贯穿自己创作过程的主题：好（善）/坏（恶）人的对立与相生。无论是在笛安代表性的"龙城三部曲"中，还是在长篇《芙蓉如面柳如眉》里，我们都会发现，"好人""坏人"这两个词出现的频率特别高；很多

情况下是集中出现,作者还会对二者加以演绎或阐释。例如:

"陆羽平。"小睦说,"你是个好人。"

"我不是。"他打断了小睦。

"你是。"小睦坚持着,"会有哪个坏人会在出了这种事情以后还这样对待芳姐?别说是坏人,不好不坏的一般人都做不到的。"

——《芙蓉如面柳如眉》

"西决,我是个好人吗?"

"你不是。"我斩钉截铁。

"和你比,没有人是好人。"她的手指轻轻地扫着我的脸颊,"你要答应我西决,你永远不要变成坏人,如果有一天,我发现连你都变成了坏人,那我就真的没有力气活下去了。"

"永远不要变成坏人。"我微笑着重复她的话,"你们这些坏人就是喜欢向别人提过分的要求。"

——《西决》

迦南突然说:"我也不小心听过护士们聊天,她们都说你哥哥是个好人。"

——《南音》

这样的例子不胜枚举。可以说,《芙蓉如面柳如眉》和"龙城三部曲"就是关于"好(善)/坏(恶)人"的系列小说。据说在创作《西决》时,笛安并没有计划将小说写成"三部曲"的形式,因此,在《西决》中人物身上的"好/坏""善/恶"对立体现得更为明显。但随着写作计划的铺开,在第二部《东霓》和第三部《南音》中,人物性格深处的东西开始被作者渐渐发掘出来,复杂性也随之得以更充分地展示。好人身上的缺点与人性的弱点被渐渐曝光，借用弗兰纳里·奥康纳那个著名短篇小说的题目就是"好人难寻"。

三部曲中人物性格最惊人的突变出现在《南音》中，前两部中公认的"好人"西决因为医院放弃治疗昭昭而义愤填膺，开车撞飞并碾轧了昭昭的主治医生陈宇呈，最终被判有期徒刑 20 年。这一突变的合理性自然是值得商榷的，但探究作者设置这一情节的目的，大致有二：首先在于揭示出任何人性格底层都具有的善恶两面，其次是为了突出道德规范、社会秩序、家庭教育等各方面合力对人性的规训与压抑，以及被压抑的人性一旦冲破束缚后所带来的巨大破坏力。值得一提的是，作者敏锐地注意到现实生活中突发的重大事件有可能对人的性格起到激发或扭转的作用，因此将南方冻雨、汶川大地震、医患纠纷、工厂爆炸、福岛核事故等糅进小说中，在增强真实感的同时，也使人物性格的展示更为合情合理。

二

《姐姐的丛林》之后的长篇小说《告别天堂》，其创作主旨因有一篇详细的"后记"而易于索解："对于这个故事，'青春'只是背景，'爱情'只是框架，'成长'只是情节，而我真正想要讲述和探讨的，是'奉献'。"这种"奉献"，被笛安进一步阐释为是小说的五位主人公——天杨、江东、周雷、肖强、方可寒 彼此之间"真诚又尴尬"的关系，而"正是那些神圣和自私间暧昧的分野，正是那些善意和恶毒之间微妙的擦边球让我们的世界变得如此丰富，如此生机勃勃"。从以上所引这几段作者自述，我们似乎能看到笛安对世纪之交流行的"青春文学"的不满，以及她借书写"奉献"这一抽象主题来寻求超越的努力。但通读小说，我们能看到她所说的"背景""框架"和"情节"，能读到一个残酷凄美程度不亚于韩寒、郭敬明或"80 后五虎将"的故事，但其所谓的形而上探讨却因设置的生硬而让人如鲠在喉。《告别天堂》写校园生活，写低龄化的爱情，写青春期的叛逆，刻意暴露世纪之交青少年成长的心路历程，所有这些几乎都符合"80后"发轫期长篇小说的主流趋势。笛安将表现"神圣和自私间暧昧的分野"和"善意和恶毒之间微妙的擦边球"视为她实现超越的路径，但须知这些抽象理念必须经由具象的情节加以呈现。小说中虽不乏青春的温情与感动，展现出的悲天悯人的情怀也给人留下了深刻的印象，却难免沦入人物形象理念化、情节设置过分离奇巧合的流俗，对超越性主题的过分拔高难免有矫情之嫌。

姑且不去深究小说故事发生的主要地点"红色花岗岩学校"和主人公之一方可寒罹患白血病早逝这一情节是否受了新世纪之初风靡一时的《流星花园》《蓝色生死恋》等青春偶像剧的影响，也不必探讨一群重点高中毕业班的学生在高考前终日沉迷于多角恋爱（乃至性爱）中不可自拔的故事真实性究竟有多大，仅就作者精心营构的方可寒"卖淫"这一核心事件而言，便足以动摇小说存在的根基。方可寒这一形象，似乎是东西方神话传说中普遍存在的"圣妓"母题在新世纪中国的又一次"重述"。这个以"公主"形象出现在读者面前的人物，"永远昂着头"，从小便凭借其罗敷式的美貌刺激周围男性的荷尔蒙分泌；进入高中以后发展到"50块钱就可以跟她睡一次"，还不止一次因为"心甘情愿""因为我喜欢你"而给嫖客"免单"。这些让人感觉不可思议的情节，在笛安笔下被津津乐道；而将其与罹患白血病的秘密相结合，更彰显出方可寒这一行为的"神性"：她似乎是要把自己的美貌和所剩无多的生命"奉献"给那些被高考、被感情、被性欲所折磨的少男们，借助满足他们的肉体来实现灵魂的飞升。作者赋予一个卫慧、棉棉小说主人公式的女高中生以"神性"，极力装出一种与年龄不符的成熟或曰深刻，却因用力过猛而呈现出大写的尴尬。

如果说以"神妓"形象示人的方可寒因其神性和早逝而显得缥缈，小说的另一个女主人公天杨则自始至终试图扮演"圣女"或"圣母"的角色，但又因其行为中随处可见的造作而拉低了她在读者心目中的地位。笛安极力塑造的是天杨性格中"纯真"的一面。可以说，天杨的爱情观中存在着一种"洁癖"，这种洁癖不仅是对自己也是对爱人的要求。因此她才会纠结于自己和江东之间的爱情、自己对江东的爱情是否"脏了"——这也正是她认为"吴莉的爱要比我的干净很多"的原因。

作为朋友，方可寒用肉体对江东的"神妓"式的"奉献"的确算得上"真诚"，却让读者感到尴尬，并不由得发出这样的疑问：这样做就能使世界变得丰富和生机勃勃吗？而作为恋人，天杨逼迫自己用"圣母"式的"奉献"、打着"爱"的旗号去做一件自己都认为"是错是丑陋是不可宽恕的事情"的时候，从一开始就注定要失败。对此，她心知肚明，并一针见血地将自己的行为概括为"没事找事"和"贱"。在这两个人物身上，体现出了概念化的空洞乏力，以及主题先行所导致的思想与行动的龃龉。

三

自"80后"作家在世纪之交横空出世之日起，他们的历史观便一直是主流文坛关注的焦点和诟病的症结所在，"没有历史的一代""空心一代"似乎是他们身上总也揭不掉的标签。在大量的架空、玄幻、戏说面前，评论界似乎长期以来都对"80后"的历史叙事充满了忧虑，并由之生发出期待。在较早涌现的"80后"作家中，因为历史学、社会学的专业背景，笛安或许是最有可能在历史叙事方面做出成绩的一位。但让人感到意外的是，在她创作的初期，除了一篇取材于嵇康故事的短篇《广陵》之外，并没有真正意义上的历史叙事作品。她似乎是在有意回避这一题材领域。

在《告别天堂》中，有两处细节勉强与"历史"相关，一是"雁丘"的传说，二是故乡街头有千年历史的"唐槐"。历史的光彩都与那个作者反复书写嗟叹的"暗沉的北方工业城市"形成鲜明的反差，但除此之外，二者只起到装置性的作用，将其删去对情节推进亦无甚影响。《广陵》写的则是中国读者耳熟能详的故事，笛安在此做出了一点突破性的努力，将《世说新语》等古籍中有关嵇康的散碎片段连缀起来，并虚构出一个人物"藏瑛"，从他的视角出发，突显出嵇康的人格魅力所具有的强大感染力。但作者对嵇康思想和行为所秉持的显然是一种有保留的态度。用藏瑛的话来说，"是他们为我打开了一扇门。那扇门里的精致与一般人心里想要的温饱或者安康的生活没有特别大的关系，它只是符合每一个愿意做梦的人的绝美想象"。显然，这种理想境界是建基于不必为温饱或安康操心这一基础之上的；而嵇康对生活的游戏态度、对纲常礼教的鄙视，以及"谁的话都听不进去"的姿态，也不是一般平头老百姓的物质基础所能支撑和许可的。因此，尽管藏瑛被嵇康的精神境界和人格魅力所折服，最终也只能是奇幻地在刑场上《广陵散》曲终后，以内脏化蝶的方式与嵇康达到精神上的永恒相交，而留给现实世界一具没有了心也因此不会变老的躯壳。耐人寻味的是，就是这具躯壳，目睹了嵇康的儿子嵇绍是如何成为杀父仇人司马家族最忠诚的臣子的。藏瑛（的躯壳）认为，"嵇康若是知道了他儿子的结局，应该会高兴的。因为这个孩子跟他一样，毕竟用生命捍卫了一样他认为重要的东西。至于那样东西是什么，大可忽略不计"。在此，传统意义上对/错的价值分野被消弭，精神追求的现实背景被彻底抹除，与前文对待嵇康人生立场的态度其实是一致的，都是对一种抽象价值的肯定。由是观之，笛安只是借用历史人物的故事外壳来安置自己对某种价值观念的思考，其行为恰好与小说中藏瑛灵魂出窍的情节形成了互文，却并没有体现出作者具体的历史观念。

《广陵》的历史叙事外衣,似乎只是笛安在形式上的有限的试验;她偶然为之,又迅速回到既有的题材轨道上去,在此之后的很长一段时间里并未触碰与"历史"有关的素材。也正因为如此,当她在 2013 年拿出以明代万历年间为背景的长篇小说《南方有令秧》时,才会取得让人惊讶甚至眼前一亮的效果。笛安的这一选择,很难说不是受了新世纪以来主流文坛"回归文学传统"、向《红楼梦》《金瓶梅》等古典小说、世情小说汲取养分之风的影响;特别是新世纪第二个十年伊始以王安忆《天香》为代表的一批带有浓郁古典叙事色彩的长篇小说集中涌现,也为正日渐深陷创作瓶颈期的"70 后""80 后"作家带来了有益的启迪。

但在文坛的短暂惊喜之后,许多评论家敏锐地发现,《南方有令秧》并非他们想象中的那种历史叙事。例如,何平就指出:"《南方有令秧》是一部以想象做母本的'伪史',而小说家笛安是比张大春'小说稗类'走得更远的'伪史制造者'。如同史景迁用历史来收编蒲松龄的小说,那么笛安是不是在用小说收编历史呢?"① "以想象做母本的'伪史'"一语,恰如其分地点明了《南方有令秧》性质,正呼应了笛安在小说《后记》中坦白的:"其实我终究也没能做到写一个看起来很'明朝'的女主角,因为最终还是在她的骨头里注入了一种渴望实现自我的现代精神。"而她在写这部"历史题材"小说的时候,"感觉最困难的部分并不在于搜集资料","真正艰难的在于运用所有这些搜集来的'知识'进行想象"。这就是说,笛安实际上是将 440 年前明代万历年间的历史作为一种"容器",其中要盛放的是 440 年后一个生活在 21 世纪北京城里的女青年的观念与意识。巧合的是,王安忆的《天香》也选择了明代中后期的历史作为小说的时

---

① 何平:《"我还是爱这个让我失望透顶的世界的"——笛安及其她的〈南方有令秧〉》,《东吴学术》2015 年第 2 期。

代背景,其故事发生地上海与《南方有令秧》的故事发生地休宁在直线距离上并不遥远,同属江南区域,而且两部小说均以女性作为主人公,因此,二者可对照阅读。在王安忆关于《天香》创作的自述中,有两段话值得注意:

> 女性可说是这篇小说的主旨……"顾绣"里最吸引我的就是这群以针线养家的女人们,为她们设计命运和性格极其令我兴奋。在我的故事里,这"绣"其实是和情紧紧连在一起,每一步都是从情而起。

> 在一个历史的大周期里,还有着许多小周期,就像星球的公转和自转。在申家,因是故事的需要,必衰落不可的,我却是不愿意让他们败得太难堪,就像小说里写到的,有的花,开相好,败相不好,有的花,开相和败相都好,他们就应属于后者,从盛到衰都是华丽的。小说写的是大历史里的小局部,更具体的生活……

《天香》与《南方有令秧》之间的一个显著不同,就在于王安忆自始至终都在描述属于16世纪的生产场面(刺绣),因此,她的叙述势必会与当时的社会经济发生密切的联系,无论是明末江南的所谓"资本主义萌芽",还是随着新航路开辟而涌入的西洋宗教与科学技术,乃至倭寇对东南沿海的骚扰,在小说中均有所涉及,有的还被作为关系情节推进的重点加以浓墨重彩地表现。无论是女性之"情"还是大家族在大时代中无可奈何的衰落,都是在这种不断的颉颃中彰显出来的;二者都是"小局部",但唯有将其融入"大历史",这些局部的存在才有意义。反观《南方有令秧》,笛安在明代官宦人家的衣饰、陈设以及日常风俗等方面下足了功夫,似乎不会出现当下众多历史"神剧"中比比皆是的穿帮情节,但整部小说的情节几乎与生产无涉,因此也就谈不上与社会经济发生关系。尽管在小说的后半部分"东林党争"、宦官专权成为推动小说情节发展的重要一环，川少爷"面圣"一节也多多少少让人嗅出大明王朝山雨欲来前的潮湿气息，但小说所反映的大多数内容，都像唐家幽深的庭院一样封闭，人物的情感、意识无根无源又自生自灭。其原因显然不能归咎于故事发生地徽州山区的闭塞，而只能是由作者的创作立场所决定。在去徽州旅行的过程中看到牌坊和古村落，进而萌生创作一部反映女性（少女）命运的长篇小说，这一创作缘起不免让人联想到某些畅销书问世的故事①。而那种要把"渴望实现自我的现代精神"灌注到文本里的努力，更决定了这部小说不可能是传统意义上的"历史小说"。何平称之为"伪史"，的确有其合理之处。

但是值得注意的是，这一"伪史"的"历史感"并不仅仅寄托在那些古色古香的服饰和陈设上。由于整个故事都是围绕着"牌坊"这一带有明显历史色彩的事物展开的，"渴望实现自我的现代精神"也好，"女性主体的意义生成"也罢，都需要借助"牌坊"来完成，"御赐牌坊"成为小说情节的推动力，因此，这一事物背后所关联的只属于那个时代、今天只能存在于历史辞典中的意识和观念（例如贞洁观、生育观等等）势必要在文本中加以重点体现——这正是《南方有令秧》中历史感的存在之处。

令秧在唐家 15 年的成长过程，是她在封建大家庭里同命运、制度顽强抗争的过程，也是她"实现自我"的过程；但令人痛心的是，这同时也是一个纯真少女蜕变成心机重重、偏执狠毒的"腹黑"妇人的过程。在云巧、连翘、蕙娘等人有意无意的言传身教和谢舜珲的出谋划策下，她从起初略显"缺心眼"的状态参与到家庭内部权力的争夺中去，从呵斥下人都能紧张得手指"微微发颤"、同情小姑

---

① 据说畅销小说《还珠格格》的问世，正是因为作者琼瑶偶然听到了"大明湖畔夏雨荷"的民间传说，有感而发创作出来的。

娘缠足的痛苦，发展到为灭口而授意连翘配制慢性毒药除掉罗大夫、为杜绝谣言稳固地位而自残左臂，直至不许女儿退婚、强令她守"望门寡"，令秧在唐家的无上权威就是这样一步步树立起来的。人性中的光芒随着年龄的增长而渐渐褪去，心底的"暗物质"却趁机大肆扩张地盘。究其原因，除了人类追逐权力的本性使然之外，归根结底还是因为封建礼教对妇女心灵的戕害。选择这一题材加以表现的作品，五四以来数不胜数，甚至还可以上溯到《红楼梦》。《南方有令秧》的独到之处，则在于笛安设置了一个特殊的时间节点：御赐牌坊立起之日，便是令秧放逐自己生命之时——这也正是令秧不择手段争取早日立起牌坊的原因；而她在目的即将达成时与唐璞生出奸情，则意味着人性、欲望和本能在与规训的长期搏斗中最终占了上风。但这一时间节点的设置也有副作用：整部小说的叙事节奏给人一种前松后紧的感觉，特别是临近结束，情节密度骤然加大。但愿这只是作者的有意为之，而不是因情节调度上的失措所致。

封建"妇道"、贞洁观和牌坊制度的存在及其意义，本身就带有鲜明的悖论意味。在一个男权社会里，"一个女人，能让朝廷给你立块牌坊，然后让好多男人因着你这块牌坊得了济，好像很了不得，是不是？"然而，"说到底，能不能让朝廷知道这个女人，还是男人说了算的"。几千年来，制度就在这种近乎荒诞的循环中延续下去。与此相映成趣的，除了唐家几位女主人不可告人的秘密（蕙娘与侯武、三姑娘与兰馨、令秧与唐璞）外，小说中还有两个耐人寻味的细节：其一是令秧主持"百孀宴"后，谢舜珲嫌别人给《百孀宴赋》题的诗俗不可耐，便让海棠院妓女沈清玥另题。此处谢沈二人的对话可谓妙绝：

沈：那些贞节烈妇揣度不了我们这样人的心思，可我们揣度她们，倒是轻而易举的。

谢：那是自然——你就当可怜她们吧，她们哪儿能像你一样活得这么有滋味。

这种别具一格的"换位思考",显然是作者借古人之口对贞操观念的反讽;由此出发反观《告别天堂》中天杨、方可寒二人的观念和行为,或许可以得出与众不同的结论。

其二,是川少爷进士及第后"面圣"的遭遇:万历皇帝对他说的第一句话,居然是关于令秧的。"他想象过无数种面圣的场景,却唯独没想过这个",最终只能满怀屈辱地"谢主隆恩";之前在家中曾慷慨激昂地斥责令秧救治宦官杨琛"丢尽了天下读书人的脸面",此时却窘得无话可说。这一细节既是对儒生一贯纸上谈兵的无情嘲讽,也暴露出他们在权力面前严重的"软骨病"。与之形成鲜明对比的,是令秧虽一介女流,却有雷厉风行、敢做敢当的作风。这两处细节看似闲笔,却起到了四两拨千斤的效果,体现出超出作者年龄的叙事功力。

笛安的成长轨迹在"80后"作家中具有明显的特异性。长期以来,"80后"作家被人为地划分为"偶像派"和"实力派"两支队伍,并被拉到文学绿茵场上角逐。但笛安显然是一名"跨界"选手,自出道以来,她的每一部作品都堪称畅销,有些作品已经经过了数十次的重印,她也因此成为"作家富豪榜"上的常客;而她与郭敬明等"80后"偶像派作家合作,创办自己旗下的文学期刊,也积攒了极高的人气。但其创作的整体水平并未因这些"偶像行为"受到影响,虽然某些作品略有瑕疵,但毕竟瑕不掩瑜,基本上都能获得广大专业读者的认可。

木叶曾评价笛安"端的是一个讲故事的高手,带来了久违的好看"[1],诚哉斯言。为了追求"好看"、讲述一个吸引人的故事,她常常不惜选择在某些同代作家看来不新鲜、不"潮"的题材,也较少在创作过程中玩弄技术,有时还会借鉴类型小说的模式(例如《芙蓉如面柳如眉》就采用了悬疑小说的形式)。她选择了一条近似大众

---

[1] 木叶:《叙事的丛林——论笛安》,《上海文化》2013年第9期。

化的写作之路,因为"我向来不信任那些一张嘴就说自己只为自己内心写作从不考虑读者的作家"。虽然她也有一些颇具实验色彩的作品(例如在《洗尘》中,创造性地安排一群人死后聚到饭桌上;《宇宙》中写"我"和因为流产而并未来到世上的"哥哥"的交往与对话),但呈现给读者的更多的是"龙城三部曲"式的明白晓畅、扣人心弦。当下青年写作越来越呈现多元化的特征,我们需要"80后"先锋作家,我们也需要笛安这样的"80后"传统作家。

Part3

创作谈

关于《光辉岁月》

我一直记得，中学时代，电话里那些寻呼小姐们甜美得不正常的嗓音——当时我还想过，我就是不好好学习又怎样了，我还可以去做寻呼小姐。可是我中学毕业那一年，在我的家乡，手机短信就开始在一夜之间普及——几个月里，我发现身边没有人再使用曾经非常时髦的寻呼机。

那些寻呼小姐，那些年轻甜美的女孩子们，她们都到哪儿去了？

多年以来，我发现我的身边，只有我一个人关心这个问题。所以我只好写一篇小说。当我知道这篇小说被人认为写得还不错的时候，我就会想，是不是读到它的人，能和我一样，回忆一下寻呼台，那是独属于二十世纪九十年代的记忆——也许因为我在九十年代度过了童年的末期和少女时代，我至今无比怀念那个时候——那时候我们能看到最真诚、最有情怀的港片，那时候的华语流行音乐有种虽然土，但是认真的悠扬，那时候的年轻人总的来说愿意相信奋斗是可以改变命运的——也许是我个人的偏执，可是我真的很讨厌2000年以后这个世界上发生的所有事。

对于小说的女主角，谷棋，我直到今天偶尔想起她，还会关心她过得好不好。庸常人生里，那段做寻呼小姐的短暂时光让她拥有了一点点没那么庸常的幻象。虽然我比她幸运，因为我可以写作——但是我永远不会忘记，我骨子里一直都是一个跟她一样的、小城中渴望幻觉却最终被人生淹死的姑娘。

这篇小说完成于三年前的夏末秋初,那时候我的人生正在经历一段非常艰难的时期。可能正是因为无法表达的艰难,却让小说无意间在一些小地方传达出某种含混复杂的氛围——我是说,跟我自己之前的短篇作品相比。在我的短篇小说写作中,它是一个分水岭,让我开始有意识地探求短篇作品中必须拥有的那种字斟句酌的弹性。曾经我以为,我和写作的关系,是我绝对地臣服于它,我人生里经历的一切好坏都是为它献祭的;可是从那时起我开始明白,我和写作,真正的关系,应该是相依为命。

最后想说的一句话是,小说里,有一个高中女生,她对寻呼小姐谷棋说:"520 就是我爱你。"——那个女孩就是我。

灰姑娘的南瓜车

2000年开始的时候，我上高二。那时候总觉得自己很忙，要忙着应付功课，忙着在学校里胡闹，忙着看日本漫画，忙着早恋或者帮别人早恋，偶尔，也想想万一考不上大学该怎么办——不过我生性乐观，总觉得不会考不上的，对未来灿烂的想象总是让人激动，顾不上去想不好的事情，其实后来才弄清楚，灿烂的并不是未来本身，只不过是我对未来的幻觉。

我长大的故乡是个暗沉的工业城市。那个时候我讨厌它。我觉得它闭塞、冷漠，没有艺术，没有生机，所以我想要离开它，走得远远的。因为年少无知，所以理所当然地觉得我的人生应该更美好些，既然想要美好的人生，那么总是得有个更好些的城市来充当舞台或者背景。不止我，我身边的很多朋友都是如此，连老师都会在课堂上看着窗外的沙尘暴告诉我们："如果你们想远离这个地方和它的沙尘暴，就认真一点上课。" 2008年，看顾长卫导演的电影《立春》的时候，第一个镜头，就觉得胸口被闷闷地撞击了一下。听着蒋雯丽饰演的王彩玲甩着方言一板一眼地说文艺腔的对白，时不时都会暗暗地微笑一下——我想我知道那个电影在说什么。因为我曾经和那个电影里面的男人女人——尤其是女主角——一样，不知不觉间，神化了自己的理想。

所谓理想，不能完全等同于希望自己从事什么职业，希望自己住在什么地方,就像王彩玲,她希望自己能在巴黎,至少是北京的大剧院里唱《托斯卡》——但是这并不是她理想的全部,巴黎、歌剧、意大利语等等这些符号不过是花丛,而她真正想要的,是在这些美丽的花丛里尽情地绽放自己,绽放了,生命才够绚烂,才能清晰地感觉到那种"自己"终究成为"自己"的过程。我也一样,那时候我甚至都没找到一个具体的符号来充当我的花丛,可我满脑子都是关于绽放的幻想:我一定会变成一个更美好的人;我一定能做点什么变成一个更美好的人;一件事情,一个作品,一段爱情都有可能锻造我,锤炼我,把我变得更完美。就在这满脑子热气腾腾的狂想中,我的青春期就过去了。

高考考得并不好,倒是没有落榜,可是没能如我所愿,让我离开家乡。那个时候,有种叫作"留学中介公司"的东西已经渐渐被人熟知。某个夏天闷热的夜晚,我老爸问我,想不想出国去上学。我头脑有点发懵,但是很坚决地说:想。那时候我十八岁,在十八年的生命里,小学六年,出了小区的大门,要往左转;中学六年,出了大门,要往右转——也就是说,从没有离开过那条我出生并长大的街道。"外国",实在是个太遥远的所在,已经超越了我,这个生长在内陆小城的灰姑娘的想象的边界。那个年龄的人一无所有,所以满怀勇气和好奇心。在不久以后的后来,就是这点原始的,青葱茂盛的勇气和好奇心支撑着我走过了很多日子,度过了很多困难或者困惑的时候,直到它们在不知不觉间,就这样被用完了。随着它们用完,我就变成了一个所谓的"大人"。

2002年1月27日,是个我永远都不会忘记的日子,我就是在那一天上飞机去到法国的。八年过去了,我很少跟人主动谈论关于法国的一切,文章更是几乎没写过。因为我从不觉得我真的去过法国,我的意思是说,那个雨果的法国,那个波德莱尔的法国,那个萨特和波伏娃的法国,那个夏奈尔或者迪奥的法国,那个与其说是浪漫,不如说被无数人"浪漫化"了的法国……所以不如还是少说几句的好吧,旅游指南和时尚杂志专栏里面的那个"法国"和我基本无关,可是我又不知道该怎么跟人解释这个。

头几年我住在一个卢瓦尔河谷的小城里。那个地方有达·芬奇终老的城堡,离我们那个城市不远的乡下会盛开祥云一般、粉红的苹果花。那个小城安逸、漂亮,人大都要比巴黎人友善很多倍。可是初来乍到的时候,真正给人留下强烈印象的其实只有两样东西:比国内高很多的物价,还有强大的寂寞。

时至今日,当初通过同一个留学中介出国的中国学生聚在一起,还会笑着回忆当初在超市里买回几桶最便宜的红酒,里面的渣滓把大家的牙都染成紫红色。我在法国居住过的第一个房间,位于城边的公路旁。窗子外面的风景在全世界都能看见,独自蔓延着的公路是沥青凝结起来的河,有的时候重型载重卡车呼啸着经过,带起来瑟瑟的风,加油站很新,但是不知为什么就是觉得萧条——我当时还不知道,根深蒂固的"公路情结"就从此扎根在血管里。有风雨的夜晚,我就在这样的窗口背法语单词,"彩虹""希望""有魅力的""诱惑"……我身边来自清晨的面包店的长棍面包已经干瘪,静悄悄地死掉了,我还浑然不觉。其实除了这个已经硬得不能吃的面包,并没有什么东西能够让我真正觉得,我已在天涯。天涯也不过如此嘛,十八岁的我暗暗地叹气,仔细想来那是我第一次像个大人那样叹气。这时候隔壁房间的朋友来敲我的门了,小型的聚会永远在某个人的房间开始,大家穿着牛仔裤席地而坐,最便宜的红酒入了年轻的愁肠,流出来的眼泪都是滚烫的,梦想或者关于梦想的错觉在体内燃烧着,一群人孩子气地互相鼓励着对方:不会永远喝最便宜的红酒的,只要我们肯奋斗。

可是到底要怎么奋斗呢?我自己也不知道。我倒是试过在念书之余,去给房东带小孩,按小时计费——我是个糟糕的保姆,很幸运的是，我碰上了一个特别懂事的小婴儿。就这样做了一个学期，攒出来一笔去西班牙玩的钱。打工、攒点钱、旅行，这是所有的学生都会做的事。但是我没有忘记，我其实想要完成的，不过是那种看着自己一点点变得更强大、更丰富，也更充盈的感觉。事实上我也真的体验到了——当我发现自己渐渐在熟悉法文这种陌生的语言，当我慢慢学会了做饭，当我带着那个漂亮的小婴儿去摘樱桃，看着她纯净的笑脸……这美丽宁静的小城太小太安逸，所以无数次地让我产生了那种自己很强大的错觉。只不过，那种刻骨的孤寂从没有被治愈过，无论是我静静地一个人待着，还是和一群人在一起笑闹，它都能够在一个我看不见的角落，像月光那样猝不及防地抚摸我。微妙地间隔开我这个人和一切火热的喜怒哀乐。不能摆脱，就习惯吧。那时候我已经搬到了一个更冷清的老房子里。就那个价位而言，老房子真的很大了。木地板踩上去就是一阵响动，很阴冷，居然还留着一个传说中的壁炉。阴雨天气里，雨水就不知从哪个角落滑落到壁炉里面，半夜里总听得到它们缓慢滴落的声音。有一天，我就是在满室的潮气中，打开灯和电脑，我想和自己说说话。可是如果很直白地用聊天的方式说，又不知道从什么地方开始——我早就已经学会了不去渴望倾诉什么东西了。那就编个故事，自己讲给自己听吧，在虚假的故事里，放进去我真正的、冷冰冰的人生。

那一年我十九岁，我还没有真正意识到，我编给自己看的故事，就是小说。

我是非常幸运的。我在很年轻的时候，就找到了一样我愿意为之努力一生的事情，就是写作。并且，一路上，我遇到过对我而言非常重要的人，给我鼓励，给我支持，帮助我赢得一个年轻人在现实世界中来之不易的好的开始，比如最早愿意用我的稿子的编辑老师，比如第一个鼓励过我的电影导演，比如我今天的出版人……当然，这些都是后话。在写作的初始，我只是惊讶自己居然如此迷恋自己的故事，还有这些生活在电脑里的人物们，我觉得我的存在是因为他们才变得生动，变得热情，变得更有理由。我爱我的小说们，就像一个失去理智的情人。

所以我就告诉自己，一定要写下去。就算不能用这个养活自己也不要紧，大不了辛苦些，毕业以后去找个工作，白天上班晚上写，或者平时上班周末写……总之我要写一辈子。就算我自己写得不好也没关系，我和我的小说待在一起的时候，才觉得自己的灵魂是美丽的。那种一直在期待的绽放的感觉，那种又疼痛又自由的感觉。灰姑娘的南瓜终于变成了马车，载着她往远方奔驰，金碧辉煌的宫殿就在前面，那个宫殿就是我心目中的"美"。近了，马上就到了……写小说，尤其是长篇小说的感觉就是这样的。

可是写完以后，钟声就敲过了十二点。马车又变回了南瓜，因为我每一次重读自己的小说，都会觉得我写的时候那种美好的感觉都到哪里去了；我依然是灰姑娘，异乡的寂寞就是我脏脏的裙子和拖鞋。我永远都不会忘记，某年某天，我坐在朋友的爸爸的车上经过公路的收费站，在夜晚里蔓延着的空旷的长路似乎有生命，只不过是在沉睡而已。那一瞬间我问自己，我在什么地方？远处，麦当劳巨大的黄色"M"在深蓝色的天空里暂时代替了月亮，我心里没来由地一暖——那就暂时错把他乡当故乡吧，谁又能确定这世上究竟有没有故乡呢？

只是不知不觉间，我写的所有小说，都发生在那个我曾经迫不及待地想要离开的城市。我虚构了一个北方高原上的工业城市，描写着那里的沙尘，那里的钢铁和噪声，想当然地认为那里一定会诞生很多性格强烈的女人们。这个城并不是我的故乡，只不过，它们很像。春天，沙尘暴撕裂天空的声音永远沉淀在我灵魂最深的地方，不管我走到哪里，不管我遇上过什么人，什么事情。

再后来，我离开了那个河谷小城，来到了巴黎。一待就是四年。

除了巴黎,我想世界上任何一个大的都市都有一批像我这样漂着的年轻人。在这里,我认识过来自五大洲超过三十个国家的人,越来越觉得阿加莎·克里斯蒂的话很经典:"人性在哪里都差不多"——因为无论肤色,无论种族,无论信仰,可爱的人们总是相似的,狭隘的人们则各有各的狭隘——别动不动就把"文化差异"挂在嘴边上,过分地强调"文化"也是狭隘的一种。我遇到过非常好的人,也遇到过非常坏的人,我经历过人和人之间不需要语言就能分享的温暖瞬间,也见识过最险恶的国际政治和种族歧视。除此之外,还见证过一些人出于种种原因,或者原因不明的堕落。四年的时间,几句话,也就说完了。

岁月是短暂的,很快就过去了;可是人生,的确漫长,不然我偶尔回头的时候,为什么会不记得自己是怎么一路变成今天这样呢?小说依然在写,经历过一本书静悄悄地出版,再无声无息地下架,后来也有了"畅销书作者"的经历,可是眺望一下当年那个关于"绽放自己"的理想,才发现,"理想"和海市蜃楼差不多,不是用来握在手里的。就像高等数学里讲的那个极限,你最多只能接近它,无限接近却永远不能抵达——我的数学从初二起就没有及格过,可是我依然觉得,当我第一次听到老师讲关于"极限"的那些事情,心里好像真的被感动了。我曾经以为,当我确定我要写作的时候,因为心灵有了归属,还以为自己可以慢慢活成一个平和、宽容然后恬淡的人……却不知道生活处处是陷阱,它有的是办法让你亲眼看见自己丑态百出,让你一遍又一遍地明白,你永远变不成一个"更美好"的人。自我的锻造不能说没有用处,但不是万能的,因为你忽略了,你锻造自己的动机或者并没有自己当初认为的那么单纯。

是的。我神化了自己的理想。我以为完成自己是最神圣的事情,是因为我把自己看得太大了。我以为当我克服了困难,做到了一些事情,我这个人就可以随之完整起来,但是我忘了问问自己,所谓的"理想"里到底含有多少功利的成分？所谓的"绽放"中到底有多少是为了这个缤纷世界的诱惑？说不清楚的东西就暂时放着吧，成年之后的我总算是明白了一件事情：一些事和一些事之间的关系不是简单的二元对立，而是相互缠绕直到生生不息，比如"市场"和"艺术"，比如"利益"和"情感"，比如"爱"和"恨"，比如……不过有一样东西看似毋庸置疑，也不用分析，就是这人生原本满目疮痍。你用尽了力气，最终改变的只是生活的外套，比如你在哪里工作，在什么地方住，穿什么衣服开什么车，和什么人来往……就算这些全都被你改变了，你也只是为"生活"换了件光鲜些的衣裳而已，里面的千疮百孔是你永远没法更换的。某天黄昏，坐在乘客稀少的公共汽车上，晃晃悠悠地穿越了夕阳下面的协和广场——我终于想明白了这个，在一瞬间，醍醐灌顶一般地，想明白了这个。

这就是我的十年。说来惭愧，没什么可写的。只好嘲笑一下自己，这才到哪儿啊，好日子还在后头呢。我相信未来，所以很多时候不敢妄言人生，只不过，确实地感到，当初那个灼热的追逐幻象的自己已成往事。我的第一本长篇小说发第三版的时候，我在后记里对自己说："那个时候我不知道，对于一个人的生命来讲，挣扎跟和解，到底哪个更珍贵。其实直到今天我仍旧不会回答这个问题，但是我在不知不觉间，学会了不再用这样的方式提问。那个时候我还固执地坚信着，无论如何，飞蛾扑火都是一种高贵的姿态。可是今天，我只能微笑地眺望着当初的自己。我不是在嘲笑她，我怎么敢。我只是羡慕，她那时候那么自信，自信自己是澄澈的，是纯粹的，是打不败的。而今，我已经被打败过了，我用曾经的飞蛾扑火，换来今天手心里握着的一把余温尚存的灰烬。值得庆幸的是，我依然没有忘记，这把灰烬的名字叫作理想。"

变成灰烬了也没有关系，总比没有好，只要存在过，就好。

Part 4

访谈

光影之外
——笛安、樊迎春对谈

一　"在阅读这件事情上，他们给了我充分的自由"

樊迎春：笛安老师您好，我是北京大学中文系的博士研究生，很高兴可以对您进行访谈。但我也并不想给访谈设定什么主题或者范围，希望可以随兴所至，谈出有趣的东西。

笛安：可以的，你随便问。

樊迎春：我主要做文学史和作家作品批评，所以还是想要从知人论世和文本细读两个角度进行访谈，谈谈您的出生、成长，如何走上文学的道路，以及您之前和当下的文学观念。首先想问一下您当下处于一个怎么样的工作和生活状态？还在做编辑吗？

笛安：我现在已经不做编辑了，我们成立了文化公司，做影视以及其他相关的项目。

樊迎春：影视项目？我之前和一个学电影的朋友聊天，他听说我要给您做访谈，还提到说您的《怀念小龙女》正准备要改编成电影，是这样吗？

笛安：版权很早就卖出去了，但不知道具体进行到哪一步，我也没有过问。

樊迎春：现在将文学作品改编成影视剧似乎已经成为一种潮流，之前是一些网络文学作品，像《盗墓笔记》《甄嬛传》这种大 IP，但现在其实越来越多的严肃作家也乐于将作品改编成影视剧，比如刘震云的《我不是潘金莲》《一句顶一万句》等。您自己怎么看待这个问题呢？

笛安：我觉得文学作品影视化是好事情，至少从扩大作品的知名度来讲肯定是好事，但我自己不喜欢写剧本。

樊迎春：所以您是愿意将自己的作品卖给别人来改编的是吗？

笛安：对，我自己不喜欢写剧本，我觉得写剧本跟写小说完全两回事。除了《怀念小龙女》之外，我的几乎所有作品的改编权都卖掉了。

樊迎春：但交给别人来改编，不担心被改成自己不想要的样子吗？

笛安：我对这方面就是看得比较淡，每个作者的想法也不一样，有的人需要从剧本改编到演员挑选都亲自过问，但我觉得我一旦卖掉改编权，在某种意义上这就是那个导演或者编剧的作品，已经不再是我的作品了。对此我没有执念。影视改编的话，我觉得他们只是买了我最初的那个故事而已，我只是负责了它的一部分，而剩下的那部分，影视中涉及的特别复杂的东西，我不需要参与。这和小说是不一样的，一本署了我名字的小说完全是我的作品，我对这本书负全责。但影视的话，有太多不同人的劳动在里面，我不觉得我需要去完全控制它，也不需要对它负责。

樊迎春：您在这点上态度真洒脱。那我们回到之前的话题，先谈谈您的家庭环境和成长状态可以吗？您似乎在很多场合回避谈论自己的父母，其实我不是很想问这个问题，因为我觉得首先要尊重作家个人的主体性，但从知人论世的角度去说，作家的成长环境对其文学观念的形塑影响是非常大的,我也很想听听您个人是如何看待这个问题。

笛安:好像也不能回避,怎么能回避呢,父母就是父母嘛。其实我父母就是他们那个年代的文青。我妈妈经常说她非常怀念二十世纪八十年代的一个原因就是那时候的通信没有现在这么方便,你无法那么快就跟一个人建立联系,但是那个时候,只要住在中国,不管是哪个省份的,比如也是一个写小说的,在杂志上看过另一个小说作者的名字,真的有可能,几个文学爱好者千里迢迢就找到这儿来了,就想来见你一面。一开门,门口有一个陌生人说,你看,在某期杂志上你是哪篇哪篇的作者,我是那期杂志上另一个作品的作者,我就是想来见你一面,非常浪漫。这些事情在我妈妈的记忆里,是八十年代非常美好的一部分。当然,他们这种浪漫的生活里后来出现了一个小孩,他们的生活肯定是会受一点影响。那个时候我父母其实也是刚开始写作,也还在摸索中,我妈妈还在大学里教书。所以我很小的时候,是在外婆家长大的。一直到我出国,我都住在老人家里。那时候就有一个类似保姆的小姐姐照顾我,我在一个发言中提到过的,她是我爸爸当年插队的时候那家房东的女儿,她给了我很多写作的启发。因为我外公外婆都在医院工作,所以我的童年是在一个医院的家属院子里度过的。

樊迎春:那跟父母相处的时间其实不是很多,是吗?

笛安:是的,不算很多,当然每天都会见面。因为很多人会问我这个问题,就说你父母都是作家,你们家是世家,你是在这个环境里长大的之类的,其实严格地说,与其说我是作家的女儿,不如说我是医院里长大的小孩。我一直记得医院的病房就在外婆家楼的隔壁,我对医院而非作家的生活更熟悉。

樊迎春:那你觉得父母作为作家的生活会对你自己职业的选择,或者对你的兴趣爱好会有影响吗?

笛安：我觉得这个挺复杂的，因为一个人很难说清楚自己是怎么变成今天这样的，因为有太多太多的影响因素。比如因为外公外婆在医院工作，我现在也觉得医生是个很好的职业。但所有的经验，会有一种综合，它是不一样的，没办法简单定义。当然，我会觉得至少因为我父母是作家，在阅读这件事情上，他们给了我充分的自由。我父母基本没有限制我的读书，除了一些真的非常不适合小朋友看的，只要我识字，他们就都让我看。直到今天我都认为他们这样对待儿童的态度是很珍贵的。尤其是我妈妈，她从来不会说，什么什么有价值观的问题，不应该让小孩子接触，她从来不说这种话。我外婆因为是医生就有一点洁癖，她会说这个那个不适合小朋友，不要碰，但我妈妈不会，她甚至觉得很多东西小孩子早一点接触也并不是什么坏事，她觉得这些东西可以帮助我成长，到了十几岁，青春期，我甚至可以更快一点地越过这个阶段去看真正的经典。

樊迎春：那真的是非常好的家庭关系。那为什么后来选择出国读书呢？是你自己的决定还是父母的建议？

笛安：其实我是参加了高考的，而且也交了志愿表，然后录取到了山西大学，但交志愿表的时候我出国的手续已经在办理了。也不是说国内的大学不合适，而是自己特别想读的大学考不上，数学太差了，再复读一年也还是考不上。而且那个时候的欧洲，我认为算是欧洲最好的时候嘛。当时他们也刚刚放开对中国留学的诸多限制，我想那就出国试试吧。加上学习语言，我一共在法国读了八年。

二 "我在最开始写东西的时候，没有想过任何对立面"

樊迎春：为什么出国读书会选择社会学这个专业呢？为什么不是去学文学语言之类的？

笛安：其实我不喜欢在学校里面，真的坐在教室里去学现代文学、古典文学，那完全是两回事。我不是不喜欢这个专业，也觉得学院可能会培养作家，但我肯定不适合被学院培养。我非常尊重学院，我会觉得学院在人的精神上能塑造的东西非常重要，而且这个绝不是社会能代替的，但我个人是真的不适合被学院培养。我选择社会学是因为文科的专业就那几个，我其实很想学法律，但我的成绩考法律有点危险，那边的法学院要求非常高，而且必修拉丁文。我觉得这对中国人来说有点难，而且欧陆法系和我们也不一样。另外一点就是，我在这个国家也不会待太多年，我就很想学一个专业可以帮助我认识和了解这个地方。所以我有意识地选择了社会学。

樊迎春：这个我非常认同。因为我本科读的是经济，后来硕士转了文学，现在让我讲出多少经济学的原理和知识可能对我来说也比较困难，但我会觉得这种跨学科的视野和思路方法还是很重要的。您会觉得社会学对您也有这种影响吗？

笛安：对，我当然不能直接说社会学到底在什么地方影响我的写作，这个我还真的没办法去总结它。但是我可以说它让我观察和理解很多事情的方式方法变得不一样，而看待事情和生活的视角一定会投射到写作中去。

樊迎春：您也是在法国的这个时期，开始了自己的创作。

笛安：对，19岁，第一篇是《姐姐的丛林》。严格地说，那是第一次写完一个作品。以前写过很多却没写完的，比如《告别天堂》，其实宋天扬这个人的名字是我高二那年就写下来的，但是就一直在那扔着。

樊迎春：第一次出手的作品就直接发表在《收获》这种重量级的期刊上，让人非常惊喜。也会让人觉得您和其他"80后"作家出场的方式不太一样。比如我读中学的时候，正是"新概念"作文大赛如火如荼的时候，可能对文学稍微有点兴趣的人都在参加"新概念"。包括郭敬明、张悦然，他们出道的方式可能是我们熟知的"80后"的状态和方式。他们似乎都非常叛逆，但这种叛逆不是问题少年的那种叛逆,而是他们本身有一个对抗的他者,比如韩寒对于应试教育反抗等。或者,杨庆祥老师在《80后,怎么办?》中说的一代人共享的历史虚无的问题。您怎么看待这一代人的问题?或者说,您如何看待自己和同代人不同的出场和状态?

笛安:其实我个人不喜欢动辄说哪一代人怎么样怎么样,一定要给一个代际或者说一个年龄层的人去提炼出来一些共性吗?当然,生活在同一个年代的人免不了会经历一些一样的事情,是有共同的集体记忆,这是真的。但是说实话,我会觉得这其实是我们父母那一代的知识分子们的一种奇怪的思维方式,他们需要明确什么样的人代表了一代人,因为他们那个年代确实有一种不太正常的整齐划一,我觉得在他们之前和之后的中国人都不会有这样的思维方式。比如我外婆,她绝对不会说1930年代的中国人都是什么样的,因为1930年代的中国人真的差别太大了。

樊迎春:其实现在城市、乡村、不同阶层之间人们的差别也很大,应该比1930年代人之间的差别更大,但"概括一代人"这种思维方法可能是为了更好地梳理和说明乃至解决一些公共的问题,和个体具有差别也并不矛盾。另一方面,我们也可以看到,现在越来越多的人都会有意识地去反抗一些大的叙事话语,反抗所谓的总体性,现代社会的多元和分裂使得越来越多的声音出现,其实这恰恰是一个没有总体性的时代,但这种没有总体性是不是也是时代总体性的一种?

笛安:我并不是说每个人都有非常清晰的意识,而是说我只是要去表达个体。我个人的观察是,很多同龄的写作者开始写作的时候,都会从个体经验出发。哪怕已经到了今天,十几年过去了,大家都是有变化的,但在最初的起点,每一个人的写作肯定是跟个体的这种表达是有关系的。既然一个人是想从个体的表达出发,他想要的就只是完全的属于个人的东西,并不是说是为了对抗某种集体性而存在的东西,这是一个自然而然的东西,也就不存在什么一代人的共性,我也不觉得自己和同代人有什么不一样的方式和状态。

樊迎春: 作家本人的书写肯定都是从个体出发的,但个体毫无疑问都是集体和时代中的一分子,比如您去留学在您父母辈可能是无法想象的事,您面对的个体经验也必然携带时代的痕迹,这些可能是无意识的,而只是以个体写作的动力呈现出来。

笛安: 我觉得我在最开始写东西的时候,没有想过任何对立面,如果说什么动力的话,可能是因为我当时刚刚出国,需要学一门新的语言,而且法语和英语的差别还挺大的,这个过程本身就像在我的脑子里强行又植入了一套新的体系,这个过程会把我变得比较敏感,尤其是对自己的母语更敏感,会明白中文的思维方式和法语的思维方式差别在哪,会发现中文真的非常特别。所以那个时候我会突然在某个瞬间,发现我对于母语的掌控能力比以前强多了。我觉得这是任何一个语言的写作者的基础,就是对用来写作的这门语言的掌控能力一定是比其他人要稍微强一点。如何准确地去用一句话表达自己在想什么,这个其实并不容易,但我突然就发现自己的这个能力正在进步,可以尝试一下写作。那个时候我写的第一篇小说,女主角也就跟自己一样大,十九岁,那就是十九岁的孩子看世界的态度,那个时候会突然觉得,世界特别不公平。

樊迎春: 哪一种不公平?

笛安: 我当时觉得的不公平还不是好多人说的那种资源分配上面的,而是一个人和另一个人之间的,比如小说中的那对姐妹,亲姐妹,同样的父母,长在同样的家庭里面,但是明显可以感觉到,命运可能对妹妹更好。

樊迎春: 你为什么会在十九岁开始写作的时候就有这种观察呢?你自己好像是独生女,这里面有什么特别的因缘吗?

笛安: 我不知道啊,这个很难解释,我只是为了这样设置它,可能是在这样一个模糊的状态下,这种设置更容易表达我自己。真正把我个人经验比较强烈地带进去的是《告别天堂》,倒不是第一篇小说。但我觉得我在当时,刚刚开始写《姐姐的丛林》的时候,我已经感觉到了作为虚构者的那种快乐。

樊迎春:您觉得这种虚构的快乐具体体现在哪里呢?

笛安:怎么讲呢,我一直觉得读者和作家的区别在哪里呢,就是有的读者读的书比作者多得多,很多读者的审美趣味也非常好,他们对很多事情的看法、角度、观点都比作者要强很多,但一个小说家之所以为小说家,就是因为他本能地知道虚构是什么东西,而这是很多读者不具备的能力。当然,我觉得虚构的能力也是从现实世界的经验而来,但是肯定不是说他经历了什么他才只会虚构什么,也不是说要在他经历的所有经验之中取一个最大公约数,真实跟虚构之间的关系是非常复杂的。

樊迎春:那您目前如何评价自己的虚构能力?

笛安:和之前相比那当然是精巧多了。因为我之前做主编,也看过不少稿子,我一般去判断一个作者是不是合格,有一个我自己的标准,比如一部作品中的一个细节,有人会说,肯定是作者自己经历过的,不然很难写出来这样的细节,但我有时候会问他是不是虚构的,如果是虚构的,我才会觉得很棒,这是合格的作者,合格的小说家一定要是这样的。

樊迎春:那您自己比较欣赏的合格的小说家都有哪些呢?或者,是否可以给我们分享一下您个人的阅读谱系,这些作家对您产生了怎样的影响?

笛安:首先是加缪,我也在很多场合谈过自己对加缪的喜欢。但加缪对我的影响是很特别的,他并不是在写作上影响我,因为加缪写东西的方式是学不来的,加缪更多的是影响我的某种人生层面上的东西。我举个例子来说,我很小的时候就发现一件事,我们班开运动会，身边的小朋友都知道一件事，就是要给自己班的小朋友加油，因为他代表你们班，但我就是不明白为什么。

樊迎春： 我觉得这都是被建构、被教会的。

笛安： 当然，后来老师会教你，让你为他加油，教你一些集体荣誉感之类的东西，但有的小朋友不用教，那么小，就是本能的反应，他就是会觉得，那个小朋友是我们班的，我们班要赢。这样的东西我就没有，我觉得我们班赢不赢又怎样。这个感觉和类似的瞬间，我小的时候经常会遇到。我的外婆，是那种非常可爱的老太太，看电视剧会跟着掉眼泪那种，她就会说我，你这孩子怎么就跟冷血动物一样，一点反应都没有。我其实是外婆一手带大的，但就是这个亲手带大你的人都觉得你没什么感情，这有时候也会给我一些影响，让我觉得我自己是不是有什么不对劲，这种感觉我也无法跟别人交流。直到我看加缪的作品，我都已经十八九岁了，直到那一瞬间，我就特别能理解他在说什么。那个人最后被所有人说，他应该被判死刑，他是罪犯，要以法兰西的名义审判他，说他一定是个坏人，因为他妈妈死的时候他都没有哭。我至今特别感激加缪，因为我觉得他让我相信一件事，那就是我没有什么不对劲。很多作家写作的时候可能并没有这个意思，但他就是给了和他没有什么关系的读者这样的力量，这是加缪给我的抚慰。

加缪之外比较喜欢的作家还有托妮·莫里森、菲茨杰拉德、马拉默德等。中国作家比较喜欢张爱玲、白先勇。另外一个比较重要的是陀思妥耶夫斯基。我有个在中戏当老师的朋友曾让我去讲过一次文学鉴赏课，我讲了陀思妥耶夫斯基。现在真正看陀思妥耶夫斯基的人太少，但我是发自内心地喜欢他。比如他的《卡拉马佐夫兄弟》这样的作品，它告诉你伟大的作品是什么样的，不管你做不做得到，它就是那样的。他告诉你，一个人、一个作家能做到什么程度。我觉得这是一个特别有力量的事情。他精神是有点不太正常，你看加缪,你明显还能感觉到这是正常人写的,他的那种卓越还是属于一个正常人类的范畴,陀思妥耶夫斯基是有点不正常。

樊迎春:对,他有一种让你为他疯狂的魅力,让人痴迷。

笛安:对,你无法从他作品中感受到什么精神的慰藉,但你会有非常理解的东西在里面。

三 "我迷恋给主角设置困境的过程"

樊迎春:陀思妥耶夫斯基的写作是真的经典的史诗性的写作。你的"龙城三部曲"也是建构了一个大家庭的故事,是否也受到陀思妥耶夫斯基宏大架构方面的影响?至少我在读的时候,包括《告别天堂》等作品,很大程度上感觉是在读漫长的成长故事。有很多校园回忆、青涩时期的爱恋和情感等,时隔多年,您现在怎么看待自己当初对这种体裁的选择?我其实很不愿意用"青春文学"这样的标签,我更愿意从家庭、成长的角度去理解故事的建构,所以也很想听听您自己的看法。

笛安:其实"龙城三部曲"的写作有个简单的源头。就是在我的孩童时期,甚至到了青春期,几乎每隔几年就会听到一些消息,比如身边的某个人,或者朋友的朋友,甚至邻居的表姐,不一定是你直接认识的人,得了白血病。直到上了高中,我们英语老师的儿子,也得了白血病。后来听医生讲,白血病本来就是年轻人的病,也有老人得,但发病率高的人群是年轻人。我因为从小在医院长大,所以对这些非常敏感,这么多年纪这么小的人得病,对我来说是非常大的冲击。所以我在写《告别天堂》的时候,就在构思另一部作品,我不知道我自己具体想要表达什么,但你的同龄人,面对生死的考验,而且就在你的身边。我就是很想写这种巨大的冲击。所以《告别天堂》的女主角就是儿童血液病医院的护士。但后来我也发现了一件事,就是那时候我二十一岁,去写这样与生死相关的作品其实有一点难,所以就会很自然地夹杂去写她少年时代的回忆,年轻时候的爱情。所以《告别天堂》之类的看似成长的故事,也算是偶得吧,没有刻意怎么样,就写成了现在的模样。

樊迎春:我觉得这部作品给我印象深刻的地方不是成长的细节,也不是面对生死的冲击,而是天扬、江东和方可寒三人之间的矛盾张力以及戏剧性的夸张和暴力。您现在怎么看待这种过于戏剧性的设定?

笛安:随着年龄的增长,我会慢慢慢慢地理解江东。十七岁的男孩子处在那样的一个情境之下也挺不容易的。但是说实话,十几年来,我自从这本小说变成铅字出版了之后,我再也没有回头去看过。

樊迎春:为什么?悔及少作吗?

笛安:也不是,就是太不好意思了。因为字里行间会看到当年的那种热烈。当然,读我作品的读者可能大多是中学生。我记得有一次有一个读者在微博私信我,他说他是个北京孩子,直到上大学才第一次离开北京,到了一个北方工业城市,而直到这个时候他才明白《告别天堂》里写的是什么。工业城市里的那种氛围、背景、生活、情感。我当时还特别感动。

樊迎春:可以理解这种共情。"龙城三部曲"中其实我对西决这个人物印象最深刻,但他其实是非常理想化的一种文学塑造。您是出于什么样的初衷去塑造这样一个人物呢?

笛安:我写西决的时候,其实就是我希望自己能成为那样的人。不太在乎自己的梦想,他也不是特别在乎自我实现,但他会很愿意为了其他人活着,我觉得这是一个理想中的形象,而我自己永远做不到,永远不可能。

樊迎春:其实我会觉得这样的人物形象并不真实,年纪更小一点的时候可能会喜欢他,现在就很难喜欢他。到了第三部,我之前说的戏剧冲突更夸张了，所以我觉得"三部曲"还是《西决》处理得更好。

笛安： 他确实不真实，但很多人喜欢这样的，喜欢他的原因也是因为，他可能是每一个人内心中觉得希望自己成为的人。《西决》从技术层面上来说更完整，但《南音》对我的意义是不一样的，它算是我写到了某个节点的一部作品。南音是我从来没有塑造过的形象，包括陈医生也是。以及西决和陈医生的冲突，其实是两种世界观的冲突。

樊迎春： 包括东霓这个人物，发生在她身上的一切简直匪夷所思。我会觉得小说中刻意制造的戏剧性的冲突是不是太多了一点？显得小说的稳重感不够，读者一直被推着向前进。您现在怎么看待这种写作的技巧，或者说，架构小说的方法？

笛安： 东霓是写给我自己的。她当然不是我，但关于她的很多选择、处境我写的时候反而想得很简单。虽然《西决》卖得很好，但《东霓》就是为了给自己。我觉得其实很多女人都是东霓，一种在生活里并不是那么罕见的女人的状态，她可能很勇敢，靠撞大运，靠一种非常莽撞的东西活着，我写的时候就是这样一种特别的心态。但南音不是，南音我不可能再写，因为我那时候已经觉得自己写的东西不够好，但当时的我也做不到更好。我觉得《南音》这本书记录了我当年在写作这件事情上所有的困惑和探索，这本书基本是我当时精神状态的忠实记录。至于你说的戏剧性冲突的问题，我觉得其实戏剧性并不是我所追求的。

樊迎春： 但是您确实使用了非常多，包括东霓的那些选择和后来的西决人设的崩塌。

笛安： 对，西决人设的崩塌是我开始就设计好的，我一定要让他在最后去做这件事情。因为我觉得几乎每个人都要经历一个自己曾经的理想真正粉碎的过程。这是我当时对世界的看法。具体投射到人物身上，就是需要这么去做。我知道你说的戏剧性有一点狗血的意思，但这并不是我追求的效果，但在那个时候，我想要的可能就是给主角设置一些比较方便去表达我的看法的困境。可能今天我就不会这么去处理了。三部曲是我在2009—2012年期间写的，对我的写作来说，那也是上一个时代的事了。现在我不会做这么激烈的关于困境的事，但是有一个东西我还是不变的，就是我为什么会喜欢写小说这件事，就是因为我迷恋给主角设置困境这样一个过程。

樊迎春：这个我很理解。但我觉得在设置困境的时候，小说的人物还是需要变化的。比如南音的成长性就不太够，而西决又似乎是突变。您现在怎么看待这个问题？

笛安：南音最后做的选择我觉得对我而言已经足够了。

樊迎春：南音最后的选择其实是对生活的一种妥协，或者说，是埋葬。看似选择温暖平静的生活，其实是非常残忍的结局。但我个人觉得其实可以在性格变化发展上处理得更好一些。在更新的作品《南方有令秧》中，我觉得处理得就相对更好一些。在《南方有令秧》中似乎看到您的一个转向，就是在校园题材的或者说跟一些成长相关的故事中，突然有了一个历史题材的作品。当然，风格还是非常笛安式的。您当初为什么会考虑写这样一种历史题材的作品？

笛安：这个缘起其实是这样的，有人来问我愿不愿意去写一个喜剧，后来这个项目没有谈成，但我脑子里一闪念，就突然想写一个生活在古代的节妇。很年轻的时候守了寡，从此找到的人生的目标就是要拿贞节牌坊，所以这是个她不断奋斗，或者说不断打怪升级的故事。我是想设置得好玩一点，应该是个很好笑的故事。

樊迎春：我看到有评论说这是明星和经纪人的故事。

笛安：不，谢先生那个角色是后来才放进去的，因为令秧需要解决一些现实的困境，但她连字都不认识，必须有一个人去帮她。所以男主角的形象就自然而然地呈现出来了。

樊迎春：男主角的形象似乎可以再丰满一点，目前看来有点弱。是因为写历史题材的作品会涉及很多其他东西，所以在这方面有所欠缺吗？

笛安：当时可能写得有点累，因为毕竟是写明朝，但器物啊风俗这些东西其实是最简单的，你去查一些资料很快就有了。甚至你可以自己编，没有读者会跟你计较这些。真正难的地方在于学会按照一个历史人物的想法来思考。令秧就是一定要拿贞节牌坊，可能你无法真正解释为什么，但这是她在那个环境里面唯一能做的事情，你需要给这个过程细细描摹出变化，这是任何史料都没办法告诉你的。

樊迎春：您如何设置整体的线索呢？比如她在情感、肉体等方面的追求，她和川少爷、唐先生之间的情感纠葛等。您如何设定一个整体的价值取向或者推进方向？可能无法从现代女权或者普遍人性的角度去单纯描述。

笛安：我认为你说的这些东西，我都是点到为止的。可能作为一个读者会不满足，但我就是想要这种效果，比如汤先生的出现，我也是想要一种蜻蜓点水的感觉。令秧是一个不会给自己找麻烦的人，想要什么就认准了去拿，这样一个人物需要的是在现实层面解决很多问题，需要去做功课。但是这个过程还好，没有写《南音》那么辛苦。

四 "建造一个更完整的世界的生态"

樊迎春：我还关注到您的作品似乎一直在伦理问题上下功夫。比如"龙城三部曲"对家庭关系、血缘、师生等关系的讨论，《告别天堂》里对多角关系、牺牲、奉献等问题的关注，还有东霓、南音的自尊与自卑等等。当然，这里的伦理不是我们以前讨论的"三纲五常"之类的东西，而是更为宽泛的人和人之间的关系，人和家庭道德以及自我主体精神之间的关系，那种挣扎与张力等等。您自己怎么看这个问题？

笛安：我不觉得自己对伦理问题有特别的兴趣，要说人与人之间的关系，那可能是所有作家都关注的。我很多时候只是想做点有趣的尝试，比如《怀念小龙女》那篇里我真正想写的就是她做那桌菜的过程，我详细地写了那个女生做那桌菜以及和那些鸡鸭鱼肉蔬菜水果讨论问题、讨论人生的场景，但故事里面人物之间的故事并不代表我对世界的理解。

樊迎春：伦理问题其实非常复杂，像您小说中偶尔出现的不一般的场景等，包括不太真实的大家庭生活，好到有些不可思议的三叔三婶，还有西决对东霓和南音的感情，也都涉及了伦理上的争议。

笛安：是这样没错，包括《姐姐的丛林》里的两姐妹，也都有这方面的问题。他们身上也都承载了我当年对家庭、对兄弟姐妹关系的某种理想和思考。一对夫妻，容纳了这些孩子，容纳他们所有的优点缺点、悲欢离合，这是我喜欢的。

樊迎春：我看到您在一篇文章里说，您认为写作最本质的任务就是要创造一个世界出来，那您刚说的那个世界就是您想要的那种理想世界吗？或者说，您想要创造的世界是什么样子的呢？有三叔三婶这样的理想家长，有西决南音这样的理想兄弟姐妹？

笛安：也不一定，我觉得写故事的时候，故事本身有一个独立的生命，故事文本中的那个世界，未必百分之百是我想要的，但这个世界是我亲手创造的，这里面可能不自觉地带着作者我的审美，有我的立场以及我的态度，但文本中的世界不可能是对我的世界观百分之百的翻译，文本里的世界也会有更丰富的东西，甚至会有一些意想不到的东西出现，这就是独立世界开始成形，开始以自己的逻辑运转的时候。

樊迎春：这个我也认同，但作者在创造之前或者创造之中，是不是会赋予它一个作者的东西、一个核心的东西以支撑这个故事和这个世界的独立发展？更简单地说，是作者的核心文学观。

笛安：我觉得我赋予了什么不重要。

樊迎春：那您现在还想要在您的作品中放置或者表达什么内容吗？

笛安：最初可能有，现在没有了。不管是观点、态度、情绪，甚至之前说过的个体经验的表达，到了某个阶段，都不应该是一个作家关心的事情。如果你已经写了十年了，你还认为你的个人表达比什么都重要，那我觉得这个事挺遗憾的。

樊迎春：那您现在以及将来的写作是为了什么呢？

笛安：更好的作品。

樊迎春：什么样的作品是您认为的更好的作品？

笛安：建造一个更完整的世界的生态。当然可能自己在塑造人物的时候，不可避免地有自己的偏好，但作者不是为了让读者去看自己的偏好是什么，不是为了让读者去看作者喜欢什么、不喜欢什么，而是每一个人物都相对地有一种生命力的存在，这里面存在一种碰撞，这就交给读者去领会，他愿意怎么感受就怎么感受。有可能是作品本身携带的，呈现了某种作者当初完全意想不到的力量。作为一个创作者，我们有这样的任务，把这几个人物带到世界上来，要让他们活起来，但在这个过程中作者用了什么办法，作者在这里面有什么样的自己的立场和自己的审美的取向，那不是第一位的事情。

樊迎春：作家作为创作者，作品被创造出来是要与这个世界对话的，或者说，作家是要借作品与世界对话，作品可能孤立存在吗？

笛安：我认为跟世界对话的过程就让人物去完成。

樊迎春：那您如何去赋予人物跟这个世界对话的能力和取向？人物不可能凭空出现，您最初灌注进去的东西如何落脚？

笛安：这就回到最初的问题，所有的创作，实际上都是从自己的个体经验里来了。我根据这个搭建一个世界，到最后人物怎么发展，读者怎么领略，这不是我能控制的。

樊迎春：那您是否有一个最初的期待视野或者理想读者？

笛安：可能有，但到今天，这个希望也是越来越淡了。

樊迎春：我作为一个读者，而非研究者的话，我读作品，希望作品能给我提供我之前不知道的东西，或者至少为我提供新的认知世界的方式和角度。

笛安：你已经是成年人了，你为什么还需要作品帮你去理解和认知世界呢？

樊迎春：当然不是说需要作品来手把手地教我什么，而是我希望文学作品可以填补我当下的认知局限，开拓我的视野，为我提供新的东西，不管是知识、道德、伦理还是超现实的，哪怕仅仅是精神愉悦方面的、生活状态方面的，我觉得这是读者和作品的良性互动。因为我活在一个被建构起来的世界中，但我已经不需要别人一五一十地告诉我什么，我需要思维和认知的更新。

笛安：这没错，但是你也参与了这个建构呀。而且也不能完全说是被建构的，你个人总有很多本能，知道 A 是对的，B 是错的。

樊迎春：但也有不知道给自己班小朋友加油的本能啊。

笛安：哈哈对，但你说的这些东西已经不再是我的任务了，我没有办法代替读者去感受，这不是我作为创作者的任务。

樊迎春：对，当然不是，但身为作家您本身会有什么样的期许吗？

笛安：越来越少。

樊迎春：好，谢谢。最后想问问您对自己作品的评价。先问一下您《南方有令秧》之后有新的长篇作品吗？

笛安：有，就是手上刚写完这个，很快会出版。

樊迎春：中短篇呢？

笛安：我特别不会写中短篇，越来越不会写，我自己满意的可能只有一两篇。

樊迎春：但其实我个人非常喜欢您的中短篇。您自己满意的是哪篇？

笛安：《胡不归》和《洗尘》。《胡不归》是我自己最满意的，因为我觉得短篇小说对作家的要求还是非常高的，和长篇小说是两个行当，短篇小说要求的那种字斟句酌，那种词语之间的弹性，然后包括场景之间的那种无缝的切换，其实是很难的，而且你又不能匠气太重。

樊迎春：我也最喜欢《胡不归》。您的很多中短篇我都觉得很棒，涉及的题材范围和看问题的视野都比长篇广阔很多。我也挺喜欢《莉莉》《光辉岁月》和《圆寂》。

笛安：我不喜欢《圆寂》。因为那是一个虚伪的小说，真的是当年年轻人自以为是的伪善，自认为对世界很了解，一种自以为是的宽容，高高在上的人文关怀的视角，我现在非常讨厌。而且《圆寂》里面的东西，其实都是可以有一个固定配方来配的。非常简单。

樊迎春：我很欣赏您对自己以往作品的反思，也非常期待您更多的中短篇小说的创作。

笛安：会写的，但我脑子里想到的这些东西，想着想着就觉得可能还是写得更长比较合适，然后就放下了。

樊迎春：非常感谢您，不管长篇还是中短篇，我都很期待啦。今天的访谈也让我觉得您和我之前想象的很不同，我觉得看到您聚光灯之外特别潇洒的一面。再次感谢您。

笛安：谢谢。

笛安创作年表

2003 年

中篇小说　|　《姐姐的丛林》　|　《收获》　|　2003 年第 6 期

2004 年

长篇小说　|　《告别天堂》　|　《收获》（长篇专号）　|　2004 秋冬卷

2005 年

长篇小说　|　《告别天堂》　|　春风文艺出版社　|　2005 年 1 月

长篇小说　|　《告别天堂》（繁体版）　|　台湾麦田出版社　|　2005 年 3 月

2006 年

长篇小说　|　《芙蓉如面柳如眉》　|　《收获》（长篇专号）　|　2006 年春夏卷

散文　|　《我想开个店》　|　《布老虎青春文学》　|　2006 年第 4 期

评论　|　《蔷薇蔷薇处处开——读〈往南方岁月去〉》　|　《布老虎青春文学》　|　2006 年第 5 期

散文　|　《命题作文》　|　《布老虎青春文学》　|　2006 年第 6 期

长篇小说　|　《芙蓉如面柳如眉》　|　春风文艺出版社　|　2006 年 5 月

长篇小说　|　《芙蓉如面柳如眉》（繁体版）　|　台湾麦田出版社　|　2006 年 9 月

2007 年

中篇小说　｜　《莉莉》　｜　《钟山》　｜　2007 年第 1 期

散文　｜　《亲爱的论文》　｜　《布老虎青春文学》　｜　2007 年第 1 期

散文　｜　《我最中意的冬天》　｜　《布老虎青春文学》　｜　2007 年第 2 期

创作谈　｜　《关于莉莉》　｜　《小说选刊》　｜　2007 年第 2 期

散文　｜　《关于锅与梨的伟大友谊》　｜　《布老虎青春文学》　｜　2007 年第 3 期

散文　｜　《烨子常常遇到鬼》　｜　《布老虎青春文学》　｜　2007 年第 4 期

短篇小说　｜　《迷蝴蝶》　｜　《布老虎青春文学》　｜　2007 年第 6 期

短篇小说　｜　《广陵》　｜　《布老虎青春文学》　｜　2007 年第 6 期

散文　｜　《残羹夜宴》　｜　《最小说》　｜　2007 年 6 月刊

散文　｜　《曼佐先生》　｜　《最小说》　｜　2007 年 7 月刊

小说集　｜　《怀念小龙女》　｜　明天出版社　｜　2007 年 9 月

散文　｜　《永远记得回来的方向》　｜　《新作文（校园文学）》　｜　2007 年第 10 期

短篇小说　｜　《请你保佑我》　｜　《人民文学》　｜　2007 年第 11 期

散文　｜　《你的华彩与宁静——留学散记》　｜　《新作文（校园文学）》　｜　2007 年 Z1 期

2008 年

散文　｜　《丑小鸭》　｜　《布老虎青春文学》　｜　2008 年第 1 期

散文　｜　《我的 2008》　｜　《布老虎青春文学》　｜　2008 年第 3 期

散文　｜　《丽丽家的塞》　｜　《书城》　｜　2008 年第 3 期

中篇小说　｜　《怀念小龙女》　｜　《山西文学》　｜　2008 年第 5 期

创作谈　｜　《我的缤纷与宁静》　｜　《山西文学》　｜　2008 年第 5 期

长篇小说　｜　《西决》　｜　《最小说》　｜　2008 年 8 月起连载

短篇小说　|　《小说二题：塞纳河不结冰、圆寂》　|　《十月》　|　2008年第5期

2009年

长篇小说　|　《告别天堂》《芙蓉如面柳如眉》　|　春风文艺出版社　|　2009年1月

散文　|　《怀念你盛夏的香气》　|　《山西文学》　|　2009年第2期

散文　|　《到北极去》　|　《最小说·映刻》　|　2009年2月

长篇小说　|　《西决》　|　长江文艺出版社　|　2009年2月

散文　|　《平流层的小樱桃》　|　《最小说·映刻》　|　2009年4月

短篇小说　|　《宇宙》　|　《最小说》　|　2009年4月

短篇小说　|　《歌姬》　|　《最小说》　|　2009年8月

长篇小说　|　《东霓》　|　《最小说》　|　2009年8月起连载

长篇小说　|　《芙蓉如面柳如眉》（新版）　|　春风文艺出版社　|　2009年8月

长篇小说　|　《告别天堂》　|　长江文艺出版社　|　2009年12月

长篇小说　|　《告别天堂》（修订版）　|　春风文艺出版社　|　2009年12月

散文　|　《风花雪月》　|　《最小说》　|　2009年12月

2010年

创作谈　|　《灰姑娘的南瓜车》　|　《天涯》　|　2010年第3期

长篇小说　|　《东霓》　|　长江文艺出版社　|　2010年6月

散文　|　《卡比莉亚》　|　《最小说》　|　2010年7月

《微光世界》（参与编著）　|　长江文艺出版社　|　2010年7月

中篇小说　|　《南极城传》（上、下）　|　《最小说》　|　2010年第8、9期

短篇小说　|　《光辉岁月》　|　《收获》　|　2010年第6期

散文　｜　《你是我的眼》　｜　《最小说》　｜　2010 年 10 月

2011 年

散文　｜　《致我亲爱的小女孩》　｜　《最小说》　｜　2011 年 1—2 月

创作谈　｜　《我写的是东莞，而不是〈东莞〉》　｜　《文艺报》　｜　2011 年 2 月 14 日

长篇小说　｜　《我们约会吧》（参与编著）　｜　长江文艺出版社　｜　2011 年 2 月

长篇小说　｜　《南音》　｜　《最小说》2011 年 2 月起连载

长篇小说　｜　《芙蓉如面柳如眉》　｜　长江文艺出版社　｜　2011 年 3 月

短篇小说　｜　《威廉姆斯之墓》《那是我的好时光》　｜　《下一站·神奈川》（参与编著）　｜　长江文艺出版社　｜　2011 年 3 月

散文　｜　《西出阳关》　｜　《最后我们留给世界的》（郭敬明主编）　｜　长江文艺出版社　｜　2011 年 11 月

创作谈　｜　《没有龙的城》　｜　《最小说》　｜　2011 年 12 月

2012 年

长篇小说　｜　《南音》　｜　长江文艺出版社　｜　2012 年 1 月

短篇小说　｜　《芳邻》　｜　《最小说》　｜　2012 年 1 月

散文　｜　《帝王时代》　｜　《ZUI Silence》　｜　2012 年 1 月

短篇小说　｜　《寂寞的恋人》　｜　《最小说》　｜　2012 年 2 月

短篇小说　｜　《阿密》　｜　《最小说》　｜　2012 年 3 月

短篇小说　｜　《壁炉先生》　｜　《最小说》　｜　2012 年 4 月

长篇小说　｜　"龙城三部曲"：《西决》《东莞》《南音》　｜　长江文艺出版社　｜　2012 年 4 月

短篇小说　｜　《75013》　｜　《最小说》　｜　2012 年 5 月

| 散文 | 《野火》 | 《少数派报告》（郭敬明主编） | 长江文艺出版社 | 2012年6月

| 短篇小说 | 《父亲来了》 | 《最小说》 | 2012年6月

| 短篇小说 | 《海上花》 | 《最小说》 | 2012年7月

| 散文 | 《上辈子》 | 《文艺风象》 | 2012年7月

| 散文 | 《我更喜欢〈平原〉而非〈推拿〉》 | 《北京晚报》 | 2012年7月21日

| 短篇小说 | 《关于薰衣草》 | 《最小说》 | 2012年8月

| 短篇小说 | 《消失的米歇尔》 | 《最小说》 | 2012年9月

| 短篇小说 | 《让-吕克》 | 《最小说》 | 2012年10月

| 散文 | 《恰似那流云般的苹果花》 | 《最小说》 | 2012年11月

| 短篇小说 | 《胡不归》 | 《人民文学》 | 2012年第11期

| 短篇小说 | 《索朗太太》 | 《最小说》 | 2012年12月

| 小说集 | 《妩媚航班》 | 长江文艺出版社 | 2012年12月

| 散文 | 《七月七日》 | 《下一站·济州岛》（参与编著） | 长江文艺出版社 | 2012年12月

| 短篇小说 | 《洗尘》 | 《魑魅魍魉》（郭敬明主编） | 长江文艺出版社 | 2012年12月

2013年

| 短篇小说 | 《当软弱的我们懂得残忍》 | 《最小说》 | 2013年1月

| 散文 | 《都市青春梦》 | 《名作欣赏》 | 2013年第4期

| 创作谈 | 《文学最该做的是创造一个世界》 | 《名作欣赏》 | 2013年第4期

| 短篇小说 | 《仲夏夜》 | 《最小说》 | 2013年2月刊

| 长篇小说 | 《南方有令秧》 | 《最小说》 | 2013年3月起连载

短篇小说 ｜ 《屠龙之旅》 ｜ 《最小说》 ｜ 2013 年 7 月

评论 ｜ 《质疑畅销不等于否定市场》 ｜ 《人民日报》 ｜ 2013 年 7 月 23 日

短篇小说 ｜ 《母女》 ｜ 《下一站·法国南部》（参与编著） ｜ 长江文艺出版社 ｜ 2013 年 9 月

2014 年

译著 ｜ 《永远的乡愁》《时间男孩》（贝尔纳·弗孔著） ｜ 长江文艺出版社 ｜ 2014 年 5 月

创作谈 ｜ 《关于〈胡不归〉》 ｜ 《名作欣赏》 ｜ 2014 年第 25 期

创作谈 ｜ 《令秧和我》 ｜ 《中国出版传媒商报》 ｜ 2014 年 10 月 28 日

长篇小说 ｜ 《南方有令秧》 ｜ 《收获》 ｜ 2014 年秋冬卷

长篇小说 ｜ 《南方有令秧》（签章版） ｜ 长江文艺出版社 ｜ 2014 年 11 月

长篇小说 ｜ 《告别天堂》（新版） ｜ 长江文艺出版社 ｜ 2014 年 11 月

2015 年

散文 ｜ 《我只是一个讲故事的人》 ｜ 《钟山》 ｜ 2015 年第 1 期

"龙城三部曲"：《西决》《东霓》《南音》 ｜ 长江文艺出版社 ｜ 2015 年 1 月

创作谈 ｜ 《我还是在写我关心的事》 ｜ 《钱江晚报》 ｜ 2015 年 4 月 26 日

散文 ｜ 《锡镴之光》 ｜ 《人民文学》 ｜ 2015 年第 9 期

2016 年

长篇小说 ｜ 《芙蓉如面柳如眉》（新版） ｜ 湖南文艺出版社 ｜ 2016 年 8 月

作品集 ｜ 《告别天堂》《芙蓉如面柳如眉》《西决》《东霓》《南音》《妩媚航班》《南方有令秧》 ｜ 长江文艺出版社 ｜ 2016 年 12 月

2017 年

散文 ｜《我们都没去过的地坛》｜《在成为平凡的大人前》（郭敬明主编）｜ 长江文艺出版社 ｜ 2017 年 7 月

长篇小说 ｜《告别天堂》｜ 人民文学出版社 ｜ 2017 年 8 月

2018 年

访谈 ｜《"城市乡愁"的书写，早该占据也一个合理位置》（与许旸）｜《文汇报》｜ 2018 年 1 月 4 日

访谈 ｜《何平、笛安对谈》｜《青年报》｜ 2018 年 4 月 15 日

访谈 ｜《偷偷翻着姐姐的书架：对话漫画家伊藤润二》｜《青年报》｜ 2018 年 4 月 15 日

创作谈 ｜《芙蓉如面柳如眉》｜《青年报》｜ 2018 年 4 月 15 日

散文 ｜《这个女人和那个小孩》｜《最小说·有爱》｜ 2018 年 4 月

小说集 ｜《威廉姆斯之墓》｜ 鹭江出版社 ｜ 2018 年 8 月

随笔 ｜《作家微博》｜《文学报》｜ 2018 年 10 月 11 日

短篇小说 ｜《沙场秋点兵》｜《鲤》｜ 2018 年 11 月

长篇小说 ｜《景恒街》｜《人民文学》｜ 2018 年第 11 期

评论 ｜《城里的月光》｜《文艺报》｜ 2018 年 12 月 17 日

2019 年

创作谈 ｜《大城市最让人着迷的地方是共享异乡人的角色》｜《文汇报》｜ 2019 年 1 月 16 日

长篇小说 ｜《景恒街》｜ 北京十月文艺出版社 ｜ 2019 年 1 月

2020 年

短篇小说 ｜《我认识过一个比我善良的人》 ｜《花城》 ｜2020 年第 1 期

散文 ｜《遇见铁西区》 ｜《芒种》 ｜2020 年第 2 期

访谈 ｜《"我把爱情当做给主人公的美好礼物"》（与刘秀娟） ｜《文艺报》 ｜2020 年 4 月 24 日

访谈 ｜《那是我们劳动的时光，朋友们都来自采石场"》（与何平） ｜《上海文学》 ｜2020 年第 12 期

"龙城三部曲"：《西决》《东霓》《南音》 ｜人民文学出版社 ｜2020 年 12 月

2021 年

长篇小说 ｜《南方有令秧》 ｜花城出版社 ｜2021 年 1 月

创作谈 ｜《当真实的痛苦可以被虚构》 ｜《新文学评论》 ｜2021 年第 10 期

2022 年

长篇小说 ｜《亲爱的蜂蜜》 ｜《当代》 ｜2022 年第 4 期

长篇小说 ｜《亲爱的蜂蜜》 ｜人民文学出版社 ｜2022 年 9 月

小说集 ｜《姐姐的丛林》 ｜河北教育出版社 ｜2022 年 10 月

创作谈 ｜《关于蜂蜜与熊的相遇》 ｜《人民日报·海外版》 ｜2022 年 12 月 22 日

2023 年

短篇小说 ｜《六路西施的女儿》 ｜《十月》 ｜2023 年第 2 期